叛逆の女幹部
ロキエール
裏切り者への
淫辱性裁
小説 下山田ナンプラーの助
挿絵 西條サトル

登場人物紹介

Characters

白星恍姫《びゃくせいこうき》プリエステラ

短剣と光の輪を武器に戦う心優しい変身ヒロイン。ひたむきな優しさと純粋さを持ち、魔族であるロキュエルとも絆を結ぼうとする。

『豺狼《さいろう》』のロキュエル

魔族四天王の紅一点。圧倒的な力で変身ヒロインたちを苦しめる強者だが、妹を大切に想う優しさを捨てきれない甘い一面もある。

リル

ロキュエルの妹で人間と魔族のハーフ。争いを好まず、人間と魔族の共存の道を願う。

『虎乱《こらん》』のバムト

大男の魔族で魔族四天王の一人。破壊と暴力を好む悪漢。

『狡梟《こうきょう》』のジズリ

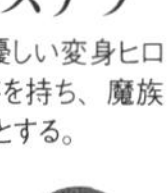

魔族四天王の一人で痩せこけた顔の参謀魔族。

『獪雷《かいらい》』のヘーモス

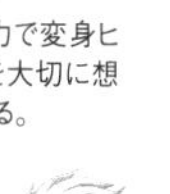

最高齢の魔族で魔族四天王の一人。黒い雷を操る老将。

キメリエス

四天王たちをまとめる異界王の側近。

序章　叛逆の女幹部

逃げ惑う人々を襲おうとしていた悪鬼が、爆風に吹き飛ばされおぞましい悲鳴を上げる。

「なに⁉　ほ、砲撃？　助かった……の？」

突如としてここではない異界から現れた「魔族」と自らを称する異形の者たちにより、人類は滅亡の危機に立たされていた。

既存の兵器は一切通らず、その圧倒的な力の前に屈するしかないと思われていた。

しかし影のある所に光があるように、人類も彼らへの対抗手段を見出していて。

今、無辜《むこ》の民を食らおうとした異形を横から吹き飛ばしたのも「彼女ら」によるもの。

「初弾……命中」

「よっし、一気に畳みかける！　先に行くぞっ！」

砲撃が飛んできたのは、目視も困難なほどの遠距離から。

しかしそこには緑と赤のコスチュームに身を包んだ、二人の少女が確かにいた。

うち片方の少女は、煙を吐き出す身の丈以上の手持ち大砲を抱えている。

「へ、変身ヒロインだ！」

「あれは、シュタルカノンとエクリプブロウ⁉」

特定の若い少女にのみその才能が目覚め、彼女らは華やかなコスチュームに身を包み、異能を振るって悪を滅する。

変身ヒロイン——そう称される存在。しかも今、彼らの前に現れたのは多くの変身ヒロインの中でもエース級とされる、能力の卓越したヒロインたちだ。

まず飛び出した赤髪で小柄な少女は、矢のように敵集団に切り込んで魔力の手甲に覆われた拳を目にもとまらぬ速さで繰り出し、さらに殴った箇所は時間差で爆発することで敵を文字通り灰に帰してしまう。

「人々を守る灼熱の拳！　双拳爆姫《そうけんばっき》エクリプブロウ！　さあ、かかってきな！」

続いて身の丈以上の手持ち大砲を振りかざして飛び込み、大地に叩きつけまとめて敵を吹き飛ばし、さらに大砲を振り回しハンマーのごとく潰し、打ち上げ、しかる後に魔砲弾で木っ端微塵に粉砕するのは、緑髪で長身の無口なヒロイン。

「不惜身命《ふしゃくしんみょう》……颶風砲姫《ぐふうほうき》シュタルカノン。任務……遂行する」

「ひ、ひぃいい！　逃げろ、こいつら他のヒロインの比じゃねえ！」

わずか一分にして、数十体の化け物のほとんどが彼女らによって消滅。

彼女らの猛攻から逃れたわずかな魔族たちは、這《ほ》う這《ほ》うの体で逃走していくが。

「逃げる？　悪に逃げ道などありません！」

悪鬼の退路上には、青髪を頭の高い位置で結んだ眉目秀麗な変身ヒロインがいて。

彼女が銀に輝く指揮棒を振り上げると、何もない空間からズアッと無数の小さな魔力の塊が浮かび上がり。

「正義を前に、無様《ぶざま》に散り果てなさい！」

続けざまにオーケストラの指揮者よろしく青髪ヒロインはタクトを振り回し、浮かべた光の塊からはそれに応えるよう放たれた何百ものビームがことごとく異形を撃ち抜いて消滅させていく。

「奏でるは勝利の旋律！　天奏伶姫《てんそうれいき》リンフォルツァンド！　正義に敗北はありません！」

「や、やったー！　変身ヒロインのみんな、ありがとう！」

「エクリプロウ、シュタルカノン！　それに、不敗ヒロインのリンフォルツァンドの揃い踏みなんて眼福だぜ！」

「ヒロインの中でもずば抜けた三人で、『トライデント』なんて呼ばれてるもんな！」

可憐な美少女ヒロインたちの完全勝利に、市民たちは祭りが始まったかのような快哉の声を上げる。死の恐怖からの解放が、いささか彼らを有頂天にさせていた。

だがそんな戦勝ムードをかき消すかのように、冷ややかな女の声が届く。

「フフ……ザコどもを倒しただけで、ずいぶんと楽しそうだな」

ヒロイン、そして市民たちが振り向いた方向に見目麗しい美女がいた。

軍帽の下からのぞくものは恐ろしいまでに整った美貌《びぼう》。大人の女性の妖艶さをこれでもかと醸し出し、泣き黒子《ぼくろ》のある切れ長の眼や血のような瞳、とがった鼻に薄い唇は見る者を誘惑してしまう。

流れるようなロングヘアは濃い紫色で、戦場の炎に照らされ青みや赤みを不規則に魅せ。

その髪をかき分けるように、少しとがった耳の上あたりから生えているものは人間たちと明確に違う記号――まるで絵本の悪魔のような二本の湾曲した、角。

「な、なんだこの女」

「人間じゃない……けど、めちゃくちゃエロい……」

長身ながら肉付きは豊満で、明らかに百センチ以上を誇るバストは攻撃的に張り出し、それよりもさらに数センチ大きいとみられるヒップは食い込んだ尻肉が前から見えるほど。

そんなボディラインを全く隠すこともしないピッチリした黒のインナーを、それと対比するような白肌に張りつけるように纏《まと》い、その上から黒光りする甲冑をあくまで最低限度、その美しく煽情的な肉体を魅せるよう身に着けている。

一方で、鋭利でゴツゴツと多面的な漆黒の長手甲《ガントレット》が肘から先を、同じような禍々《まがまが》しいデザインの足甲《レッグアーマー》が膝から足先までをガッチリ覆っており、加えて右肩部分にも長い棘が何本も生えている肩当てが備わっている。

触れただけで肉が裂けそうな危うさが、色気とともに放たれていた。

「一時の勝利の酔いからは醒めたか？　ここからは泣き叫び、許しを請う絶望の時間だ。お前たちの掲げる脆弱《ぜいじゃく》な正義とやらを脆くへし折る――悪の前に屈するがいい」

肌の露出した腋や谷間と、黒インナーと黒鎧によって強調された腹や尻肉とのコントラストがまぶしく、ムチムチな肉体にゴツゴツした長手甲や足甲とのギャップもあり、とりわけ男性市民たちは一瞬で目を奪われてしまう。

妖艶で禍々しく、淫らながら威圧感を湛えたそのいでたちに、誰もが一瞬言葉を失った。

分かっていることは二つ――彼女は美しく、人間ではない。

「な、何者ですか！」

「魔族の……幹部？」

ヒロインたちが市民をかばうように前に出て、美しい悪女へ相対し。

右手に携えた鞭のようなものを軽く振るってアスファルトを砕き、彼女は軍帽の鍔《つば》をクイッと上げ氷のような声で名乗る。

「――ロキュエル。魔族四天王が一人、『豺狼《さいろう》』のロキュエル・ハルバティ。お前たち人間を恐怖と絶望、そして悪に染め上げる名だ」

「さ、豺狼のロキュエル……！　四天王の紅一点でありながら強さ、それと苛烈さにおいては随一と言われる女幹部じゃないか」

「で、でもトライデントの三人なら！」

彼女の美しさに惑わされていた市民たちが唇を震わせる。ようやく自分たちが向き合っている脅威を理解したのだ。

ロキュエルのもたらす尋常でない威圧感は、並の人間であれば正気を失ってもおかしくない。しかし彼らのそばにはエース級変身ヒロインたちがついており、それが「絶対に自分たちを守ってくれる」という心の支えとなっていた。

当然、トライデントには彼らの期待に応え、命と身の安全を守る義務がある。

「エクリブロウ、シュタルカノン、正義の誇りにかけて退くわけにはいきませんよ！」

そんな互いを信じあう人間たちを、変身ヒロインを、悪の女幹部は見据え。

表地は無明の闇のごとき漆黒、裏地は鮮血を思わせる深紅の長大なマントをたなびかせ。

紫の前髪に隠れる、左に泣き黒子のある紅眼の光を強め、一笑に付す。

「フフ……愚かな。すぐに絶望を、悪の恐ろしさを見せてやる」


まず飛び込んできたのはシュタルカノン。

手持ち大砲を振り上げ、頭上から一気に叩きつけようと迫る。

だがその必殺の一撃は、ロキュエルの取り出した鞭の撓《たわ》みによってパワーをすべていなされ阻まれ、ゴムが戻るように鞭がしなって颶風砲姫は弾き飛ばされる。

「っ……まだまだ……！　ゴウラン・ウルタカノーネ！」

片膝をつきながら地面をこすっていき、踏みとどまって近距離から砲口を向ける緑髪ヒロイン。手持ち大砲から五連発、戦艦も撃ち抜く超密度の魔砲弾がぶっ放された。

しかしロキュエルは一歩も動かず、鞭を持った右腕を振り上げ。

直後、女幹部を襲った砲弾は全て真っ二つに斬り裂かれ目標後方のビルを消し飛ばした。

「愚かな、この程度が通じるか。そうらお返しだ、悪に染まれ！」

愕然《がくぜん》とするシュタルカノンを、空を切り裂きながら伸びてくる鞭が搦めとり。

空中高くに持ち上げたのち脳天から地面に叩きつける、痛烈な一撃を浴びせる。

「こ……こんな、はず……」

「こっのぉおお！」

颶風砲姫が一撃でダウンしたその瞬間、ロキュエルの背後から赤髪の小柄なヒロイン、エクリブロウが拳に炎を宿して飛び込んできた。

「フッ……それで不意打ちのつもりか？」

「うるっせー！　バーニング・マッハフィスト――――！」

すかさずロキュエルは反転。伸ばした鞭を一瞬で縮めて剣のようにし、無数に繰り出される双拳爆姫の拳に合わせる。

そのとき悪女の身体には白い光の輪が巻きついていたが、一秒も持たず砕けていた。

秒間三百発とも言われる灼熱のラッシュを、片手のみで冷笑を浮かべながら捌《さば》いていく美毒婦に、市民たちの声援も止まってしまう。

「どうした？　ハエが止まるほど遅いとはこのことだな、それっ！」

伸ばした鞭の容赦ない一閃で吹き飛ばされ、双拳爆姫も電柱に激突しKOされた。

正義のヒロインが立て続けに屈する悪夢のような光景を前に、市民たちがどよめく。

「な、なんだあの鞭みたいなのは！　伸びてしなるし、縮んで剣みたいにも……」

これこそがロキュエルの武器、ヨルムンガンド。

強大な魔力を込めた伸縮自在の鞭で、千変万化しどんな相手にも優位に戦える。

無数の拳を残らず受け止め、強烈《きょうれつ》な打撃を撓みでいなし、砲弾も真っ二つに斬り裂く。

そうやって相手の攻撃を無力化した上で、一撃のもとに悪の勝利を刻みつける。

「あ、あの二人が手も足も出ないなんて……このままじゃ」

ロキュエルの一方的な蹂躙《じゅうりん》に、市民たちも半ばお通夜状態だ。

エクリプブロウとシュタルカノンは、かすり傷すら与えられず沈黙。

残ったのは最強との呼び声も高い、天奏伶姫リンフォルツァンドのみ。

「もう終わりか？　エース級らしいが他のヒロイン……なんなら一般人と変わらないな」

「く……侮らないでください！　正義は絶対に屈しません！」

青髪ヒロインが指揮棒を振り上げると、空中におびただしいまでの魔力のビットが浮かび上がり、市民たちがにわかに沸き立つ。

「出た！　リンフォルツァンドの必殺技『絶対葬送曲《アブソリュートレクイエム》』！」

「五百個の魔力の塊を浮かべて一斉掃射するんだ、これで原形をとどめない敵はいない！」

目にも映らない速さで、リンフォルツァンドが指揮棒を振るう。

空中に浮かんだ五百のビットから、ロキュエルただ一人を狙ったビームが降り注ぐが。

「そん、な……私の絶対葬送曲を……」

「今ので誰をどう葬送したんだ？　代わりにお前のいい声を聞かせろ、そぉれ！」

それをことごとく超速の鞭で払い落とし、ロキュエルは絶望の色に顔を染め上げた最強ヒロインを一薙ぎ。

「きゃああああああっ！　わ、私が……正義がっ……こんな悪なんかに……」

「フフ、他愛ないな最強ヒロインとやらも。さて、お楽しみはここからだ」

トライデントは全員一撃で戦闘不能となり、ロキュエルは鞭を伸ばしてバラバラに吹き飛んだ三人をかき集め、ゆっくりと往復ビンタするかのように彼女らを嬲り続ける。

「ほら。ほら、ほらぁ！　痛いか？　苦しいか？　もっと聞かせろ、お前たちの情けなくて恥ずかしい悲鳴を、そして無力な奴らに見せてやれ、自分たちが悪の前に何もできず苦しめられているところをなっ！」

「あぁっ、いやぁあああ！　痛いっ、やめ、あはぁああ！」

ズバッ！　バシュッ！　ザシュッ！　ビシイッ！

魔力の鞭が容赦なく肉を引き裂き、若い少女たちの悲鳴を上げさせる。

激痛と屈辱が正義の体現者をボロボロに傷つけ、敗北と服従を心身に教え込まされる。

ロキュエルにとってはこれも娯楽の一つ。殺そうと思えば一撃で出来てもおかしくないが、あえて死なないよう力加減をして彼女たちの泣き叫ぶ声を聞いているのだ。

「そうだ、いいことを思いついた。最後まで我慢していた子だけ殺してしまおうか？　ほら、解放されたいなら我先に命乞いしてみろ！　仲間を蹴落としてみろ！　追い詰められると人間は、どいつもこいつも自分だけ醜く助かろうとするからな！」

「ふ、ふざけ……あぁあああ――――！」

「私たち正義は、絶対に屈さな……いやぁあああ！」

あまりの惨《むご》たらしい虐待。

とうとう市民たちが、たまらずロキュエルへ大声で訴える。

「や、やめろー！　やめてくれぇ！　もうヒロインたちを傷つけないでくれ――！」

「やめてあげて！　それ以上やったら三人とも死んじゃうわ！　お願い、やめてぇ！」

当然、非力な人間たちは近づくことすらできず、できるのは声を上げることだけ。

ロキュエルはそれを聞いて、鞭を振るう手を止めないままゾッとするほど酷薄に笑う。

「……フフ、聞いたか？　本来守るべきはずの市民たちから、やめてくれと助命嘆願されているぞ？　恥ずかしくないのか？　情けなくないのか？　みっともなくないの、かっ！」

ヒロインたちにとってこれほどの恥辱はないだろう。

自分たちが何もできず、助けてあげてと守るはずの市民たちから敵に懇願されるのだ。

「ほら、ほら、許してほしいなら、命だけは助けてほしいなら、泣きながら芸でもしておねだりしてみろ！　ロキュエル様、正義は悪に負けました、どうか許してください、とな！」

徹底的な蹂躙で、ヒロインも市民もまとめて絶望に突き落とす。

彼ら彼女らの悲鳴がたまらなく甘美で、肌や髪が艶を増す。

「いい気味だ。人類の切り札、正義の変身ヒロインも悪の前にはこんなもの。この世界は半ば我々が奪ったも同然……あはは っ」

『――ロキュエル、遊んでいる場合ではない。南方でも味方が変身ヒロインに苦戦している。至急そちらの救援へ回れ』

女幹部が愉悦に浸っていると、すぐさま上からの指令が脳内に飛んでくる。

彼女に命令できるのは魔族たちを率いる『王』と、その側近だけだ。

「……ちっ……行けばいいんだろう、行けば」

側近の指示に気だるそうに応答し、ロキュエルは拘束したヒロインたちを解放し、一敗地に塗《まみ》れる彼女らを尻目に去っていくが。

（……ん？　もう一人いたか）

ふと、去り際にロキュエルはこの場に四人目の変身ヒロインがうつ伏せに倒れていたことに気づく。

白いコスチュームを身に纏ったミディアムヘアの少女で、先の三人よりさらに弱そうだ。おそらくはトライデントへの攻撃の巻き添えで倒れていたのだろう、存在感すらなく今の今まで気がつかなかった。

（まあいい、勝手にやられている程度のザコなど。それよりさっさと行かないとな）

記憶に残らない脆弱なヒロインのことは忘却し、ロキュエルは風を巻いて戦場から離脱していく。

「は……はぁっ、はあ……助かっ、たのか……？」

「み、認めません……正義のヒロインの私たちが、あんな女に何もできずっ……」

「……けど、どうして私たちを殺していかなかったのか……」

彼女らを案じ駆け寄る市民たちの声も耳に入らず、満身創痍のエース級ヒロインたちには不可解なロキュエルの行動だけが疑念として残っていた。

「うう……あ、あれ？　わたし、生きてる……」

そして、うつ伏せに倒れるもう一人の白いヒロインも。

「…………運が良かった……のかな」


（……まったく、トドメを刺さないなど四天王の名折れだな）

ボロボロのヒロイン三人と勝手に倒れていたもう一人を置き去りにしながら別の戦場へ移動するロキュエルは、己の甘さに舌打ちしていた。

本来、魔族は人間を目の敵にしている。

自分以外の四天王や兵士の魔族は、男は殺し女は犯しとやりたい放題だし自分も本質は同じはずだった。なのに悪を自称する女幹部の自分だけが、人間たちにギリギリのところで情けをかけている。


（リル……）

ロキュエルには腹違いの妹がいる。

彼女自身は大魔族である両親のもとに生まれたエリートだったが、妹は父が人間界で惚《ほ》れた女を迎え入れた結果生まれた人間とのハーフ。

当然魔族と人間では寿命が違っており、妹の母はとっくに死亡している。

ロキュエルはリルと名付けられた妹を、第二の母として大切に面倒を見ていた。

リルは半分人間だったためか、人間との共存を願っていた。

しかしこの異界において、それは即刻処断されかねない危険思想。

なのでロキュエルは妹に、絶対にそれを口外するなと何度も言い聞かせていた。

しかし一方で、彼女の言葉を無下にできていない自分がいることも自覚しており。

エリートゆえ四天王にまで上り詰め、人間界侵略軍の指揮官となっても、可能な限りトドメを刺さずに見逃していた。

どこかでリルの願う共存の道を探していたのかもしれない。

(今の王が独裁者だし、向こう数百年は無理だと思うがな)

そんなことを思いながら、ロキュエルは人間界と異界の間をたゆたっていた。

人間界で移動するより、一度異界に戻ってから「扉」を開いて現地へ赴くほうが早い。

そのために時空を移動し、異界の適当な場所へ降り立ったロキュエルだったが。

ふとそこで、ただならぬ悪寒が全身を震わせる。

(な、なんだ……!?　これはまさか、リルが……？)

魔族は肉親同士であれば離れていても波長を感じ取ることができるが、同じ時空に降り立ったことで拾えた異母妹の波長が極めて弱い。

具体的には不明瞭だが、何かあったことは明白だ。

ロキュエルは人間界の戦場へ赴くことも忘れ、弱々しい反応がある方へ飛んでいく。

たどり着いたのは異界の王城の離れで、彼女自身訪れたことがないような場所だった。

「血の臭い……こんなところに、どうしてリルが……っ、ここか！　どけっ！」

消え入りそうな妹の気配をたどり、一つの部屋の扉を破って中へ。

そこには慌てた表情で振り向く白衣を身に着けた博士風の魔族が一人、そして。

「リル！　リ……ル……？」

血相を変えた彼女が見たものは、無残な姿でこと切れている全裸の妹。

両手を鎖でつながれ拘束された状態で、頭にはおどろおどろしいヘルメットのようなものをかぶせられ、その幼い肉体は暴力と陵辱の跡がありありと見てとれた。

力なく半開きな口の端や、女性にとって決して犯されてはならない膣や尻穴からはもちろん、全身に雄の汚い欲望が付着し鼻が曲がりそうだ。

「おいリル、しっかりしろ！　目を開けるんだ！　リル……う、アァアアアアア！」

体を揺すっても腹違いの妹は反応せず、瞳にたまった涙がその拍子に姉へ詫《わ》びるように零れ落ちた。

ロキュエルは慟哭し、絶望し、そして憎悪が全身を駆け巡る。

間違いなくこの博士風の男が何かをして、妹を殺害したに違いない。

「貴様ぁ！　いったいリルに何をしたッ！」

「ひ、ひぃいいっ！　許してください、キメリエス様の命で仕方なく！」

「何をしたかと聞いているんだ！　殺されたいのか！」

魔族四天王のむき出しの怒気に圧され、博士風の男は洗いざらい吐き出す。

妹の共存思想は、隠させていたはずだがすでに露見していた。

それにより彼女は定期的に洗脳を施されており、それを行っていたのがこの博士。

リルは姉に対しては気取られないよう必死に振る舞っていたが、近々魔族は総力を挙げて人間界に攻め込む大侵攻を予定しており、博士は部隊長である妹への洗脳を強めるよう異界王の側近から命じられていた。

陵辱については彼女の心をより効率的に堕とすため、肉体の快楽を与えつつ男の魔族たちの慰安も兼ねて行っていたもの。

だが、あまりに急激な洗脳を施したことで集団レイプの最中にリルは体調が悪化。

陵辱をひとまず切り上げて男たちを帰した直後にロキュエルがここにきた、ということ。

「仕方なかったんです、私だってこのようなことは不本意で……お願いします、命だけは、命だけはお助けを、ひいいっ！」

「そうか……よく分かった。気づいてやれなかった私の愚かさと、本当に滅ぼすべきは何なのかが……お礼だ、貴様は最高の激痛とともに死に散らせッ！」

博士魔族を殺害すると、ロキュエルは拷問施設を出てそのまま異界の王城へ向かう。

狙うは妹をここまでするよう命じた「王」、そして側近。

それから、彼女を辱めた男たち。

そして――。

（誰が犯したかなんて知るか、だったら魔族すべてを滅ぼしてやる！　もう私には何一つない、守るものなんて何もないんだ！　全部、全部残らず殺してやるッ！　そうだ、何もかもなくなってしまえばいいんだッ！）

すべてを、滅ぼし尽くすために。

王城にたどり着いたロキュエルは、一路最上階の玉座の間へと向かい。

その途中で、精悍《せいかん》な表情の魔族一人と相対する。

「ロキュエル。なぜ命令もなく戻った」

「……もう命令に従う必要がないからだ、キメリエス」

「呼び捨てとは感心せんな。どうにも礼儀を置き忘れてきたように思えるが」

異界王の側近にして、妹への一連の行為を指示していた男。

まずはこの男を殺して、冥府で妹に詫びさせてやらなければならない。

「ああ、置いてきた……！　礼儀も、矜持《きょうじ》も理性も……たったひとつの愛情もッ！」

彼女からどす黒いオーラが漏れ出し、ふつふつと煮立っていく。

それほどまでにロキュエルは怒り、そして憎んでいた。

「なぜ妹を……リルを殺したァアア！」

怒気が文字通りに爆発し、次の瞬間スタイル抜群の悪女は巨大な怪物に変貌《へんぼう》していた。

上半身は狼、下半身は蛇。質量保存の法則などどこへやら、ロキュエルはクジラほどの巨体となり風を巻いて一息に側近へ迫る。

が、キメリエスは一切動じず手を後ろに組んだまま答えた。

「人間との共存思想など極刑もののはずだ。仮にも父親が大魔族であったがゆえ、殺さず洗脳を施したままで。まあもっとも、その過程で壊れるとは予想せなんだが」

「貴様の遺言はそれだけかッ！　妹を男たちの慰み物にしておきながらぁああ！」

実行犯はともかく、リル陵辱・殺害の責任者は間違いなくこの男だ。

絶対にこの手で仇を取らなければ、妹は決して浮かばれない。

「リルはお前に、王に、男どもに！　身も心もボロボロにされて死んだんだッ！」

巨狼は吼え猛り、猛毒を湛えた爪を、大木も小枝のようにねじ切る腕を振り下ろすが。

「愚かな。貴様と私ではそもそもの格が違うのだ」

それを指一本で受け止められたかと思うと、次の瞬間には埃を払うように軽々と弾き飛ばされロキュエルの巨体は壁に激突する。

（くそ……！　ヒロインどもや他の四天王とは比べ物に……）

向かうところ敵なしだと思われていたロキュエルさえも人型のまま圧倒する異界王の側近に、狼の魔族は文字通り手も足も出ない。

「四大魔族の純血で、豺狼と呼ばれた貴様であってもだ。さて、裏切り者には死――だな」

「く……！」

キメリエスの掌が激しく発光する。

このままでは殺されると本能が訴えている。

だが、だが自分は妹の仇を取らなければ死ねない。

だから――。

王城の窓という窓から閃光が漏れ、城壁ごとロキュエルは消し飛ばされた。

「はぁ、はぁ……！　どう、にか……逃げられたが、このまま、では……」

人の姿に戻ったロキュエルは、薄暗い雑木林の中を満身創痍でフラフラとさまよっていた。

猛烈な光に吹き飛ばされ、とっさに「扉」を開いて人間界へ逃げ込みキメリエスの追撃を振り切って二日、どこへ向かえばいいかも、そもそも現在地すら分からない。

美しい紫髪は乱れ、煽情的なコスチュームはボロボロになり、かつての美悪女の面影はほとんどない。敗残の将として一人落ちのびるも、彼女を待つ運命はもはや多くない。

（もう、どこにも居場所がない……私は、どうしたら……リル……）

失意と絶望が、瀕死の悪女を蝕《むしば》み破れたタイツの脚を搦めとる。

力なくその場に倒れ、ロキュエルは眠るように意識を失い。

そのさまを、白いコスチュームの少女が偶然目にしていた。

「……あ、あれ？　この人、もしかしてあのときの……？　なんでこんなところで倒れて……ほ、本部！　至急応答願います！　魔族の幹部を生け捕りにしました、ほんとですっ！」

第一章　変身ヒロインとの共闘

「………ん……ここは……」

ロキュエルは意識を取り戻し、目を開けた。

白い天井が視界に入りこみ、柔らかな感触が自分を包んでいることを知る。

どうやら室内に寝かされているらしい。

「あ、気がつきましたか？」

ふと、優しげな女の子の声が耳に入り――続けて自分の視界に左右からフェードインしてきたのは、ロキュエルにとって見覚えのある少女たちの顔だった。

(変身ヒロイン！)

「あなたは郊外の雑木林で倒れていたんです。わたしがパトロール中に発見して、ここ都内の変身ヒロイン統括機関の本部に護送しました。でもまさか、この間わたしたちを圧倒した女幹部、ロキュエル・ハルバティだったなんて……もう本当にびっくりしました」

そう語るのは、エース級変身ヒロイン「トライデント」への攻撃の巻き添えで勝手に倒れていた白いコスチュームの弱そうな変身ヒロイン。あのときはうつ伏せに倒れているのをちらっと見ただけなので、彼女のみ顔を見るのは初めてだ。

(……よりによって、倒れている間に変身ヒロインどもに捕まっていたのか)

自分たち魔族に対抗するべく、不思議な力で変身し魔を討ち破る美少女たち。

魔族の出現とほぼ同時に散見されるようになった彼女らをまとめ、支援し、運用する政府公認組織が発足し、今の変身ヒロインは全員が統括機関に所属しているのだとか。

(要は、今の私は捕虜というわけだな。情けない……)

彼女らは病室のようなこの場所にもかかわらず、全員変身した状態で自分を見下ろしている。いつ自分が目を覚まして暴れてもいいようにだろう。

白いヒロインは続けた。

「あっ、申し遅れました。わたしは白星恍姫《びゃくせいこうき》プリエステラといいます」

「…………」

他の三人のヒロインに比べて体躯《たいく》は華奢《きゃしゃ》で、白を基調にピンクを差し色としハートの意匠をところどころに施す可愛らしさと清潔感のあるワンピーススタイプのコスチュームで、起伏の少ない肢体を覆っている。

スカート部分が前方のみかなり短く、食い込んだレオタード状の純白インナーがのぞいており鼠径部がまぶしいものの、全体としては露出もあまり多くない。

髪型は癖がなくおかっぱに近い肩までのミディアムヘアで、髪の色は薄い桃色。

あどけなさを残す顔立ちで、変身ヒロインとしては若干の頼りなさを覚える。

そして、どこか――。

(……リルに、少し似ている)

殺された妹を彷彿とさせる、優しい微笑み。

変身してそうなっているのか目の色が明るいグリーンで、リルの片目を彷彿させる。

妹は魔族と人間の混血のせいか片目は自分と同じ赤だが、もう片方は緑のオッドアイだった。その翠眼《すいがん》に少しだけ寂しさを覚えた豺狼は、目を閉じて頭《かぶり》を振る。

「そして、こっちの三人が……」

「紹介はいい。トライデント、だろう」

赤と青と緑の変身ヒロインは覚えている。プリエステラを黙らせ、ロキュエルは起き上がろうとした――ところで、手足をベッドに固定されていることに気づく。

おそらくは敵である自分に対する拘束なのだろうが、このようなものは何の役にも立たない。こともなげに引きちぎって起き上がると、ヒロインたちは驚きとともに緊張し身構える。一人のヒロインが短い銀の指揮棒を突きつけ、「動かないで！」と叫んだ。

（リンフォルツァンド、といったか）

青髪でキリッとした美貌の変身ヒロイン。市民いわく、変身ヒロインで最強とのことだがロキュエルの前には赤子同然だった。

一度手痛い敗北を喫しているトラウマか、指揮棒の先端は若干震えている。

「なぜ助けた。気絶している間にさっさと殺せばよかっただろう」

「勘違いしないで。悪を捕縛しただけです」

「……敵の、情報とか……知りたい。捕虜は……丁重に扱う、べき」

緑髪で長身の寡黙なヒロイン、シュタルカノンも訥弁《とつべん》ながらそれに続く。確かに敵の幹部が無防備に倒れていたら、捕縛して情報を吐かせようとするのは当然だろう。

「私はもう魔族の軍でもなんでもない。裏切った挙句、返り討ちにされてあのザマだ」

「裏切った……？　どうしてですか？」

「妹を勝手に殺された。彼女は禁忌《きんき》とされる人間との共存を願っていた……そのせいで洗脳され、男どもに犯され、殺された。叛逆した理由はそれだけだ」

ベッドの縁に腰掛けて手を組みながら、悪の女は簡単にいきさつを話す。

淡々とした語り口が逆に少女たちの胸を打ち、特にプリエステラは自らのコスチュームの胸元を握りしめて微かに震えていた。

ややあってその白い少女はロキュエルの顔を見て、言う。

「そんな、悲しいことが……あ、いえ、とにかく、あなたをこのまま野放しにはできません。それに、裏切ったということならわたしたちと敵は同じはず。一緒に戦いましょう」

「共闘？　我々正義のヒロインが、悪の幹部と？　私たちは悪を絶対に排除しなければいけないんです。第一、本当に裏切った確証もないのに。もっともらしいことを言って、悪のスパイとして潜り込んだ可能性だってあるんです」

「……信用は、できない。様子……見るべき」

「だな。お前の言葉だけじゃ裏も取れないし」

断固として拒絶するリンフォルツァンドと、あくまで慎重論を唱えるシュタルカノンとエクリブロウ。人間側からすれば彼女らの言い分のほうが自然だろう。ロキュエルはヒロインたちからの信頼を得ていないし、彼女自身そうする必要性がないのだ。

「こっちこそ共闘など願い下げだ。これは私だけの復讐……正義気取りの変身ヒロインとなれ合うつもりなど、毛頭ない」

話は終わりとばかりに軍帽をかぶって立ち上がり、ロキュエルは部屋から出ていこうとし、それを止めようとリンフォルツァンドがドアの前に立ちふさがる。

「行かせません！　あなたは牢に監禁して情報を洗いざらい吐いてもらうんですから！」

「……どけ。また正義の敗北を床の味とともに堪能したいなら別だがな」

怪我は治ったし、ここでヒロインたちを蹴散らして出ていってもいい。

魔鞭ヨルムンガンドはどこかへ行ってしまったが、素手でも充分やりあえる。

一触即発な空気に割って入ってきたのは、最も弱そうな白い変身ヒロイン。

「ま、待ってください、ロキュエル……さん」

「お前も鬱陶しい。命の恩人気取りならやめておけ。そこの青いヒロインの言う通り、悪には情など通じない。……そう、通じないんだ」

「でもわたし……わたしは、あなたと……っ」

何か言いたそうなプリエステラだったが、どのみちロキュエルには関係ない。四人まとめて適当に潰し、復讐のために外へ出ようとしたとき部屋に一人の男性が駆け込んできた。

このヒロイン統括機関で働くスタッフらしく、彼は報告したいことがあると言い出す。

「なんですか！　今はこの悪女を捕らえないといけないんです、後にしてくださいっ！」

「それが……魔族に囚われ行方不明だった変身ヒロインたちが、先ほど全員生還したとのことで皆様にご報告をと」

男性職員の言葉に、変身ヒロインたちはみな目を見張る。

一人表情を変えなかったロキュエルは、そこでふと思い出した。

異界の王城、その玉座へ向かう途中。

怒りに我を忘れかけていた豺狼は城内にて変身ヒロインが囚われていた牢を通りかかり、行きがけの駄賃に看守を残らず殺して彼女らを解放してやったのだ。

そのときは単に、少しでも魔族への嫌がらせをしてやろうと思ってのことだったが。

「ヒロインの皆様は、口々に『女幹部に助けられた』と……」

「ま、まさかこの女が……？」

リンフォルツァンドが疑念交じりの目を向け、プリエステラは胸の前で手を組んで翡翠色の瞳をウルウルさせていた。

「ただの嫌がらせだ。私は悪だからな」

「ロキュエル、さん……」

「……仲間が無事なのは……素直に、嬉しい。私からも……感謝」

シュタルカノンが訥弁ながら謝意を口にし、青のヒロインもさすがに指揮棒を下ろす。

完全に信用を得たわけではないが、この一件でロキュエルは変身ヒロインおよび人類にとって直接の脅威はなしとみなされた。

ただし、常に彼女に同行する監視役をつけるというのがヒロイン統括機関の意志決定。

ロキュエルが目を覚ましてから二十四時間後、その役目は彼女の第一発見者である白星恍姫プリエステラこと、真白観緒《ましろみお》に与えられることになった。

「わたしが同行します。名目上は監視役ですけど、仲良くしましょうね」

「仲良く？　誰が人間などと……」

「もう私たちは敵じゃないんです。お互いのことをよく知るためにもと、わたしが立候補したんですよ」

「……好きにしろ」

あまりにもうるさく束縛するような適当に叩き伏せて、さっさと一人になればいいだけの話だ。もともと人間とは敵であり、その関係は変わらないまま自分は魔族へ弓引いているのだから。

そんな風に思っていると、唐突に天井のスピーカーからサイレンが鳴り響く。

「何だ、騒々しい」

「この音は、魔族の出現を確認したときのサイレンです！」

プリエステラの言葉を裏付けるように、変身ヒロインたちは一斉に緊張し戦いへと思考を切り替えているさまが感じ取れた。リンフォルツァンドが高圧的に言ってのける。

「ロキュエル、裏切ったことを証明するいい機会なのでは？　さっさと行って、殲滅《せんめつ》してきたらどうです？」

「人間《おまえたち》にわざわざ言われなくても、奴らは私の獲物だ」

「ああっ、ロキュエルさん！　待ってください、監視役を置いてかないで！」

サッと身をひるがえし長大なマントをたなびかせ出口へ歩いて行くロキュエルに、プリエステラが大慌てでついていく。

魔族は拠点からほど近い場所で、三十体ほどが街を破壊していた。

すでに先行していた数名の変身ヒロインたちが牽制しながら一般市民の誘導を始めており、まだ交戦状態には入っていない状況。

「はぁ、はぁ、はぁ……やっと追いつきました」

「その足で監視が務まるとは思えないな」

ゴツゴツした禍々しい長手甲を装着しながら遠目に戦況を確認していると、後ろからプリエステラが息を切らしながら走ってくる。

そうして彼女は「ロキュエルさん、これを」と持っていたものを手渡した。

伸縮自在の魔力鞭、ヨルムンガンドだ。

「倒れていたときに落ちていたので、一応預からせてもらってました」

「いいのか、私に返して。お前にこの切っ先が向かうかもしれないぞ」

「……信じたいですから。そんなことしないって」

「ふん、お人よしめ。まあ礼は言っておく」

素手でも問題ないレベルの魔族が相手だが、これがあれば一瞬で片がつく。

伸縮自在の魔鞭を軽く振るい、一足飛びで同胞たちへ接近し一気に伸ばして一薙ぎ。

「我が復讐の……礎となれ！」

空間も裂ける一閃。

それだけで三十体の魔族は、何が起こったのか知る前に真っ二つになり蒸発した。

「え、えぇえええ、もう⁉　つ、強い！　強すぎですロキュエルさん！　あれだけの魔族を一人で、一瞬で、一網打尽に！」

プリエステラが驚き、手放しで喜んでいる。変身ヒロイン複数を手玉にとるだけはある、圧倒的な攻撃力と殲滅力。まさに最終兵器にふさわしい戦力が加わった。

「ロキュエルさんが人間側《こっち》に来てくれて本当によかったです！　これならこの戦いもすぐに……きゃあああ！」

両手を挙げてぱたぱたと駆け寄ってくる監視役に振り向きざま、ロキュエルは顔色一つ変えず鞭を突き出す。

一瞬で伸びるその切っ先は、硬直するプリエステラの頬を横切り――彼女の背後から襲い掛かってきた、生き残りの一体の心臓を正確無比に打ち抜いていた。

「死んでたぞ、お前」

「あ、あわわ……」

攻撃されたのだと思ってへたりこむ少女に、鞭を縮めながらロキュエルは呆れる。

「よく今まで生き残ってこられたな、逆に感心する」

「うう……運だけはやたらいいなって言われます……」

（頼りない監視役だな。むしろ私がこの子をお守《もり》している気分だ）

変身ヒロインはおしなべてロキュエルより弱いが、彼女の弱さは群を抜いている。

直接戦闘が苦手なサポートタイプらしいのだが、正直なところ彼女は血なまぐさい戦いに向いていない。

そう思っていると、言いづらそうに白星恍姫は口を開く。

「……でもその、抵抗とかないんですか？　裏切ったとはいえ、同胞を躊躇《ちゅうちょ》なく……」

「さすがだな、戦争でお互い殺しあっているような種族は言うことが違う」

言い返せないのか口ごもるプリエステラに、ロキュエルはため息をついて言った。

「今は止まっていられない。一匹でも多く魔族を殺すことが私の復讐だ。それができるなら、あのいけ好かない青いヒロインの言うことだって喜んで聞いてやる」

じっとしていたら妹を助けられなかった自分を責めてしまう。あのときこうしていればよかったなどと、考えても仕方のない思考に囚われて袋小路に入ってしまう。

ならば戦って戦って、その間だけでも何も考えずにいたい。

ヨルムンガンドを振るうことでしか、自分を保てないのだから。

「……でも、その……」

「話は終わりだ。本部に戻り、私が人間にとって無害だと報告しにいくぞ。悪が身の潔白を証明するとは、笑えない話だな」

まだ何か言いたそうなプリエステラを放って、ロキュエルはもといたヒロインたちの拠点へ引き返していく。

(分かってはいたが、人間と一緒に行動するなど面倒この上ない。リルはこんな種族との共存を望んでいたのか？　くだらん……)


それからおよそ一週間、ロキュエルは監視役のプリエステラに付きまとわれながら変身ヒロイン統括機関の本部で生活を続けていた。

魔族が現れればすぐに駆り出され、そのたびに人間と共闘して復讐を進めることになる。

「ロキュエル、いい加減にしてください！　何度も言ってますけど正義は戦えない人を守るのが使命で最優先なんです。市民が避難し終わる前から交戦しないで！」

「じゃあそれまで悠長に爪でも塗っていればいいのか。こっちは復讐さえできればそれでいいんだ。そもそも悪の私に正義の使命を声高《こわだか》に説くな、耳が腐る」

「人間《わたしたち》と共闘するなら、人間《わたしたち》のやり方に従ってもらえます!?」

「ま、まあまあ二人ともそのへんで……ね？」

正義感の塊でそりが合わないリンフォルツァンドとはしょっちゅう衝突し、それをプリエステラが仲裁する構図も恒例のものとなりつつあった。

徒歩で帰還しながら、監視役は申し訳なさそうに切り出す。

「……すみません。リンフォルツァンドは昔いろいろあったせいで正義感が行き過ぎてて、ロキュエルさんにも当たりが強く……」

「お前もご苦労なことだな。私の顔色を伺うより、同じ人間同士で悪口大会でも開催していたらどうだ。その方が楽しいだろう」

「そ、そんなこと」

「そもそも、なぜお前は私にそうまで肩を持つ？　監視役ならあいつの態度を見習え」

考えてみると不自然だ。殺されないための機嫌取りなのかもしれないが、監視役であるプリエステラが監視対象である自分に下手に出る理由がない。

彼女はしばらく黙っていたが、やがて「わたし、嬉しいんです」と切り出した。

「嬉しい？」

「魔族にもロキュエルさんみたいに、話せば分かってくれる人がいるってことが、です」

「何を勘違いしているか知らんが、私はお前たちのことが分からないし分かる気もない」

だとしても、と白いヒロインは言った。

「妹さんを殺されたって聞いたとき、他人事じゃないなって思ったんです。だってわたしも……目の前でお姉ちゃんを魔族に殺されましたから」

「…………」

「ロキュエルさん、お姉ちゃんに少し似てるんです」

その言葉は自分がこの少女に抱いていた印象が、そのまま跳《は》ね返ってきたかのように女幹部の心へ反響する。

　少し黙ったのち、女幹部は少しだけ優しい声で言った。

「そうか……お前も家族を殺されていたのか」

「お姉ちゃんのことは本当につらいですし、今でも魔族は許せません。でも、こうやって魔族のロキュエルさんと対話できて……平和的解決もできそうって思えてきたんです」

　軽く拳を握る白星恍姫だが、ロキュエルはそれを「弱者の理論だな」と切り捨てる。

　当然プリエステラは心外そうな表情をするが、悪女は容赦なく続けた。

「平和的解決だと？　それはお前が弱いから、満足に復讐できないから、そうやって殺害以外の方法で妥協して無理やり着地点を見つけたにすぎない。お前は逃げているだけだ」

　彼女の肩を両手で押さえ、真正面からロキュエルは静かに、だが語気を強めて言う。

「いいか、私たちのやれること、やるべきことはたった一つ。……復讐、それだけだ」

　綺麗ごとなど不要で不快だ。奴らの血と涙と悲鳴と後悔の叫びだけが、自分を癒すのだ。

　価値観の押しつけなどではない、奪われたら奪い返すのは自然の摂理。

「私たちの幸せを奪った奴らをのうのうと生かして、あるいは法や掟に則った不本意な裁きの結果に甘んじる……それで心から満足するのかお前は。本当にそれでいいのか」

　自らの手で果たさなければ、自分も死ねないしリルも浮かばれない。

　そしてそれは人間でも同じはず。憎い相手をグチャグチャにしたいはずだ。

「自分に嘘をついて逃げるなプリエステラ、私たちは血まみれの修羅道を歩むしかない」

だが、高位魔族の圧を目の前で受けてもなお、白のヒロインは。

普段の気弱そうな印象とは裏腹に、目を逸らすことなく彼女の紅眼を見つめて言った。

「それは、ロキュエルさんの望みですか」

「当然だ。だからお前も……」

「なら……ロキュエルさんの、妹さんの望みですか？」

雷に打たれたように、ロキュエルは硬直する。

無念の死を遂げたリル。最後まで自分に心配をかけまいと誇りを守って死んでいった妹。

彼女はこと切れる瞬間まで、洗脳装置をつけられていた。

それはつまり、人間との共存を最後の一瞬まで諦めなかったということ。

心優しき魔族の彼女は、本当に復讐を望んでいるだろうか——。

「く、黙れ……人間のくせに分かったような、ことを……」

口調が弱くなる。非力なはずの人間の少女に、目を合わせられなくなる。

どこかで分かっていたのだ。

(そうだ、突き詰めれば私の自己満足だ……だが、それの何が悪いっ)

分かっていても、止まっていたら自分を保てない。だから魔族を一匹残らず殺すのだ。

他に道も見つからない。そうするしか自分には——。

「お姉ちゃんは最後に、わたしに幸せになるように言い残して亡くなりました。だからわたしは、復讐よりも生きることを、みんなの支えになれることをって思って……その瞬間

変身ヒロインに目覚めて、今日まで戦っています」

「黙れ、黙れ……！　弱者の理論を押しつけるな！　復讐以外に何がっ……！」

　あまりの聖人君子ぶりに、ロキュエルは吐き気がしてくる。

　れっきとした悪である自分にとって蕁麻疹《じんましん》ができそうなほど、彼女はピュアだ。

　苛立《いらだ》った女幹部は、一つ試すことにした。

　手甲を外して弱い少女の顎《あご》をクイっとつかみ、悪の美貌を極限まで近づけて言う。

「なら聞くが、お前の姉を殺した、もしくは部下にそう指示したのがこの私だとしたらどうする。怨敵を目の前にして、まだ綺麗ごとを抜かすかっ……」

　もし彼女にとっての仇敵《きゅうてき》が自分だとしたら、この善人だって皮を剥いで復讐を遂げようとするに違いない。仮の話だとしても、何らかの反応は示すはずだ。

　幼い顔の下の、薄汚い本音を引き出してやろうとしたロキュエルだったが――。

「――それでもわたしは、今のロキュエルさんと一緒に戦いたいって思います」

　悪女の期待を裏切り、プリエステラは真正面から自分を見返して答える。

　呆れ果てて「お前は、どこまで……」とうめくロキュエルに、白星恍姫は続けた。

「仮にそうだとしても、妹さんのことで魔族を裏切ってまでわたしたちと一緒に戦うことを決意してくれたロキュエルさんの気持ちが、わたしはすごく嬉しいんです」

（人間と一緒に、戦うつもりはない……！　復讐が、復讐だけが私の……）

「ロキュエルさんとわたしは同じだって、あのとき話を聞いて思いました。だから……だからわたし、あなたに賭けてみたい、あなたを信じたいって……そう思っているんです」

「……わかった、もうわかった。この話はもうやめる。拠点に戻って報告だ」

耐えきれなくなり、ロキュエルは彼女を突き飛ばすように距離をとると先に歩きだす。

あまりの純真さ、誰かを思い出す。

人間との共存を夢見て、その道半ばで非業の死を遂げた優しい魔族を――。

ついてくる監視役に背を向けて歩いていたロキュエルだったが、ふと足を止めてプリエステラに向き直る。

「一応言っておく。私はお前たち姉妹を見た記憶もないし、部下から報告も受けていない」

「わかってます。……ロキュエルさん、悪なのに嘘つけない人なんですね」

「うるさい。あまり余計なことを言うと叩《はた》くぞ」

最初から試すつもりであったことを見抜かれていたのだろう、笑顔で返され。

くすくす笑う非力な少女に、指一本でも殺せる少女に、なぜか負けた気がした。


ところ変わって、魔族の棲む異界の王城。

城内の薄暗い一室には三人の男が集い、おどろおどろしい椅子に腰掛けた精悍な表情の男性が口を開く。

「叛逆者ロキュエルは人間界に逃れ、変身ヒロインと共闘し同胞を討滅している」

「それこそがキメリエス様の思惑通り、といったところでしょうか」

立って話を聞いている残り二人の男のうち、眼鏡をかけている痩せこけたほうの男が慇懃《いんぎん》に言うと、異界王の側近は静かに頷いた。

「計画は順調だ。あとは捨て石を一つ置けば、おのずとロキュエルは我が手に落ちる」

「へへ、俺にはキメリエス様やジズリみたいに小難しいことは考えられねえが、あの女を好きにブチ犯せるならなんでもいいぜ」

次に口を開いたのは、身長三メートル弱はあるかといった大男。腹立たしい美女の顔を脳裏に描きながら下卑た妄想に浸り、それをジズリと呼んだ眼鏡の男に笑われる。

「ククク、バムトは相変わらずですね。一度腕ずくで犯そうとし、手痛い敗北を喫して男のプライドを傷つけられて以降、どうにも彼女にご執心のようだ」

「うるせえ、アレは油断してただけだ。正面からなら男が女に負けっかよ」

不毛な部下のやり取りを眺めつつ、キメリエスは仰々しく椅子にもたれかかった。

叛逆者を処分する算段を、綿密に練り上げながら。


「なんだかロキュエルさん、最初のころと比べて少し変わりましたね」

「そうか？」

「刺々しさがなくなって、ちょっとだけ優しい感じがします」

「いい笑顔で正面から、悪の私に最低の侮辱を吐くお前の度胸は認めてやろう」

それからまたまた一週間後。パトロールの休憩中に、緑の多い公園のベンチでサンドイッチを食べながら、そんな会話を交わす二人。

これも魔族が出没していないか、もしいたら人的・物的被害はどれほどか確認し応援を呼ぶ、変身ヒロインとしての地味ながら大切な仕事だ。プリエステラはロキュエルの監視役のため、必然的にロキュエルもこうしてパトロールをする羽目になっている。

「戦いは相変わらず、容赦ないの一言ですけど」

「奴らが弱すぎるだけだ。そして、人間《おまえたち》もな」

人間界の食べ物はどれも口に合わないが、こうして穏やかに食事を摂ることなど久しく忘れていた。魔族にとって罰ゲームのような味に顔をしかめながら、悪の元幹部は考える。

（確かにここのところ、弱い敵ばかりだ）

魔族を裏切ってヒロインたちと行動を共にするにあたってしばらく、敵は大掛かりな侵攻をしてこない。

軍に所属していないごろつきの魔族が、数体から数十体規模で好きに暴れていく程度。あるいは仕留め損ねた自分を消すために、生半可なものではない軍を編制している最中なのかもしれないとロキュエルは想定する。

（まあ、陰気なジズリはともかくヘーモスやバムトであってもこの私とやりあって勝てる見込みはないというのも事実だがな。キメリエスは側近だし人間界に出てくることはまずないが、四天王複数と同時相手ではさすがに厳しいか？　巧く分断して各個撃破を……）

「ロキュエルさん？」

「問題ない。少し奴らの動きを予想していただけだ」

沈思黙考していた自分に不安を感じたのか控えめに声をかけるプリエステラに、いま考えていたことを話す悪の元幹部。

「それ、今度の会議で発言してください。魔族の動きの予想はいつも大変な上にだいたい外れますけど、ロキュエルさんの意見なら信憑性は高いです」

「私自身の信用がどん底だろう」

ふう、と息を吐いて美毒婦は柔肉が充分に乗っているムチムチの美脚を組み替えた。

プリエステラは話題を切り替え、かねてより聞きたかったことを彼女へぶつけてみる。

「そういえば、そもそもどうして魔族は人間界に攻めてきているんですか？　ロキュエルさんなら何か知っていませんか？」

「魔族は一枚岩じゃない。五百年くらい前に人間界への干渉を好まない穏健派と衝動のまま破壊する過激派に二分され対立を深めている。人間界《ここ》への侵攻は、過激派魔族《わたしたち》の趣味であると同時に穏健派を潰すための国力増強の一環だ」

私とリルは三百年ほど前に過激派魔族として生まれ、リルが共存思想を抱いて殺されたように過激派は人間との共存を絶対に許さない思想がある、とロキュエルは付け加える。

「じゃあ、穏健派の魔族《ひとたち》と手を取りあえば。なんなら人間《わたしたち》が穏健派に働きかける、っていうのはどうですか？」

「奴らも私たちをひどく敵視していて交渉はおろか物理的接近すら困難だ。さらに言うなら穏健派も人間と仲良くしたいんじゃなく、関わりたくない思想が強い。人類に接触すると両時空の調和がどうとか言っていた気がするが、とにかく不干渉でいたいそうだ」

　ましてや私は過激派四天王だしな、とロキュエルは紫髪をかき上げた。

「両時空の調和……もしかしてわたしたちが異能の力を得て変身ヒロインになるようになったのは、ロキュエルさんたち魔族の侵攻で調和が乱れた影響なんでしょうか？」

　うーん、と考え込む白星恍姫に、「そうかもしれん」とだけ答える豺狼。

「ともあれ目下の懸案は、その過激派が軍をまとめて人間界にいつ来るか、だ」

「なるほど……でも、そうやって具体的に考えられるってすごいことです。復讐に囚われていたら絶対そんな風に考えられませんから。ロキュエルさん、とても立派だと思います」

　プリエステラはそう言い、悪女は無言で手のひらを見つめた。

　確かに裏切った直後と比べれば、自分でも疑わしいほど落ち着いている。

　本当に復讐したかったのだろうかと、逆に不安になるほどに。

「……そうだな。もっと荒《すさ》んで暴れまわっていると思っていたのだが」

　復讐以外の行動など、すべて「逃げ」だと思っていた。

　だが、一番逃げていたのは自分だったのかもしれない。

　本当に妹の無念を晴らすのは、復讐よりも人間との共存を彼女に代わって成し遂げることではないだろうか。

　それを教えてくれたのは、この弱き変身ヒロインだった。

「あんなこと言っておいてなんですけど、わたし、原動力としては全然ありだと思うんです、復讐だって。けど、復讐はほら……終わったら何もなくなっちゃうじゃないですか」

だからその先が必要だと思うんです、とプリエステラは水筒の紅茶を飲みながら言う。

「まあどのみち、魔族どもを殺すことには変わりない。復讐もおのずと進んでいく」

「それでいいと思います、今は。その先のことはまた一緒に考えましょう」

「……お前はこの戦いが終わったら、どうするつもりだ」

ある意味、プリエステラも復讐を進めている。

姉の仇を討つべく魔族を殺すため行動しているのだから、同じ穴の貉《むじな》だ。

だから彼女自身は復讐《たたかい》の先に何を見ているのか、ロキュエルは気になって問う。

「わたしは……ヒロインの仲間や学園の友達と一緒に、思いっきり遊びたいですね」

映画を観たり、買いものをしたり、ボウリングやカラオケに興じたり。

そのときはロキュエルさんもご一緒に、と満面の笑みでプリエステラは言った。

「浮くだろうが、私が人間どもに混じっていたら」

「そんなことないですよ、ロキュエルさん美人ですし。そういえばその髪もすごく綺麗ですけど、シャンプーなに使ってるんですか？　異界のすごい成分配合なんですか？」

「話がズレて……ああもういい。休憩は終わりだ」

紫髪をぐしゃぐしゃと掻き、悪女は美貌を歪めて立ち上がり空を仰いだ。

（リル……どこかで見ているか？　こんな他愛ないやり取り……お前はどう思う？）

人間と魔族。正義の変身ヒロインと、悪の女幹部。

戦いの中で生まれた、奇妙な関係。

ほんのわずかな休息に、同じものを食べながら埒が明かない話をして過ごす穏やかな時間。

これが妹の夢見た世界、その片鱗だとしたら——。

（人間との共存も……悪くはない、のかもしれないな……）

「ああっ、ロキュエルさん。ゴミをそのままにしちゃダメです。ちゃんと持ち帰らないと」

「うるさい。悪はそんなの気にしな……わかった、わかったから無言で見つめるな」

食べた後のゴミを放置してパトロールを再開しようとすると、監視役が文句を言うのでしぶしぶ片付ける悪逆非道の女幹部。

（なぜ豺狼とまで呼ばれたこの私が、こんな律儀な真似を……悪のプライドがっ……）

豺狼とは山犬と狼のことで、残酷かつ欲深な者というロキュエルにとって最高の褒め言葉なのだが、もはや狼どころか中型犬がいいところだ。

ゴミをまとめて移動再開する大悪党に、後ろから白ヒロインがまたも話しかけてくる。

「ところでロキュエルさん。わたしの名前、プリエステラって言うんですけど」

「知っている。今さら改まってどうした」

「仲良くしてくれる他のヒロインは、わたしのこと『プリス』って呼ぶんですよ。ほ、ほら、戦闘中とか余裕がないじゃないですか。だからその……」

子犬のように目をキラキラさせる白いヒロインを見て、彼女が何を自分に求めているかはだいたい想像がついたが。

「必要以上になれ合わないと言ったろう」

「はうぅ……」

断ってやると、残念そうにプリエステラは人差し指をつつき合わせた。

そんなに呼称というものが大切なのだろうか、魔族の彼女には理解できない。

「そ、それは……でも、人間にとっては大事なんです、愛称って。でも、変身ヒロインは常在戦場、自分たちは人間を守る存在だってことで、仲間内でもお互いを人間の名で呼ばないように決まっているんです。だからヒロイン名で愛称をつけるんですよ」

短命の人間だから、そういった結びつきを求めるのだろうか。

少なくても自分には愛称で呼ばれる必要性はないのだが。

「はぁ……まあ気が向いたらな」

「ほ、ほんとですか？　絶対ですよっ。なんなら今からでもいいんですよ？」

ぱあっと顔を輝かせるプリスことプリエステラ。

やはり何が嬉しいのか理解できないが、その純真無垢な笑顔に極悪無慈悲な女幹部はため息をつき、さらなる復讐を求め先立って歩く。

（プリス、か……）

小さく彼女の唇が動いたが、それは後ろからついてくる少女には見えていなかった。

さらにそれから数日、変身ヒロインと人類は未曽有《みぞう》の危機に立たされる。

いつものように異界から魔族が攻め寄せてきたが、その規模がこれまでと全く違うのだ。

「こ、こんな大軍勢……見たことありません！」

「そろそろだとは思っていたがな。裏切り者の私を消すための攻勢、といったところか」

拠点のモニターに映る錚々たる魔族の大軍にうろたえるプリエステラに、胸の前で腕を組んで一切動じないロキュエル。

「私が狙いだとすれば、こちらから出ていって適当に遊んでやれば足止めになる。その間に人間どもを避難させられるだろう」

「でも、ロキュエルさん一人に狙いが集中して大丈夫なんですか？」

「この私を誰だと思っている。元魔族四天王、豺狼のロキュエルだ。いいから正義ちゃんどもはさっさと戦えない人間を誘導してやれ。それは逆に私ではできない」

拠点を出た毒婦は高く跳躍し、高層ビルの屋上へ着地。高所から敵軍を確認すると自身から黒い魔力を放出し、敵の狙いを自分に向けながらひとっ飛びで足止めに赴く。

プリエステラやエース級三人をはじめ変身ヒロインたちも各方面に散り、人々の安全確保に奔走する。かつてない規模での戦いが起ころうとしていた。

「街を狙う敵の先鋒は崩したか。本隊もじき迫ってくるが、ヒロインどもは……来たか」

「ロキュエルさん、避難誘導完了しました！　わたしたちも戦います！」

先行して攻めてきた数百体ばかりの魔族の骸山にロキュエルが腰掛けていると、プリエステラや他の変身ヒロインたちも自分に加勢すべく駆けつけてきた。

さすがにヒロインたちも数が多く、大軍に対して総力を挙げていることが分かる。

もっともロキュエルから見れば、色鮮やかなだけの烏合《うごう》の衆だが——。

「て、敵本隊ですっ！」

「鶴翼陣《かくよくじん》か、数で押す気だな」

プリエステラが前方を指さし叫んだ。

迫ってくる魔族軍の陣形が、こちらを包むよう大きくV字形に展開していく。大軍でありながら美しいほど統率の取れた動きに、ロキュエルも感心する。

「ここまで綺麗に動かせるとは四天王クラスの指揮官か。本腰を入れているようだ」

「誰なんですか？」

「おそらくは『猾雷《かいらい》』のへーモス。魔族の中でも最高齢で、戦略のジズリに対して戦術のへーモスという感じの優秀な指揮官だ。四天王だから当然私と同格で、脆弱な変身ヒロインでどうにかなる相手ではないな。まあ、何人かのヒロインはそんな私の説明を聞くまでもなく……あのように戦い始めているが」

プリエステラの問いに、百センチ超えのバストを持ち上げるように腕組みしながらロキュエルは答え、勝手に突っ込んでいく変身ヒロインたちを見ながらため息をつく。

変身ヒロインをまとめる統括機関の役員は非力な人間なので、優れた現場指揮官がいないのだ。そのため統率が取れず、ヒロイン個々に任せるという戦術にならざるをえない。

「なんでもいいので、正義のためにさっさと働いてもらえます？」

いつものように正義正義うるさい青髪ヒロインに絡まれるので、悪女はヨルムンガンドを軽く振るいながら骸の山から降り――。

「きゃあああああっ！」

そのとき前方で巨大な稲光、耳をつんざく轟音。自然界ではありえない真っ黒な雷が落ち、先行していた変身ヒロインがまとめて吹き飛ばされる。味方が派手に打ちあがりボトボト大地へ叩きつけられる悪夢のような光景に、プリエステラが悲鳴を上げた。

「あの黒雷……そしてこの広範囲攻撃。やはりへーモスか！　いいだろう、奴はこの私が冥府に送ってやる！　ヒロインどもはザコでも叩いていろ！」

鞭を唸らせ、ロキュエルは最前線へ躍り出た。

並みいる雑兵《ぞうひょう》をまとめて蹴散らし、一気に指揮官のもとへ肉薄する。

四十体以上の魔族が担ぎ上げるおどろおどろしい輿に座った白髪の老将は、眼下に現れた美悪女を見て鼻を鳴らした。

「ずいぶんオシャレで盛大なパレードだな、『猶雷』。夢の国に迷い込んだかと思ったぞ」

「左様、我らを裏切り人間どもとの共存など夢見る愚者にふさわしい催しだ。気に入ったのならそのまま永遠に夢を見続けるかね、『豺狼』ロキュエル」

挨拶は終わりとばかりにへーモスは骸骨のついた杖を振るいあげ、そこから無数の黒い落雷を降らせる。生身の人間はもちろん、変身ヒロインであっても先ほどのように一発で消し炭になる尋常ではない魔力だが。

「この程度！　人間ならともかく私には通用しない！」

ヨルムンガンドを高速で振り回してそれらを消滅させ、返す手の動きで輿を担ぐ魔族全員を薙ぎ払いロキュエルはヘーモスを輿から引きずり下ろす。

「年寄りは労《いた》わるべきと教わらんのか、三桁しか生きとらん小娘が」

「なら望み通り老人ホームへぶち込んでやろう！　要介護になる程度に痛めつけてな！」

振り上げた杖から黒雷が降り、伸縮自在の鞭が唸る。

かと思えば地面を裂いて下から雷槍が突きあがり、空中に飛び上がって回避したロキュエルが鞭を持たない左手から暗黒の渦を地に向け放つ。

「……互角……？」

「いえ、少しですけど……ロキュエルさんが押してます！」

手持ち大砲から砲弾をばらまきヘーモスの取り巻きを潰すシュタルカノンに、プリエステラが先の落雷で吹き飛ばされた味方ヒロインを手当てしながら答えた。

魔族四天王同士の熾烈な戦いは、人間たる変身ヒロインが入りこむ余地は皆無。

裏切りの女幹部の存在は人類の勝利に必要不可欠であることが、改めて浮き彫りになる。

戦いはロキュエルが優勢、このまま彼女に任せていけば勝てる見込みは高い。

だが、そんな現状に納得していない正義のヒロインが一人。

「くっ……正義が悪の首魁を討てずに終わるなんて、あってはなりません」

「お、おい！　リンフォルツァンド！　どこ行くんだ⁉」

そうして、エクリブロウが止める間もなく、青髪のヒロインは戦場中央へ飛んでいき。

そうして、交戦中のロキュエルの背後から口上を突きつける。

「悪の指揮官ヘーモス！　天奏伶姫リンフォルツァンドが、正義の名のもと調伏《ちょうぶく》してやります！　絶対葬送曲《アブソリュートレイクイエム》！」

「なっ……無能が、ザコだけ叩いてろと言っただろう！」

変身ヒロインの勝てる相手ではないのに、正義へのこだわりからか自分のプライドからか突出してしまった浅慮《せんりょ》な少女にロキュエルも呆れ。

当然、ヘーモスの狙いはそちらへ向かう。

「力量差も測れぬ小童が。己の愚行を悔いるがよい」

無数のビットを展開しビームを一斉に放った青髪ヒロインだが、黒雷の威力は桁が違った。光線のすべてを消し飛ばされ、そのまま雷が彼女を穿《うが》つ。

「ちっ、久々に大暴れできると思ったら結局尻拭いか！」

深手を負い、そのままトドメを刺されるリンフォルツァンドのもとへ駆け寄ろうとするロキュエルの脚を、一条の雷がかすめた。

「愚かな。足手まといなど切り捨てればよいものを。まとめてあの世へ送ってくれよう」

スピードを奪われ、満足に動けないロキュエルと瀕死の天奏伶姫の頭上から回避できない特大の黒雷が落ちてくる。

「ロキュエルさんっ！」

「フッ……やはり歳だな、貴様」

白ヒロインが悲鳴を上げるが、酷薄な美悪女は不敵な笑みを浮かべ、次の瞬間。

勝ちを確信していたへーモスは、地面を突き破ってきた何かに脳天まで刺し貫かれた。

「ヨルムンガンドは枝分かれする。そこの無能のほうを向いていた時に一本地中に埋めていたのに気づかなかったとは、いよいよ地獄で隠居だな」

「お、おの、れェ……小娘、めが……」

術の放ち手の命が燃え尽き、命中直前の特大黒雷も雲散霧消する。

指揮官が死んで大混乱した魔族兵たちは、変身ヒロインたちにより蹴散らされ潰走。

「冥府でリルに伝えろ。じきにキメリエス、そして異界王も詫びに来ると」

「やったぁ、ロキュエルさんが勝った……！」

プリエステラが手を組み、瞳を潤ませる。

敵の大攻勢を犠牲者ゼロではねのけ、人類は限りなく大きな意味を持つ勝利を得た。

この勝利が仕組まれたものであり、功労者のロキュエルには褒美として淫辱の悦楽がこの先に待っていることを、彼女本人はまだ知らなかった。

第二章　再教育される女幹部

魔族四天王の一人にして大軍を指揮する将ヘーモスが死んだことで、人類はにわかに沸き立った。

ロキュエルが裏切っているので、これで四天王は残り半分になったことになる。

ヒロイン統括機関は敵が混乱している隙をつき、一気に反攻する方針に出た。

その前段階として、まずは唯一こちらから異界へ移動できる手段を持つロキュエル、および監視役のプリエステラによる偵察命令が下される。

「ここが異界……ロキュエルさんの故郷なんですね。捕まったヒロインを除《のぞ》けば今まで人間側から異界へ移動することはできませんでしたけど、初めてこっちから……」

「ふん、今となっては何の未練もないがな。今のうちに変身しておけ、どこから魔族がやってくるか分からん」

ロキュエルの生み出した「扉」を通り、初めて踏み入れるおどろおどろしい土地に、光を纏って白星恍姫に変身したプリエステラは落ち着かずきょろきょろしていた。

空は血のように真っ赤で、月が大小三つも浮かんでいる。枯れ果てた草木が意志を持つかのように踊り、川では紫色の水が下から上へ流れ、そこかしこの地面が割れているところからは妖しいガスのような気体が湧きだしていた。

「おのぼりさんめ、さっさと行くぞ。異界一の観光名所、魔族の王城はこっちだ」

専用の端末を取り出して、あちこち写真を撮影しメモを取っていくプリエステラに先立ち、目的地へ案内するロキュエル。

時空が異なるので人間界との通信は一切できない。端末そのものは電池式なので機能するが、本部に報告するには生きて人間界へ戻らなければならない。

文字通り情報を持って帰らなければならず、非常に危険な任務になる。

そうしてたどり着いた不気味な巨城に、プリエステラは息を呑んだ。

「こ、ここが……魔族の本拠地……」

ロキュエルにとっては前の職場であり第二の家でもあった魔城ではあったが、今は悪の自分ですら嫌悪する外道どもの巣窟でしかない。

「私が正面から突っ込んで気を引いて、お前はうまいこと潜入……そういう手はずだな」

「はい！　これは人類のための最重要任務……！　わたし、やりますよっ」

「やる気があるのはいいが、ドジを踏むなよ」

使命感に満ちて意気込んでいるプリエステラに、ロキュエルは呆れつつも柔らかく言う。

そんな元女幹部に「大丈夫ですっ」と白星恍姫は拳を握った。

「わたしは本来、こういうのが得意ですから。能力が偵察に向いてるんです」

「まあ、お世辞にも戦闘は得意じゃなさそうだからな」

考えてみると彼女の能力をロキュエルはまともに見ていない。サポートが得意だと聞いていたが、敵として戦った時には勝手に巻き添えを食らい、同行するようになってからも基本的にロキュエルが一撃で敵を薙ぎ払っていた。

「……で、その偵察向きなお前の能力とは何だ？　蟹を出して食わせるのか」

「そうそう、カニさんって食べてるとつい無言になっちゃいますから、見つかっても報告されませんよね……って違いますよっ、わたしを何だと思ってるんですか、もー！」

ツッコミを入れたのち「光を操る能力です」とプリエステラは言った。

光を屈折させ虚像を作って敵を惑わしたり、蜃気楼で距離感を狂わせたり、光輪で敵を拘束したり、光学迷彩の要領で背景と同化して見えなくなるなどの能力があるらしい。

「あのときの一瞬で消えた変な光の輪、アレはお前の拘束技だったのか」

「はい、ロキュエルさんには全然効きませんでしたけど……あと、味方のパワーを一時的にアップさせることもできますよ」

「どの程度だ？」

「え、えっと……一割ちょっとですけど……」

人差し指をつつき合わせながらごにょごにょと濁すプリエステラに、ロキュエルはため息をついてから「使えんな」と切り捨てる。

「あってもなくても同じだ」

「ひどい！　でも、もともと強いロキュエルさんなら上がり幅も大きいはずですよ」

拳を振り上げて抗議するプリエステラに「そうじゃない」と女幹部は否定する。

「私の力が一割増しになったところで側近のキメリエスには勝てないということだ。そのくらい私と奴との間には力の開きがある。三倍くらいならともかく、その程度なら蟹でも食わせていたほうがマシだ」

「す、すみません、力不足で……」

だからこそ今は、偵察のための陽動に従事する。人間に体よく使われていると分かっていても、復讐のためにはこれが一番確実なはず。利用しあってなんぼだろう。

「まあ力不足と言うならこちらのセリフだ。いずれにせよ今回の目的はあくまで偵察。適当に暴れておくから、光学迷彩とやらで散歩してこい。ただし、あんまり長く暴れているとキメリエスも来るだろう。適当なタイミングで切り上げて合図しろ」

「わかりました、ロキュエルさんもお気をつけて。では……オプティカバニッシ！」

プリエステラの輪郭がぼんやりと薄くなり、やがて背景と同化して完全に見えなくなる。行ったのかまだそこにいるのかも分からないほど、彼女の光学迷彩は優秀だった。

（そのぶん戦闘はからっきしだが、まあ向き不向きはあるな。さて、私も暴れてやるか）

ヨルムンガンドを振るい、頑強な門を破壊して正面から躍り込み。

混乱しながらも打って出てくる魔族を次々と殺害し、悪女は獣のごとく荒れ狂う。

「復讐と虐殺の開幕だ！　この『豺狼』が、貴様らを残らず冥府へ送ってやるッ！」

（よーし、スニーキングミッションの開始ですっ）

いっぽう、姿を消したプリエステラはロキュエル迎撃のため慌ただしく出撃してくる魔族たちとすれ違うように城内へ潜入し情報を集めていく。

あくまで姿が見えなくなるだけの能力なので、音はなるべく立てないよう城内を進むプリエステラだったが、探索中ふとあるものに気づいて足を止める。

体育館のような広い空間に、独特な匂いのする物体がそこかしこに無造作に積まれている部屋だ。

（これは……見た目気持ち悪いですけど、魔族の食べ物……？　ここは食料庫なんでしょうか？　ひいっ、ゴキ……じゃなくて、異界の虫!?）

食料などを貯めてある倉庫のようだ。見たこともない害虫のような生命体が食材の上をウロチョロしているが、魔族は気にしないで虫ごと食べるのだろうか。

（……食べ物をダメにしちゃえば、魔族は大打撃ですよね。官渡《かんと》の戦いでも敵の兵糧庫を燃やしたのが逆転勝利の決定打、わたしも故事に倣って燃やしちゃいましょう！）

数の多い相手に兵糧攻めは非常に有効だ。空腹は耐えようと思って耐えられるものではない。白星恍姫は攻撃力の低い光の短剣を振り上げ、魔法で食材を焼き払おうとする。

倉庫から火の手が出れば異変を察知した魔族は当然こちらにやってくるが、そのころにはすでに自分は姿を消したまま離脱、別の場所で偵察続行だ。

だが――。

「……なるほど、食料を狙うとはなかなか強《したた》かだ」

まだ火はつけていない。光学迷彩も解除していないはずだ。

にもかかわらず、振り上げた腕を後ろから何者かに押さえられている。

「ですが見えなくなる能力も梟の目には通用しませんよ、お嬢さん」

「なっ……あううっ」

掴《つか》まれた腕から微弱な電流のようなものを流し込まれ、たまらず振りほどいてその場に崩れ落ちるプリエステラ。

それと同時に光学迷彩が強制的に解除され、自らの姿を白日の下に晒してしまった。

痺《しび》れが残る身体をなんとか起こし、目の前にいる男を見上げる。

痩せこけた顔だが眼鏡の奥の双眸《そうぼう》は異様なまでに鋭く、左手は猛禽の爪のように極めて鋭利。後頭部からは細長い角も生えている。

人間のようだが人間ではない――ロキュエルと同じ、人型の魔族だ。

「失礼、私は魔族四天王が一人、『狡梟《こうきょう》』のジズリと申します。可愛らしい貴女は……変身ヒロインとお見受けしますが」

彼はそう名乗り、窓から顔を出して眼下で暴れているロキュエルを見下ろしながら言う。

「おおかた、表で騒いでいるあの狼女は陽動だと思っていましたよ。となれば、裏で動く者がいるはず。そうなると暗躍者の狙いは偵察か兵站《へいたん》の破壊、あるいは両方ですからね」

一見すると紳士的な振る舞いではあるものの相手は魔族、余計なことは一切しゃべってはならないと、プリエステラは口をつぐむ。

どうにか逃げ出す隙を作らなければ、自分もロキュエルも危うい。

ジズリと名乗った四天王は視線を白ヒロインに戻し、流暢《りゅうちょう》に語りかける。

「それにしても興味深いですね。裏切ったとはいえかつては四天王として悪逆の限りを尽くしていた豺狼のロキュエルが、人間……変身ヒロインと共謀して自らを囮に策を成そうというのですから。ずいぶんとまあ昵懇《じっこん》の関係になったものです」

「………」

「どんな手を使ったのですかねぇ。ロキュエルの監視役――白星恍姫プリエステラ？」

そう言って、ズイと男が一歩詰め寄った瞬間。

「ヴァイスフラッシュ！」

強烈な白い閃光が、食糧庫内を埋め尽くす。

本来は敵の目を潰すことで味方に攻撃チャンスを作るものだが、今は逃走のために。

「バインドルーチェ！」

加えて視力を奪われたジズリに対して白い光の輪を投げ、身動きを封じてから一目散にプリエステラは正門前を目指して走り出す。

（ロキュエルさんと合流して、撤退しなきゃ！）

「小娘が……その程度の小細工が通じると思いましたか！」

だが、四天王に対しては時間稼ぎにもならなかった。

あっという間に拘束を解かれて追いつかれ、左手の鋭利な爪で背後から斬り裂かれる。

「いやぁああっ！　ロ……ロキュエル、さん……逃げ、て……」

「ククク……情報を持ち帰るつもりでしょうがそうはいきませんよ。逆に貴女には洗いざらい吐いてもらいますからね」

最後に女幹部を案じながら、プリエステラはうつ伏せに倒れて意識を手放した。


「てめえら、そんな女一人になにやってやがる！」

プリエステラの潜入調査を助けるため、ロキュエルは鞭を振り回し暴れまわる。

雑魚《ざこ》が次々と倒され、そろそろ幹部クラスが現れるはず——そう思っていたら、まさに台本でも用意されていたかのようにそれが現れた。

「ば、バムト様！」

三メートル弱の大柄な体躯に、筋肉の鎧を纏った荒々しい魔族の男。

魔族四天王が一人、『虎乱《こらん》』のバムト。

(バカのほうだったか、痛めつけて嬲《なぶ》り殺しにしてやる)

見ての通りのパワータイプで、破壊と暴力が歩いているような外見の悪漢だ。一振りで高層ビルを打ち壊し、人間数百人は肉塊に変えそうな巨大棍棒を軽々と担ぎ上げている。

「いつもお高くとまりやがってよ、ずっと前からお前をブチ犯してやりたくてたまらなかったんだ！　ちょうどよく裏切ってくれたな、ブッ潰してその身体に刻みつけてやるぜ、女は男には勝てねえってことをなぁ！」

「フ……匹夫《ひっぷ》の勇《ゆう》という言葉がピッタリだ。昔にも一度叩き伏せたが、もう一度徹底的に負かして性癖を歪め、女に力負けすることで悦ぶマゾ男に調教してやろう。来い」

（しかし……プリエステラからの合図はまだないか。捕まっていなければいいが）

　バムト自体は問題ではないが、あまり悠長にはしていられない。

　突っ込んでくる巨漢を鞭でいなしながら、ロキュエルは一抹の不安を抱く。


「う……」

「おや、お目覚めですか？　ククク、本当に弱くていたぶり甲斐のないヒロインでしたね。まあいいでしょう、別のいたぶり方がありますからね」

　プリエステラが目覚めた時、彼女はジズリによって城内の一室に監禁されていた。

（さっきの食料庫じゃない……ここから闇雲に逃げても脱出できるかは……）

　ポールのようなものに固定され、魔力で背中を接着されたかのように身動きがほとんど取れない。腕の動きも封じられ、頭の後ろで手を組まされる格好になっている。

「な、何もしゃべらないんだから！　殺すなら殺してくださいっ！」

「殺す？　そのようなもったいないことするものですか。こんなに面白い玩具が手に入ったのですから。第一その言葉で、もう重要なことは分かっていますよ。貴女とロキュエルには、種族を越えた信頼関係があることがねぇ……クックククク」

　その体勢で弱いヒロインはキッと男を睨むも、猛禽の魔族はひるみもしない。

「敵対する人間と魔族が共にあろうなど、不可能であるはずの幻想を信じあっている……。これは滑稽だ、彼女の妹を思い出しますよ。実に惨めな最期だったようですね」

「あ……あなたたちのせいでロキュエルさんの妹さんは！　ロキュエルさんが、どれだけ悲しんでいたと思って……っ」

——今でも夢に見るんだ。リルが私に助けを求めて泣き叫ぶ夢を。——

——私は気づいてやれなかった。もう謝ることもできないんだ。——

少しずつロキュエルは、自分と二人きりの時にそんな本音を漏らすようになっていた。

だからこそ、ロキュエルとリルの尊厳を傷つける物言いが許せない。

名誉を守るべく抗議する白ヒロインだったが、それは甲高い笑い声でかき消される。

「クハハハ！　悲しむ⁉　そのような惰弱な感情を、よりによって人間相手に情けなく吐露していたと！　全くお笑いだ、豺狼と呼ばれた悪女が聞いて呆れますよ！」

「くっ……ロキュエルさんを侮辱しないで！」

黙るかと思えば大切な友人をさらに貶され、プリエステラは生涯でも数えるほどしかないほどの怒りを覚えて精一杯の声を張り上げた。

「わたしの大事な友達を、あなたなんかが愚弄《ぐろう》するのは絶対に許しませんっ！」

「クハハハハ、弱いわりに威勢のいいヒロインだ。それほどまでにあの悪女に入れ込んでいるのですね、監視役」

怒りと恐怖に震える白星恍姫に、卑劣な男の毒牙が迫る。

「では教えてあげましょう、人間の重んじる信頼などというものがいかに脆く、崩れやすいものであるかということをね」

（な、何をされたって、屈しません……！　わたしが負けたら、ロキュエルさんだって……必ず逃げるチャンスはあります、今は耐えないと！）

正義のヒロインとしての気力を振り絞り、強大な魔族による責め苦に耐える意思を示すプリエステラ。

「ではまず、服越しにその身体に触れさせていただきますよ」

「あ、あなたなんてすぐロキュエルさんに倒されるんですからっ……ひゃんっ！」

細い腕を伸ばしてくるジズリに対し言葉で抵抗する以外なすすべもなく、純真少女の微乳がコスチューム越しに揉みこまれる。

「や、やめて……」

「ククク、初々しい反応ですね、嫌いではありませんよ。この分だと男と交わったこともなさそうですね」

「そ、そんなことありませんっ……わたしだって人並みに、くうっ、んんぅう！」

全身を魔族の手で愛撫され、気持ち悪いことこの上ない。ただでさえ性経験皆無なプリエステラだ、異性に――それも魔族に無理やり撫でまわされ拒否反応が起こるのは当然。

しかしジズリはその反応すら楽しむように、起伏が少ない彼女の肢体をまさぐっていく。

「露出が少なく清潔感はありますが、つまらないコスチュームですね。どうにも変身ヒロインとは不可解で、強い個体ほど脱ぐ傾向がありますが……貴女はどうにも防御に不安があるようだ。着たまま犯すには邪魔ですから、切り裂いていきましょうか」

快刀乱麻を断つように、ジズリは猛禽の爪で純白コスチュームを紙切れのように裂いていく。その切れ味に身震いし、自らを守るコスチュームの防護が通じないことに愕然とするプリエステラ。

（そ、そんな……わたしのコスチュームが……）

変身ヒロインのコスチュームは、ヒロインの魔力そのもので構成されている。どんな衣類・防具よりもしなやかかつ頑強で、動きを一切阻害せず悪と戦うための戦装束だ。レオタード状のインナーの上にヒラヒラしたワンピース風の純白衣装を纏うプリエステラだったが、その上着部分が真っ二つに裂かれてしまい、もはや鎧としての機能を成さない。

「ククク、白星恍姫ならではの純白な肌が見えてきましたよ。なるほどこれは敗北も、男も知らない未熟な肢体のようですねぇ。初雪のことを処女雪などと言いますが、まさに処女のごとき、雪以上の穢《けが》れなき白さですよ」

褒めてもらえているのだろうが、恐怖と不安、そして嫌悪感からこれっぽっちも嬉しさとして認識できない。

（な、なんとか逃げなきゃ、逃げてロキュエルさんと合流……）

必死に機を窺おうとするプリエステラを嘲笑うように、男の指が柔肌を這いまわる。

成長途中で皮下脂肪がつきかけの「少女」であることをこれ以上ないほど体現する、良い意味で中途半端な肉体が異族の指で穢されていくようで、不快なことこの上ない。

コスチュームは中央を切られ、まだ身体を覆っているものの、こうなってしまえば男の手から自分を守ってはくれない。

インナーのレオタード部は無事だが、いよいよそこにも文字通り魔の手が迫ってくる。

「それでは、白星恍姫のおっぱいを拝見いたしますよ」

「っ……やめて……くださいっ……」

ブラ一体型のレオタードコスは変身すると自前の下着と置き換わる形で彼女の控えめな肢体を魔力で包み戦いの衝撃から優しく保護するもので、そのため留め金もワイヤーもなく、変身を解かない限り外れることはない。

だがそんなバストを守る薄布も、ジズリの爪によって容易《たやす》く紐を切られてハラリとめくれてしまい、彼女の乳房が異界の空気に晒された。

「み、見ないでっ……」

恥ずかしい。

異性に胸を見せたこともないのに、異種族に、敵に、自らの慎ましい乳房と色の薄く可憐な乳首を見せていることへの恥辱感がプリエステラの頬を真っ赤に染め上げる。

「おやおや貧相なものをお持ちだ。ですが感度はよさそうですね、じっくりと堪能していきましょうか、その穢れなき小さなおっぱいをね……クハハッ」

ねっとりとした手つきで、ジズリの両手が少女の未発達なバストに伸びる。

かろうじてである、といったふくらみが男の手に包み込まれ、ふにゅんと形を変えるたびに少女の口からは抑えきれない声が漏れる。

「あっ……や……」

生まれて初めて男に胸を揉まれているという羞恥と、敵に自分の身体を好き放題弄《もてあそ》ばれている屈辱がないまぜになって、プリエステラは頭の中が早くも乱れに乱れていく。

(こ、こんなのに負けちゃダメっ！　わたしは正義のヒロイン白星恍姫プリエステラ、絶対に帰還して人類の勝利に貢献しなきゃいけないんだからっ……)

「おぉ……作りたてのプリンのような極上の柔らかさだ。いいですねぇ、倒錯的《とうさくてき》な喜びがありますよ。正義のヒロインの胸を揉むという行為は、いつも私を勃起《ぼっき》させてくれます」

変身ヒロインは女性であり、豊かに張り出したバストは女性の象徴。

正義のヒロインが持つ「女」として最も目を惹きつける部分を蹂躙することは、まさに正義そのものを穢していく行為にも思える。

一方で、豊かではないが確かに女性として生育しつつある小さなバストであれば巨乳を揉むほどの揉み心地に代わるものとして「幼い少女を弄ぶ」という背徳感が揉み手の心身を満たしていく。

いずれにせよ変身ヒロインの胸を揉む行為は、正義の体現者たる存在の触れてはならない部分を堪能することであり、正義そのものの汚穢《おわい》にもつながる最高の行為だ。

「んっ、んんっ、んぅぅ……！　だ、ダメっ、これぇ……それ以上、揉んじゃ、や……」

「ここまで私を愉しませてくれたご褒美です。貴女にも役得があってもいいでしょう」

怪しげに笑いながら、ジズリは懐から小瓶のようなものを取り出し傾ける。

とろりとした透明な粘液のような物がプリエステラの小さな乳房に落ち、そしてそれを刷り込むかのように上からジズリの手で揉みしだかれる。

「んあうっ……」

「起伏がないせいで垂れ落ちてしまいますからね、しっかり揉みこんでおかないと……ククク、そろそろいかがです？　胸が熱くなってきたのでは？」

（う、うそっ……なに、これ……こんな感覚、知りませんっ……）

生まれて初めて、プリエステラは自らの身体で「性感」を得ていた。

あまりにも唐突で、これが性的な快楽であるということを自覚できないほど。

乳房の内側がじんわりと熱く、桜色の先端が切なくてたまらない。

「ほらご覧なさい。貴女のこの可憐な乳首が、硬くしこっていますよ。甘い疼《うず》きがジンジンとして、触ってほしくてたまらないのではありませんか？」

「ああっ、やっ、そんな……そんな、ことっ……」

言葉通りに、白ヒロインの小さな桃肉蕾は痛いほどに硬く勃起し、ぴくぴくと微かに震えてまでいる。

神経の集まった先端部分を、できるならやや強めにつまんで欲しい——そんな抱いてはいけない感情まで、純真少女の心には渦巻いていた。

（さ、触ってほしいっ、ここいっぱい触ってもらえたら……だっ、ダメっ、それこそこの魔族の思うツボですっ……ここは耐えてっ、耐えなきゃっ、耐え……あぁああ！）

ヒロインとしての矜持を胸に、淫らな欲求に打ち克とうとする白星恍姫。

だが弱い彼女の弱々しい思いなど、ロキュエルと同等の高位魔族がもたらす媚魔薬の前には無意味に等しい抵抗。

果たして淫らな方のプリエステラが望んだ通りに、ジズリは彼女の幼乳首をそっとつまみ——そして、思い切りねじり上げたのだ。

「はひゃあぁあああああんっ！　んあっ、んひぃいいいいいっ！」

待ち望んでいた快楽。乾いた大地に雨が降ったような悦び。

高潔な自分が淫らな自分に敗北する第一歩。

プリエステラは、生まれて初めての絶頂を性器ではなく乳首で経験してしまう。

「ああっ、あはぁあああ！　なにっ、これっ、胸のっ、先っぽっ、あぁああ！」

ジズリに揉まれながら胸絶頂を味わう白きヒロインは、ポールに固定された格好でガクガクと全身を震わせて脱力し恍惚《こうこつ》とした余韻に浸らされた。

「ククク、よもや乳首で……いえ、イったのがそもそも初めてでしょうか？　これは面白い、純朴ヒロインの生涯初めての絶頂は、貧乳乳首強制イキだったとはねぇ！」

「あ、はぁあ、い、イク……？」

「そうですよ、貴女は乳首をつままれた際に気をやってしまいましたでしょう？　そのこ

とを俗に『イく』と言うのです。よもやこんなことすら知らない少女が、初めての絶頂を乳首で味わうとはねぇ。これはさぞ淫らな奴隷に仕上がりそうで、楽しみですよ私は」

未知の気だるさから彼が何を言っているのか後半は分からないものの、プリエステラは「イく」という概念を自らの胸で覚えてしまったことだけは朦朧《もうろう》とした頭でも理解できた。

「さてさて、アクメを覚えた貴女にはまだ仕事が残っていますよ。その絶頂を、女の最高の幸せを、本来はそこで感じるべき部位……有り体に言えば女性器、マンコで体験し、淫らな奴隷への第二歩を踏み出すことがねぇ、ククク」

眼鏡をクイッと上げ、「狡梟」の男は奸悪な笑みを浮かべて次なる責めに入る。

ワンピースコスチュームの内側、レオタード状になっている食い込み部分の上からねっとりした手つきで彼女の幼い秘裂をなぞっていくジズリ。

「ひ……っ、やだ、そんな、とこっ……やめてっ……」

「クックククク、いい反応ですねえ。嫌がっているところがなんとも。その実、媚薬が効いてきてあながち嫌でもないのでしょう？　嫌なはずなのに、気持ち悪いはずなのに、身体は悦びを覚え始めてしまい戸惑っているその顔、とても素晴らしいですよ」

肌触りのいい布地を何度もなぞられ、肌の露出している鼠径部もくすぐるように撫でられる。必死に抵抗する儚《はかな》い乙女だったが、変身ヒロインとしての力をほとんど奪われておりどうすることもできない。

「あっ、あぁあ……ダメ、こんなの……いやぁ……」

（こんなので気持ちよくなっちゃダメですっ、に……逃げなきゃ、なんとかして逃げなきゃ、ロキュエルさんだって……）

「おやおや、純白のレオタードにいつしか染みが。これはいったい何でしょうねぇプリエステラ？　貴女のマンコを触っていたら、内側から何かがあふれてきているのですが」

「しっ、知らないいっ、そんなの知りませ……んんんっ！」

言葉では必死に否定するも、執拗《しつよう》にスジをなぞられ、股間を手のひらでまさぐられ、さらに胸も揉まれながらでは「女」の肉体はどうしても反応してしまいそれを誤魔化すことはできなかった。自分はこの男によって感じさせられてしまい、秘所を濡らしてしまっているという事実が快感とともに頭へ刻まれる。

「敵である私に触られて悦んでしまうとは、貴女も淫乱の素質をお持ちのようだ。正義のヒロインといえども本質は女、男を求めて発情してしまうのですねぇ」

「ち、ちが……これは、ちがいますっ……」

「何が違うのです？　こんなに染みを広げて、マンコをびちゃびちゃに濡らしておきながら……ねぇ！」

ぐちゅぐちゅぐちゅっっっ！

「んひぃいいいいっ!?　やっ、ひゃあああんっ！」

それまでのねちっこい指技から、やや乱暴に股間全体をまさぐられ。

粘液音とともに、プリエステラの口からは抑えきれない雌喘《めすあえ》ぎがこぼれる。

「クハハハ、全身をヒクつかせてお悦びとは光栄ですよ。ではもっともっと気持ちよくしてあげましょうね、このような薄布は切り裂いて、直にマンコを触らせて頂きますよ」

「や、やめ……ああっ、コスチュームがぁ……」

最後の一枚も爪で切られ、プリエステラの一番大切な部分が醜い男の眼前に晒される。

「クックック、やはりピッチリと閉じた処女マンコですねぇ。陰唇もはみ出てない、綺麗な一本スジだ。それでいてこんなに濡れそぼっているというのがなんとも趣がある。処女にして淫乱な正義のヒロインを、どう開発していきましょうか、期待に胸が高鳴りますよ」

わくわくしながらジズリは指を再度、今度は阻むもののない女性器へと伸ばし。

くちゅくちゅっ……と卑猥《ひわい》な水音を立てながら、プリエステラの肉唇を丹念にこね回していく。

「んんんっ、いやっ、やめてぇぇえ……！」

嫌なのに、怖いのに、気持ち悪いのに、敵の男に性器を直接愛撫されて感じてしまう。

それが何よりも恐ろしい。

「やだ、やだっ、もう……んああっ、あはぁああ！」

「声に色気が乗ってきましたねぇ。女の快楽を刺激されれば当然ですが、そんなにいやらしい声で雄を誘っているのでしょうか？　まったく清楚に見えてとんだ男食いだ。淫乱の素質は隠しようがありませんね」

「そ、そんな……お、男の人誘ってなんか……んやっ、あぁああ！」

性に疎い処女ヒロインが、媚毒による後押しを受けた強引な女の快楽に翻弄《ほんろう》される。

何もかも未経験な少女が、無理やり女の本質を教え込まされる。

もはや彼女の先にあるものは、快楽絶頂以外に存在しない。

「ああぁっ、あはぁああ……！　いやっ、こんなのイヤっ、こんなのでっ、気持ちよくなるなんてイヤぁ……！」

なんとか正義のヒロインとしての己を保ち、ロキュエルのことを思い出し、耐えようと試みるもそんな努力を無為に帰すがごとくジズリの指は止まらない。

性経験が一切なく、心身ともに未熟な少女に人外の陵辱を耐えられるはずもなかった。

（た、耐えられないっ、こんなのほんとに我慢できないぃいいい！）

まさしく「女」である限り絶対に耐えられない快楽責めであり、戦闘向きでない変身ヒロインとの勝敗は火を見るより明らか。

（む、胸も、アソコもっ……このままじゃ、ほんとにおかしくなっちゃいますっ！　なんとか耐えてっ、もう一度、もう一度逃げるチャンスをっ……ああっ、気持ちいいっ、身体のどこも気持ちよくて力がぁああ！）

パワー系のシュタルカノンやエクリプブロウなら拘束を引きちぎれるのかもしれないが、まともに戦えない自分は耐える以外に選択肢がなく、その間にも上半身と下半身をひっきりなしに襲う快楽電流が思考を妨害し嬌声《きょうせい》を上げさせる。

「だ、ダメぇ、おっぱいいっ、先っぽもそんなにいじっちゃイヤぁあ……！　こりこりっ、こりこりしないでっ、気持ちよくなっちゃっ、んぅうう！　ダメっ、そこもそんなにっ、もうアソコ触るのやめてぇえええ！」

「アソコではわかりませんねぇ。もっとハッキリとお願いしますよ」

この世に存在する、女性器の呼称のうち最も淫猥《いんわい》で最低なもの。

女の子が絶対に口にしてはならない言葉を言わせようとしてくる。

「んぃいい……お、おま……いやっ、あぁあ……！　ダメっ、ダメぇ……」

「なかなか頑張りますね。ヒロインだけあって気丈だ。ですが身体の方はもう限界のはずですよ、ほぉら」

これ以上この男の言いなりにはなるまいと必死に最低の淫語だけは口にしないよう耐えるも、彼の言葉通りに白星恍姫の肉体はもう進退窮まるところまできていた。

そんな清純ヒロインを、ジズリはさらに指で追い詰める。

「イってもいいのですよプリエステラ。甘い衝動に身を任せ、派手に絶頂してごらんなさい。人間相手では絶対に味わえない快楽ですよ、ほらほら、ほぉら」

ダメだ、ここで絶頂してはならない。

海水を飲むごとく、味わえば味わうほどに深みにはまって戻れなくなってしまう。

そう自身に言い聞かせて必死に耐えるものの、プリエステラを襲う悦楽は逃がす場所がなく蓄積していく一方。

（やだっ……助けて、ロキュエルさん……）

イってはいけないと思えば思うほど、これで絶頂してしまえばどんなに気持ちいいだろうかと「女」の本能が期待してしまっている。

人としての理性と雌としての本能がせめぎあい、そうして最後に打ち勝つのは最も原始的な肉体的欲求――。

（ダメっ、耐えなきゃっ、人類のためにっ、仲間のためにっ、ロキュエルさんのために……っあぁぁあもうダメっ、ほんとにダメっ、ダメダメダメダメもうダメぇええ！）

「イクっ、もうイっちゃうっ、んぁあああイっく、イくっ、イっちゃううう！」

びくんんっ！　びくびくびくっ、ぶしゃぁあああ――……っ。

白星恍姫プリエステラは、とうとう敗北絶頂という変身ヒロインとして最もあってはならない痴態を演じた。

全身をガクガクと震わせ、勢いよく噴き出した潮が向こうの壁を叩きつける。

「あはぁああぁイくっ、わたしイってりゅっ、きもちよくなっちゃってるぅうう！　あっはぁあああらめぇえとまっててっ、イくの止まってぇえええ――！」

「クハハハハ、潮まで噴いて派手にイきましたねえプリエステラ。そのまま最後の一秒まで、雌の幸せを噛み締めながらおイキなさい、ククク」

「あ……っ、ああ……イっちゃっ、たぁ……みんな、ロキュエルさ、ごめ……なさ……」

敵にアクメ姿を見せて嘲笑されながら噴射する潮のアーチが、徐々に小さくなっていく。

そうしてぐったりと力尽き、絶頂後の呂律が回らない状態で、自分に期待してくれる者たちの顔を思い浮かべながら詫びの言葉を口にするプリエステラ。

だが真の責め苦はここから。

「ひっ⁉ やっ、やめ、イった、イったばっかり……んぁあああらめぇええええ、今はらめっ、らめぇえぇ！ らめっ、ぁあああああダメダメダメぇえええぇ！」

絶頂後、いや絶頂中の敏感な処女性器に狙いを定め、無慈悲なまでに追撃してくるジズリの細長い指が余韻に浸ることを許さない。一度絶頂し崩れてしまった少女が、この連続責めに対してできることは快楽をストレートに受け止め雌声を上げてよがり狂うことだけ。

理解の範疇を越えた雌悦にどうにか逃げようと試みるも、全身は弛緩してほとんど動けず女の多幸感が直撃してしまう。

「んあああダメぇえ、まだイってるとちゅ、らめっ、あぁ——っ、あ——っ、あはぁああぁイクイクイクっ、イってるのにまたイグっ、イギっぱなしになっぢゃふぅうう——！」

ぐちゅぐちゅぐちゅっ、ぐっちゅずちゅにぢゅっぢゅぐちゅぐちゅじゅっ！

「クハハ、そうですよこれですよ！ 絶頂後のさらなる追い打ち絶頂！ 身体が最も敏感になってしまっているところに再び激しい快楽を叩き込まれ、気持ちいいのにやめてほしくてたまらないのですよねぇ？」

「あぁああダメっ、お願いっ、んぁああまたイクっ、イっちゃうのっ、やだやだイクのやらぁあああ——！ あはぁあまたイクぅ、わたひまたイっちゃうのぉお——！」

もはやジズリの声も聞こえていない。

ただひたすらイキ狂い、イキ乱れ、余りある女の幸福を白きヒロインは享受し続ける。

そうして五度にわたる連続絶頂の後、ジズリは快楽責めから解放してやった。

「さて、いかがですかプリエステラ。今回の目的やロキュエルとの関係など、六度目の絶頂と引き換えに話したくなりましたか？」

「……は、はぁ、はぁああ……や、らめ……ぜったいしゃべらないぃ……」

が、ほぼ全裸で息も絶え絶え、完全に処女のまま雌の顔になったプリエステラは意外にもギリギリのところで踏みとどまっている。

（ふむ、ただの使命感で動いている程度のヒロインであればこの媚薬で簡単に堕とせましたが。このヒロイン、戦闘力はないわりに芯が妙に強いですね。あるいはそれこそ、裏切り者のロキュエルと強い信頼で結びついている、か……）

これには悪の参謀も少しばかり驚き、顎に手を当てて考えた。

（……ならば、この少女を使って面白いことができそうですね。彼女はこのまま連れて行きましょう。大切な友人と再会させてあげますよ）

ぐったりする白星恍姫を抱え上げ、ジズリは一計を案じ正門前へと向かう。


「もう終わりか、虎乱のバムト。やはり力だけのバカでは私に傷一つつけられないな」

「うるせぇ！　ちくしょう、俺が女ごときに、てめえごときに二度も……！」

正門前では全身を鞭に切り裂かれ、ボロボロになった巨漢がロキュエルの前に膝をついて喘いでいた。

一応は同格である二人だが、ただ棍棒を振るって力任せに暴れるだけのバムトと変幻自在の伸縮鞭を操り舞うように戦うロキュエルでは実力の差が明白。

その差をまざまざと見せつけながら、豺狼はトドメの一撃を浴びせようとし。

「これでまた復讐が一歩進む。へーモスに続きお前も地獄でリルに詫びてこい。死ね」

「おおっと。そこまでですよ、裏切りの豺狼ロキュエル」

その手が、ピタリと止まる。

奥から現れたジズリが、白星恍姫の細い首を梟の手で締め上げながら現れたのだ。

「なっ……プリエステラ！」

足が地面に接地していない彼女は、ロキュエルの姿を見ると目に涙を溜めて申し訳なさそうに口を開く。

「ろ、ロキュエルさん……！　ごめんなさい、わたし……失敗しちゃって……」

「くっ、バカめ……油断するなとあれほど言ったろう」

純白コスチュームを切られ、白肌がのぞいている。

表情にも生気がなく、あの男に陵辱されたと考えるのが妥当だろう。

(リルといいプリエステラといい、優しい子を犯す下衆どもがッ……！)

かつての妹の姿を重ね、鞭を握るロキュエルの手が怒りに震える。

ジズリは得意満面に、人質の喉へ鋭い爪を突きつけながら言った。

「ククク、ロキュエル。魔族である貴女が、自分を囮にして彼女を潜入させるほど人間風情に入れ込んでいるのはとっくに分かっていますよ。さて、どうしますかこの状況。悪女なら分かりますよね、私が言いたい言葉が」

「……なめるな、そんな小娘どうでもいい。監視役でうるさく付きまとって処分に困っていたところだ。敵に殺された体《てい》なら疑いもかからん」

ロキュエルはあくまで冷静に、声を押し殺して返す。

悪女たる自分らしい、情けの一切こもらない声で。

「そ、そんな……ロキュエルさん」

「使えない女だが初めて役に立った。足手まといごとお前を処分してやろう、死ねッ！」

「ヒッ、バカな……！　うひぃい！」

ヨルムンガンドが伸びる。

本当に人質ごと自分を殺す気だ。目論見《もくろみ》の外れたジズリは一瞬狼狽《ろうばい》し、その隙に。

伸ばした鞭でロキュエルはプリエステラだけを搦めとり、手元へ引き戻していた。

悪女の腕に抱かれ、パッと顔を輝かせる白のヒロイン。

「ロキュエルさんっ！　わたし、信じてました」

「まったく世話の焼ける……。ともあれ撤退だ」

「お、おのれ、この私すら欺くなど……腐っても悪女でしたか」

偵察は失敗でも、無事に人間界へ戻ればそれでいい。

悔しがるジズリを尻目に、時空をつなぐ「扉」を開こうとしたロキュエルだったが。

それを遮るように、圧倒的なオーラを放った精悍な顔つきの男性が現れる。

「そこまでだ、叛逆者」

「キメリエス……！　くそっ、間に合わなかったか」

あの日、ロキュエルを子どものようにあしらい瀕死に追いやった異界王の側近。

今すぐにでも逃げたいところだが、『扉』はまだ時空がつながっておらず未完成。

「あ、あの人……わたしにも分かります。普通じゃ、ない……」

プリエステラがその場にへたりこみ、ガクガクと震える自らの身体を抱きしめている。

せめて彼女だけでも逃がしたいが、それには――。

(まったく……私も焼きが回ったな。人間に染まって弱くなったか)

時間を稼ぐ必要があり。

そのためには一つしか手がないということに、乾いた笑いがこぼれた。

「プリエステラ、お前だけでも『扉』から逃げろ。一瞬だけチャンスを作れる、その隙に」

「で、でもそれって！」

彼女も悟っているのだろう、ロキュエルが自身を犠牲にすることを。

そして、そうするしかない状況であるということも。

「わたし、ロキュエルさんを置いていけませ……」

「黙れ！　いいから逃げろと言っているんだ！　もうお前の面倒など見きれるかッ！」

まだ何か言おうとするプリエステラを、ロキュエルは大喝し黙らせる。

あのとき、自分は妹のことを助けてやれなかった。

最愛の肉親であったはずなのに、彼女の苦しみに気づいてやれなかった。

だから――。

「大切な『妹』が目の前で死ぬなど……一度で充分だッ！」

「ロキュ……！　ああっ、ロキュエルさん！」

プリエステラがその言葉に打ち震える間もなく、ロキュエルは怪物の姿に変貌して。

異界が震える咆哮《ほうこう》を轟かせ、風を巻いてキメリエスに突っこんでいく。

（そんな！　だってロキュエルさん、あの人にまるで敵わなかったって！）

明らかに無謀な突撃だがその瞬間、プリエステラの背後で何かが開く。

悪女が自身を囮にしている間に、「扉」は完成し。

突撃の際の風圧で、少女はそちらへ押しやられた。

（さらばだ、私の愛した二人目の妹……お前のおかげで私は……楽しかった……）

そうして白星恍姫がこの時空から消える刹那《せつな》、巨大な狼はキメリエスの掌から放たれる光によって冗談か何かのように吹き飛ばされ崩れ落ち。

「プリス……今日までのこと、礼を言う……お前は生きて、幸せになれ……」

「ロ……ロキュエルさぁあああんっ！」

プリエステラだけが、単身で人間界に飛ばされた。

扉はすぐに閉まってしまい、もう向こうへ移動することはできない。

彼女の見せた優しさと挺身、「妹」という言葉、そして最後に呼んだ愛称。

弱きヒロインはその場で泣き崩れ、そして決心する。

「待っててロキュエルさん……絶対に助けを……ううん、わたしが助けにいきますっ」


「ククク、ようやく観念したようですね。あの小娘は逃がしましたが貴女を捕らえられれば問題はない。しょせん裏切り者にできることなどその程度というわけですよ」

「さっき死ぬほどビビっていたくせに、ずいぶん強気になったものだな。あの顔が一番プリスに撮ってもらいたかった機密情報だ」

異界の王城前にて力なく倒れる巨大な狼を、悪の魔族たちが取り囲む。

絶対的優位に立ったことで態度の大きくなる参謀ジズリにロキュエルは倒れたまま毒づくが、何の効果もない。

(く……他はともかくキメリエスはどうしようもない)

自分を取り囲むのはバムト、ジズリ、そして異界王の側近。

瀕死の重傷を負った身では、ここから自分だけ戻ることもできないだろう。

しかしプリエステラさえ無事なら、それでもよかった。

そうして残った自分の生殺与奪を握る男、キメリエスが厳《おごそ》かに告げる。

「ロキュエル・ハルバティ、最大限の譲歩だ。我が軍に戻り再び人間を蹂躙するならば、裏切りの罪は不問にしてやろう」

「誰が貴様らなどと！　私は悪だが、お前たちはそれ以上、いやそれ以下の外道だッ！」

妹を組織ぐるみで犯し、殺しておいて、どの口が戻ってこいとほざくのだ。

交渉は一瞬で決裂し、王の側近はため息をついて「では仕方ない」と虚空に手をかざす。

「貴様にはこれより、我が軍を裏切り魔族へ弓引いた処罰を行う」

「う……っ！」

何もない空間から首輪のようなリングが出現し、すぐさまそれがロキュエルの首に装着される。その瞬間、ロキュエルは本来の姿から人間の姿に強制的に戻ってしまった。

当然取り外そうとしたが、指が触れるだけで高電圧のようなものが奔り反射的に手を離してしまう。

「その拘束具はお前の魔力では決して外れん。加えてお前の力は人間並みに落ち込み、本来の姿に戻ることもできん。人間界への『扉』を開くこともな。抵抗も脱走も不可能だ」

「くっ、こんな小細工を……」

「バムト、ジズリ、後は好きにしろ。私は陛下に報告する必要があるし、裏切り者の肉体など興味はないのでな」

首輪を巻くだけ巻いて、キメリエスはその場から消失してしまう。

残されたのは四天王二人、そして蹴散らされた下級魔族たち。

「へへへ、さすがキメリエス様は話が分かるぜ」

「裏切り者の『豺狼』を好きにしていいとは、器の大きなお方だ」

倒れていた下級魔族たちも起き上がり、ニヤニヤしながらロキュエルを取り囲む。

絶体絶命だ。

「ちっ……お前らごときにいいようにされるとは。何が望みだっ」

が、即刻殺害しないあたりに何か思惑があるのだろう。一度は自分を再度迎え入れようとしたあたり、殺すのは惜しいと考えているのかもしれない。

だとしたら、自分もリルのように洗脳されて犯されるのだろうか。

(耐えてやる……こんなところで復讐を終えてたまるか！　リルのもとへ逝くにはまだ手土産が少なすぎるんだ)

生きている以上まだチャンスは残っている。復讐心を黒い炎として胸に滾《たぎ》らせ、悪女は彼らの陵辱刑に決して屈すまいと意を固めた。

かくして最初の命令が大柄な四天王、バムトのほうから下される。

「じゃあそうだな、脱げや」

「……いっそ清々しいまでの欲望だな。男は本当に分かりやすい」

思考がそのまま下半身に直結しているような暴漢の要求に、ため息が漏れる。

拘束首輪は動きそのものを阻害しないので、呆れつつまずはゴツゴツしたガントレットとレッグアーマーを脱ぎ、白い手足を空気に晒し、続けて棘の突き出る右肩アーマーに黒と深紅に染められた長大なマントも脱ぎ捨て身軽になる。

「この時点でエロいよな。俺らの前ではデカパイ見せつつも手足や肩周りを固めてたロキュエル様が、ただの女と変わらない格好になるなんてさ」

「おっと、帽子は脱ぐなよ。その軍帽かぶったままの方が、上官を好きにする感じが出て気分いいからよ」

下卑た雄魔族たちの視線と言葉がチクチクと、ロキュエルの悪の魂を刺していく。

(このような男どもに、無防備な姿を晒すとは……くそっ)

全ての甲冑を脱いで軍帽とピッチリしたインナー姿のみになるロキュエルだが、そこでバムトから追加注文が入る。

「こっからはよ、脱げって言ってもただ全裸になるわけじゃないぜ。ストリップなんだからよ、いやらしく雄を誘うように脱いでいくんだ」

「こりゃいいぜ、あのロキュエル様が俺らの前でストリップ見せてくれるなんてなぁ」

下級魔族たちも鼻の下を伸ばし、バムトともども本来なら絶対に勝てない女への欲情視線を向ける。

ひたすらに気持ち悪く、矮小で下劣だ。

「ふん……そんなに私の肌にご執心か？　力ずくでは絶対に脱がせないからな、お前程度ではどれほど抱きたいと思っても」

「チッ、このメス……」

「落ち着いてくださいバムト。今の彼女は籠の鳥、主導権は明らかにこちらにあります」

挑発に乗りかける愚鈍な男を、陰険な参謀が制する。

これでうまいこと拘束も外れたらと思っていたが、そうはいかないようだ。

諦めて悪女はインナーもゆっくりと脱いでいき、白い柔肌を男たちに晒していく。

「おほーっ、おっぱいでけぇ」

「乳首だ！　乳首を見せろ！」

（くそっ……この私にこのようなこと……お前たちは特に念入りに殺すっ……）

本来なら一瞬でまとめて殺せるザコ魔族が囃《はや》し立て、羞恥よりも屈辱感が先に立つ。

悔しいが、今は言われるがままにするしかない――。

「じゃあそのままよ、次はオナニーでもしてもらおうか」

「なっ……そんなことまでさせる気なのか」

さらに踏み込んだバムトの命令に、ロキュエルも半裸のままたじろぐ。

本来ならこっそりやるべきであろう行為をこんな場所で、下級魔族や自分より格下の四天王へ見せなくてはならない。

さすがに躊躇する毒婦だが、脱出の糸口が見えてこない以上は従うしかない。

切歯扼腕《せっしやくわん》しながらその場に座り込みインナー越しに秘所を上から弄《いじ》るような自慰を、悪の女幹部は披露する。

「うほーっ、ほんとにロキュエル様がオナニーしてやがる」

「んっ……んうっ……」

　さわさわ、くちゅくちゅ……。

　徐々に秘所が濡れそぼち、黒いインナー越しにも雌の香りと淫らなシミができていくのがバレてしまう。そしてそれがますます低級魔族および、バムトとジズリを喜ばせていく。

　本来ならば、このような状況で濡れるはずはないのだが。

（だ、ダメだっ、流されてはっ……私は復讐を遂げなくては、そのために仕方なくやっているだけなのだからっ……ああっ、だが、欲求が……）

　ロキュエルはもともと悪女ということもあり、本来は淫らで性欲も強い。

　だが妹のこともあり、リルが一人前になるまでは男漁りはやめて面倒を見ることに集中しており意外にも男性経験はゼロだった。そのぶんの抑えられていた欲求は人間への蹂躙に向けていたが、今やそれもできないしリルもいない。

（溜まっていたものが、今こんなときに頭をもたげて……）

「おいおいおい、悦んでやがるぜこいつ」

「やっぱ痴女だなロキュエル様って。俺らに見せつけてマンコ濡らしてんだもんな」

「ちっ、ちが……触ってれば自然と反応するんだ、童貞どもにはわ、分からないだろうが……んんっ、ふ……！」

　なんとか彼らに負けまいと虚勢を張るが、淫らな粘音を響かせながらでは説得力も薄い。

「ほらほらほら、左手でおっぱいも揉みながら頼むぜぇ」

「もっと下品に音立ててマンコかき回せよ、タイツ破って直接触れや」

(……本当に、プリスを逃がしてよかった。こんな醜態、あの子にだけは見せられない)

言われるがままに胸を揉みながら、久しく眠らせていた淫らな欲求を自分の指で解き放ち、そのさまを裏切った敵相手に見せてしまっている。

命令だから止めることもできず、このままみっともなくオナニーで絶頂してしまいそうだがどうすることもできない。

ぐちゅぐちゅにぢゅっ、にゅっぢゅにじゅじゅちゅぐちゅぢゅっ！

(く、来るっ、来てしまうっ、久しぶりのっ、アクメが……ああっ、ダメだ、こんなところで情けなく……だ、だがもう、もうイクぅうう！)

ついにガクガクと腰を前後に揺すりながら、のけ反ってアクメする美悪女。

「んんっ、ああっ、ダメっ、くそっ、こんな奴らの前でっ、イクっ、イっ、くぅう……！」

元女幹部の自慰絶頂姿が、百人近い下級魔族および四天王の二人の目に焼きつけられた。

「ああっ、あはぁ……やっ、まだイってっ、んあっ、これ、あぁあまだイクっ……」

一度絶頂してしまうと、せっかくならそれを最大限味わおうという本能が働いて思い切り深く指を挿入しかき回してしまう。

尻もちをついて愛液をぷしゃっ、ぷしゃっと噴き散らしながら長時間イくエリート魔族の痴態を前に、下劣な雄魔族たちは大喜びで囃し立てる。

「うへへへ、なんだよイキまくりじゃねぇか」

「やっぱ淫乱女幹部だな、なんだかんだでノリノリでイってやがる」

「ち、ちが……ああっ、もうイクのやなのに指っ、止まんな……んんっ、くうっ、あぁぁあっ、まだイってるっ、イキたくないのにっ、イってりゅぅううう！」

たっぷりとセルフオーガズムを味わい乱れ、その姿を存分に男たちに見せつけて頽れてしまう魔族四天王の紅一点。

（くそ……くそっ、この私にこのような醜態を晒させて……殺してやるっ、こいつら全員殺してやる……）

もともと魔族は全て殺すつもりだが、ことさらに殺意が強くなる。

自分より弱いはずのバムトやジズリ、雑魚魔族たちに己の無様な自慰絶頂を見せてしまったことが悔しくて、ギリっと悪女は唇を噛んだ。

「おうおう休んでる場合じゃねえぞ、エロ女魔族がよ」

だがこの程度では終わらず、むしろ裏切り者への処罰はここからが本番だ。

筋骨隆々な魔族、バムトがおもむろに進み出て脱力する悪女の頭から生えている角を乱暴に掴んで無理やり立ち上がらせる。

「オナニーショーで高まっちまったからよ、そろそろその雌肉体を使わしてくれや」

「やっ……やめろ、触るなっ！　貴様ごときが私の身体に……ああぁっ！」

膝立ちの姿勢にさせた上で、インナーに包まれたままのもう片乳もぶるんっ、とまろび出させる。百センチを超える悪女の豊かすぎるバストが、その全貌をあらわにした。

「でけぇ……やっぱでけえよ、ロキュエル様の生乳。ずっとこのおっぱい見たかったんだ」

「さすがに耐えきれずに垂れ気味なのがそそるな、逆に言うとこんだけのデカさと重さでこれしか垂れてないってのがすごくはあるけど」

「くっ、やめろ、近づくなっ、見るなっ……」

身体には自信があるが、嫌なのは格下どもに好き放題見られること。

あえて胸の上半分を見せて挑発的な格好をするのと、胸を全部はだけさせられ勝手に見られるのとでは恥辱感がまるで違う。

そしてそれだけではなく、背後からぬうっと迫ってきた大男の両掌が悪女のたわわに実った肉の巨果実を同時に揉みこむ。

「う、うああっ！　やめ、やめろっ、バムトっ、揉むなぁああ！」

「うほぉお、やわらけぇ、やわらけぇ……！　これが俺をさんざん見下しやがったクソ女のロキュエルおっぱい、うほぉやべぇ、柔らかすぎるぜぇ……！」

女に実力で敵わないというだけでも男のプライドを傷つけられてきたのに、その女が百センチ越えのバストを常時ぶら下げていたのだ。

いつか絶対に言うことを聞かせて、その巨乳房を思う存分揉みまくってやると、バムトは決意とペニスを固くしながらその機を窺っていたが、ようやくそれが叶った形になる。

「バムト、ちょっといいですか？　さっきあのヒロインにも使ったこの媚薬を使わせてください。高位魔族にも効くのか実験したいのでね」

そこに割り込むように、ジズリが懐から小瓶を出して中身を豊満バストに垂らしていく。

プリエステラもこの媚薬による胸揉みと乳首責めで、強制乳絶頂させられた。

ネトネトした液体が谷間に滞留し、それをバムトによって揉み刷り込まれる。

「なんでもいいぜ、俺は乳が揉めりゃよ。あぁやわらけぇ、うぉお手に吸いつくのに押し返してきやがるっ……こんなたぷたぷのデカパイしやがって、男に揉まれるためのおっぱいぶら下げときながら今まで偉そうにしくさってよぉ、おぉおやっべぇ、やわらけぇ……！」

「うぅ……やめろ、気持ち悪いっ……！」

格上の女の胸を好きに揉むという雄としての征服感は、極上の柔らかさを伴ってバムトの劣情をますますかき立てた。

彼の大きな手でも到底収まりきらない柔肉が、揉むたびにぐにゅぐにゅと形を変えて淫らに踊る。そのさまを低級魔族たちも食い入るように見つめ、中には早くも自らの股間をまさぐる雄までいた。

「くっ……下衆がっ、そんなに揉むなっ、このぉ……」

「へへへ、揉まれるためにデカくしてんだろこのおっぱい悪女！　女の胸ってのはな、女の乳ってのはなぁ、男に揉んでいただくためにデカくなるんだよぉ！」

むにゅうっ、むにむにぐににっ、むにゅっぷにゅにゅっぐにゅむにゅにぃいっ！

自慢でこそあるが好きで大きくなったわけでもないバストを弄ばれ、雄魔族たちの好奇の目に晒され、格下男の小さく下劣な欲求を満たす道具にされている事実が耐えがたい。

せめて声だけは出すまいと耐えるも、先ほど塗りたくられた媚薬がジンジンと彼女の大振りな雌果実を内側から火照らせていく。

（くうっ、こんな奴に揉まれて……感じるなどあってたまるか……媚薬などっ、高位魔族の前には……だ、だが熱いっ、胸が熱いぃ……）

だが、その媚薬を調合したのも高位魔族のジズリ。

揉まれれば揉まれるほどに、確実にロキュエルの双乳には雌の快楽が蓄積されていく。

「ああっ、んんっ、こ、このぉ……んんっ、くっ、うぅ……下衆めぇ……っ、もう、満足しっ……んぁあああ！」

「お？　なんだ今の高い声はよ。俺ごときに揉まれても感じないんじゃなかったのか？　ここをこうやって、ねじり上げられるように揉まれるとそういう声が出るのか！」

「んあっ、あはぁああ！　ち、ちがうっ、こんな……んはぁあああ——っ！」

とうとう抑えきれない喘ぎ声を漏らしてしまい、そこに容赦なく付け込まれる。

一度決壊した堤防から濁流《だくりゅう》が止まらないように、こうなってしまえば快楽を抑え込むことは不可能だ。極上の柔らかな雌肉を思う存分後ろから揉みしだかれ、全身をよじりながら乳房愛撫の悦楽に溺れる美悪女幹部。

「ああっ、らめっ、らめだぁ……っ！　このっ、離せっ、胸から手を……んひぃいい！」

「ずいぶんかわいい声出すじゃねえかロキュエルよ！　下衆がとか言ってたその口でよ、女らしい喘ぎ声が出たじゃねえかよぉ！　その調子だぞオラもっと揉むからな！」

むにゅむにむにゅにゅっ、むにゅっもむにゅっむにむににゅっ！

「んあぁっ、あぁぁぁああ！　やめっ、もう胸っ、おっぱいっ、揉むなぁぁあ！　ああっ、いいっ、こんなっ、感じて……あはぁぁあああぁあんっ！」

乳房快楽が収まらない。

必死に精神を集中させて耐えようとするも、ここまで蓄積した快楽は一度溢《あふ》れたら抑え込むことは不可能だった。

いいように格下の四天王に揉みしだかれ、酷薄な美貌をはしたなく歪ませて雌の顔を低級魔族たちに見せつけてしまう。

「見るなっ、こんなとこ見るなぁぁあ！　ああっ、らめっ、見たら殺すっ、おっぱい揉まれてるとこ見るにゃぁぁあ！」

「へへへ、もっとよく見てやれやお前ら。どうせロキュエルは何もできねえんだ、おっぱい揉まれて感じまくること以外はよ！」

極上の肉果実をその手にしながら、まさに伝説の秘宝を手に入れたかのような態度でバムトは配下たちに命じる。

それに従い下級魔族たちもより一層詰め寄り、ロキュエルの柔乳がむにゅむにゅと歪んで無限に変形し続けるさまをありがたく鑑賞するのだ。

「あのロキュエル様がおっぱい無理やり揉まれて、こんな悦ぶなんて」

「揉まれて感じてんのかよ、デカ乳悪女が。ロキュエル様もただの雌ってわけだ」

（くっ、このぉ、好き放題言ってぇ……ああっでもダメだっ、ほんとに胸だけでおかしくなるぅうう！）

もにゅむにゅと豊満バストを飽きることなく揉みしだきながら、バムトは狙いを別の箇所へ定めていく。

大ぶりすぎるバストの先端で踊る、ピンと勃起した雌の蕾へと。

「それにしてもよ、まあおっぱいもそうだがデカい乳首だよなロキュエル」

「……だ、黙れ、下衆が……下半身でしかものを考えないクズがっ……」

巨大な乳房に比例するように乳輪もそれなりに大きく、そしてその先端では巨峰の実ほどもある雌乳頭が重力に逆らいきれずにやや下を向く形で凝り固まっている。

だらしない大きさや形に反して色は初々しい桜色なのが、好きこのんで大きくなっているわけではない彼女の処女性を表していた。

「くっ、このぉ……見るなっ、そんなとこまで見ていいと誰がっ……」

乳房はともかく、乳輪と乳首の大きさはロキュエルにとって決して自慢できるものではなかった。どうにもしどけない感じがしてコンプレックスであり、それを今まさに下劣な男どもに指摘されているのだ。あまりの恥辱に、乳房全体がふるふると小刻みに震える。

「乳首でけぇ……ガキの親指くらいあるじゃねぇか」

「こりゃ普段から乳首弄りしてただろ、なんでさっきのオナニーではしなかったんだ？」

真面目にやれや、これは処罰だぞ」

「ちっ、違うっ、そんなオナニーしたことないっ……」

魔族の嘲笑を、乳頭を凝り固まらせながら必死に否定するロキュエル。

乳首に触れたらますます大きくなってしまいそうで、それを避けるために乳首弄りは自慰の際にもしてこなかった。にもかかわらず勝手に大きくなり、乳輪も小ぶりなリンゴほどに肥大してしまっている。

「へぇ、乳首は普段触ってねぇのか。じゃあここも念入りに弄ってやらねえと、なっ！」

「んあっ、あはぁあああ⁉」

バムトの指が、後ろから思い切りそのコンプレックスをつまんで上方向へねじり上げる。神経が集中している勃起乳首を強靭な四指でプレスされながら引っ張り上げられる感触に、ロキュエルは信じられないほどの快感を得て全身をわななかせる。

「ほーれほれ、乳首をこうして、こうやってコリコリされるのはどうだ？」

「んああっ、やめっ、やめろっ、乳首やめろぉおお！」

「あれか、指でこうやってピンピンって弾かれるのは好きか？　お？　お？　お？」

「んひぃいいっ、それらめっ、乳首はじいちゃらめぇえええ！」

桜色の雌蕾を指でこね回されたかと思えば、勢いよく弾かれ痛み寸前の悦楽が迸《ほとばし》る。

肥大乳頭をこれでもかと弄り回され、ロキュエルは背後の男を満足させ、眼前の低級魔族たちを興奮させてしまう。

（き、気持ちいいっ、ダメだ、こんな奴にいいようにされるわけにはっ、格下の魔族どもをこれ以上面白がらせるわけにはっ……耐えなければ、ばっ……声を、抑えて……）

せめてもの抵抗で奴らの興を削ごうと、なんとか歯を食いしばって凌ごうとするも。

「っと、ここでいったん乳首から指を離して、このデカ乳輪を軽くひっかくような感じでこうやって円を描くように……」

「ひいっ！　ひゃっ、やめろっ、こ、こんな……」

「そしていい感じに疼いたところで、乳首をまたつねる！」

「んはぁああぁ！　あっ、あひぃいいぃ！」

声どころか長く美しい紫髪を振り乱して、派手にのけ反りまで決めてしまう。

完全にこの男の意のままに肉体をコントロールさせられ、予定調和な反応を見られて下等魔族を楽しませる失態を演じるばかり。

主導権を握られっぱなしなのが悔しくて、自分が女の身体であることを呪う女幹部。

（こ、この私がっ、容易く殺せるこんな奴らにっ、乳首や乳輪を責められて感じているところを見せて、喜ばせてしまうなどっ……くうっ、見せものじゃない、のにぃいい！）

女の上半身で最も敏感な乳首をこうまで集中的に責め立てられては、いかな誇りも無意味だ。自分が女である以上、絶対に耐えることなどできない。

だがそれでもロキュエルは悪として、高位の魔族として、そして彼らを討ち滅ぼす叛逆者として、必死に耐えようと試みる。

「あっ、ああっ、あはあっ、んんっ、んうぅう、んっはぁああらめぇええ！」

「ほらほら乳首に集中してると、おっぱい全体がおろそかだぜっ！　うっほぉおやっぱこの柔らかさもたまんねぇ、おっと乳輪責めも忘れずにな！」

　そんな彼女を翻弄するように、意識の向いていなかった乳房を再び強靭な握力で揉みつぶされロキュエルは喉を見せて喜悦《きえつ》の声を響かせる。

　そしてさらに、追い打ちをかけるかのように。

「も、もう我慢できねえ、俺もロキュエル様のおっぱい揉みてえ！」

「おっぱい、おっぱい、ロキュエル様のおっぱい！」

　目の前でだぷんだぷん揺れている巨乳房にとうとう辛抱たまらなくなった下級魔族たちが、まだ背後からバムトが揉んでいるというのにロキュエルに群がっていく。

「へへへ、いいぜ来いよお前らも。一緒にこのデカ乳女を悦ばせてやれや」

「やぁああ!?　やめろっ、触るなっ、揉むなぁああ！　お前らごときが揉んでいい胸じゃっ、この私を誰だと思ってる、誇り高き悪のっ、四大魔族の純血、豺狼のロキュ……」

「うるせえ、裏切りおっぱい元幹部だろ！　おおっ、これがロキュエル様の乳、あの偉そうなロキュエルのデカパイ……！　うおおっ、やわらけぇ、たまんねぇええ！」

　バムトの許しもあり、大男の手でも揉みきれない余りの柔肉が低級魔族の手によって余すところなく触れられ、揉みこまれ、舐められる。

　一人に揉まれているよりも、複数に蹂躙されているほうが媚薬の巡りも速くなり、ロキュエルは未知の乳快楽に翻弄されて女の声をもはや止められない。

「んああっ、ダメっ、この……んぁはぁああ！　おっぱいっ、もうやめっ、んひぃいいい！

ああっ、おっぱいっ、きもちいっ、気持ちよくなるぅううう！　ひぎっ、んひぃいいい！」

「オイオイなんだよロキュエル様……ロキュエルよ！　捨て駒としか思ってない俺らにクソデカおっぱい揉まれて気持ちいいのかよ、失望したよ！」

「ほんとだよこんな淫乱おっぱい女に唯々諾々と従ってたのか俺たちは！　己の不明を悔いるばかりだよ、もっと早く乳揉んで黙らせてやればよかったぜ！」

百センチを超える暴力的ですらある雌肉が、雄たちの劣情のまま好き放題に歪められ悦楽を刷り込まれ、女としての悦びを彼女の脳に流し込んでいく。

胸を揉まれることの幸せを、男に揉まれることの悦びを、ロキュエルは細胞レベルで理解させられていく。

そして、その先にあるのは——。

「ああああっ、あはぁああ!?　ダメっ、もうやめろっ、これ以上されたらおかしくっ……むねっ、熱いっ、おっぱい熱くてっ、なにか来るぅうう！」

「お？　なんだこの女、もしかしておっぱいだけでイクのか？　おいロキュエル様よ、おっぱいでイっちゃいそうなのかよ！」

「い、イク!?　そ、そんなっ、胸だけでそんなことになるはずっ、んあっひぃいい！　らめらめぇそれらめだっ、んぁあああああ！」

（あ、ああっ、今変な声がっ、こんな声出したこともないのにっ、気持ちよすぎて下品な声が出てっ……耐えっ、耐えなくてはっ、高位魔族の誇りがこんな奴らにっ、でも気持ちいいっ、おっぱい気持ちよすぎて声止められないぃいいい！）

　揉まれれば揉まれるほど、はしたなく喘いでしまう。まるで乳本能のままに快楽を貪る獣と化していくようで、自分で自分が恐ろしい。

「あぁあっ、んあぁあ、おっぱいもうやめっ、らめろぉおお！　あぁあああなにかくるっ、おっぱいのなか熱くてっ、んんんっくるくるっ、イくっ、イっぢゃうぅうう！」

「イくんならイくで、こいつらと俺に『おっぱいでイキます』って宣言しながら乳イキしろや！　このおっぱいエロ幹部！」

　ひときわ強く、バムトが背後から潰すように乳肉を揉みこんで。

　そしてそれがトドメの一撃となった。

「んはぁあああっ！　イクッ、イクイクイクっ、おっぱいイキするっ、おっぱいでイっちゃふぅうう！　んっはぁあああおっぱいっ、おっぱいイっくぅううう――――！」

　全身をガクガクと激しく揺さぶりながら、悪の女幹部は今まで体験したことのない乳房絶頂を無理やり味わわされ昇天する。

　自慰で女性器による快楽とともに絶頂するものとは違う、性器ではない場所での絶頂。

「あぁああ……っ、私っ、胸で……おっぱいでイっひゃ……んはぁあああ！　らめっ、もうらめっ、これ以上おっぱい揉むなぁああ！」

　だがそんな未曾有の快楽をゆっくりと味わう暇など、この下劣な雄魔族たちが与えてくれるはずもない。極上のミルクタンクを前にして、一分二分揉む程度では今まで彼女に抱いていた不満や文句、そして劣情は収まらない。

「もっとだよロキュエル様よ、もっとおっぱいで気持ちよくしてやるから悦べよ！」

「せっかく乳で気持ちよくなれたんだから、もっと揉んで欲しいだろ！」

「だ、だまれえっ、殺すっ、ぜったいころし……ひゃはぁああああんっ！　イクイクイクイクっ、敏感おっぱいまたイクぅう————！」

またしても胸で絶頂してしまい、ブルブルと巨乳房を揺らしながら脱力するロキュエルだが男たちの劣情は止まらず、なおのこと激しい愛撫が襲う。

「うめえっ、うめえっ、ロキュエルの乳首うんめぇええ！　デカ乳首、デカ乳首たまんねっ、しゃぶり甲斐のあるぷりぷりしたクソデカ乳首が最高の舌触りだぁ！」

「なんだよこの恥ずかしい乳首はよ、乳がデカけりゃ乳首までデカくて、完全男性授乳用おっぱいじゃねえかそれで幹部が務まるか！」

「ロキュエル様のデカ乳首は部下の男たちにしゃぶってもらうためだけに存在してたってわけか！　恥ずかしいよ俺らはこんなおしゃぶり専用乳首の下で働いてたなんて！」

ぷっくりした乳首に代わる代わるむしゃぶりつく雄魔族たちに、本能的な嫌悪感と快感がないまぜになった悦楽を覚え、気持ち悪いのに気持ちよくなってしまう。

「やっ、ひゃめろぉ、おっぱい吸うなっ、乳首しゃぶるなぁああ！　あはぁあ、らめっ、こんなのっ、こんな授乳してるみたいなぁああ！　ああっ、あはぁああいいっ、らめっ、気持ちいいっ、だめぇやめろぉおお！」

「いいのかダメなのかはっきりしてくれよロキュエルよ、はむっじゅるるぅうっぷぅ、はーうっめ、ロキュエルの乳首うめぇ！」

「ママ、ママ！　ロキュエルママのおっぱい吸ってたらママの子どもになっちゃうっ、俺らのママになってロキュエルっ、んじゅっ、ぷぢゅっ、んじゅぶっぢゅぷぢゅぅうう！」

（だ、誰がママだっ、やめろこの下衆ども、こんな授乳イヤだっ、こんな風に乳首吸われるの嫌だぁああぁ！　ああっ、またイクっ、またおっぱいでっ、乳首でイっちゃうぅぅう！）

一度絶頂したばかりでこの執拗な責めだ。初めての乳絶頂を経験した巨大バストは、二度目三度目のそれもあっさりと迎え入れてしまう。

身体がそれを「気持ちいい」と覚えてしまったから――。

「あぁあぁもうらめっ、おっぱいまたイクっ、こんな奴らに吸われて授乳しながらおっぱいイキしちゃうぅう！　ダメダメダメっ、おっぱいまたイくぅううう――っ！」

三回続けて乳房絶頂したロキュエルは、そのままがっくりと倒れ込み息を荒らげる。

これほどまでに激しい快楽、それも胸だけで味わうなど完全に想定の外だ。

少し休ませてもらわないと、心身ともに消耗が激しい。

「はーっ、はーっ、も、もうらめっ、もうやめろぉ……もう、限界、だ……」

「おいおい情けねえなロキュエル、俺らに地獄の特訓をしょっちゅう課しておきながら」

「自分はおっぱいで三回イっただけで休憩か？　根性が足りてねえよ。そういや鍛錬中に気分が悪くなった俺を踏みつけながらそう言ってくださったっけなぁロキュエル様よ！」

四つん這いでぐったりしているために真下へ垂れた乳房をひっぱたかれ、そこでまた軽い快楽を得てしまうロキュエル。

だが、今まで上官としてさんざんこき使ってきた挙句、裏切りによって仲間をも奪ったこの女をこの程度で許しておけるはずがない。そもそも男たちはまだ射精もしていないのだ。

「チンポギンギンなんだよなロキュエルのおっぱい揉んでたら。次はそのおっぱいでしごいてもらおうか」

「ロキュエルママの柔らかおっぱいで俺のチンポズリズリして、おっぱいマンコで優しく包んでママ？」

「ひっ……！」

我慢できなくなった男たちが、次々と裏切りの女幹部の前に自らの得物を見せつける。まともに雄生殖器を見たこともないロキュエルは、そのむわっとした臭気とともに突き出されるそれに本能的な嫌悪感を覚え、たまらず顔をそむけてしまう。

雌を犯すためだけに特化した、男の性器。

どのペニスも長く、太く、人間以上に「子供は女に無理やり孕《はら》ませて作る」という魔族ならではの価値観を表すようなもの相手に、処女幹部は声も出ない。

今までは男など力ずくで黙らせてきたが、ここにきて雄の本当の恐ろしさを思い知ることになったのだ。

「や、やめろ……近づけるなっ……」

「やめろじゃねえんだよ！　おっぱいで男を勃起させたらおっぱいで抜くのが女のマナーだろ！　そんな幹部研修も受けてないで四天王やってたのかデカパイ魔族！」

当然、男たちは勃起しっぱなしのままで猶予を与えてくれない。

一人の魔族が寝転がり、屹立《きつりつ》した肉棒を立ててこっちへ来いと促す。

「く……こ、これで満足するのか……？　男というのは本当に、下劣で汚い生き物だ」

「すいませんねえロキュエル様、下劣で汚くてねぇ。でも今のお前は従うしかねえんだよ、見下してたザコ兵隊の俺らの言うことによ！　おぉお、おっぱい気持ちいいぜぇ」

勃起肉槍を天に向ける仰向けの雄魔族に不本意ながらのしかかり、その豊満すぎる肉の塊で雄の劣情を左右から挟み込むロキュエル。

「いいねえ、俺のチンポ全部隠れちまった。今までどんな女にさせても先っぽは出ちまうからよ、チンポ全部をあったかく包んでくれるお前の乳はまさにパイズリ専用雌肉だな」

「言っていろ、クズがっ……」

褒められても嬉しくなどない。ろくな知識もなくとりあえず乳肉で包み込むように刺激してみるものの、返ってきたのは格下からの遠慮ない指示と罵倒。

「ああ、いいぜぇ。ほらもっと左右から乳マンコの圧をかけろや、何のためのおっぱいだ！　おらデカ乳マンコしっかり使え、この淫乱おっぱい裏切り女！」

（こ、この私にこんなふざけた命令をっ……自由になったら鞭でバラバラにしてやるっ、今だけいい気になっていろ……）

現状は従いつつ隙を窺うしかない。もしかしたらプリエステラや他の変身ヒロインたちが助けに来てくれるかもしれない、だから自分も諦めずに耐えるしかない――そう叛逆者は自分自身に言い聞かせる。

「おぉ……経験はないがそのポテンシャルが余りある気持ちよさを提供してくれるぜデカパイ元幹部さんよ、やっぱパイズリ専用おっぱい持ってると違うな、デカ乳ってだけで男にとっては価値のある道具だぜ。おっぱいマンコオナホ気持ちよくてたまんねえ」

「くっ……」

「そういやあの雌はパイズリできなかったからなぁ、まあ使い放題だから文句は言わずマンコと口でしょっちゅう抜いてもらったが、やっぱパイズリ派なんだよなぁ俺は」

男の口ぶりに思い至るものがあり、ロキュエルの瞳に殺気が宿る。

「まさか貴様、リルにまでこんな汚いことをしたのかっ……！」

「おおっと誰とまでは言ってないぜ？　それに今のお前に答える義理もないや。ほらさっさとパイズリ続けろよ」

リルは数えきれないほどの男に陵辱されて殺された。

そのうちの一人二人がここにいてもおかしくはない。

(やはり、魔族《こいつら》は全員殺さなくてはダメだ……よくもリルを、この汚いモノをきっとリルにもっ……！　おのれ……絶対に許さん……！)

いま胸で優しく包み込むように挟んでいるモノが、愛する妹をさんざん犯し尽くしてきたものかもしれないと考えると吐き気がしてくる。だが、今は耐えるしか道がない。

「おおっ、やべぇ射精《で》るっ、ロキュエルおっぱいに、乳マンコにいっぱい精子出すぞっ、ありったけそのデカパイに乳内射精《なかだし》してやる、オォオオ！」

ぶびゅっ！　どびゅぶびゅるっ、ぶっびゅりゅりゅりゅりゅぅうう！

(うあっ⁉　む、胸の中でちんぽが震えてっ、熱いのが出てる……気持ち、悪いっ……)

雄劣情が自らの胸の中で爆発したことを感じ取り、そのドロッとした感触とビクビク跳ねる肉棒、なにより変に熱い液体の感覚がひたすらに気持ち悪い。

リルもこのようなことをひっきりなしにさせられ、雄の情欲を受け止める道具にされていたのかと考えるとやるせない。

「っふぅ……逆らえなかった元上官のおっぱいを道具にしたおかげでいい濃さのがいっぱい出たぜ……へへへ、おっぱいに俺のザーメンがねばりついて橋みたいになってんな」

「くっ……覚えていろ、貴様っ」

「怒るのはいいが俺一人じゃねえぜ？　まだ後がつかえてるんだからよ、おっぱい使って相手してやれや」

満足した男が言うように、ロキュエルの周囲では露出したペニスをしごきながら自分の番を待っている男の魔族たちがウジャウジャ控えている。

今の射精を、この肉棒の数だけ自分の肉体でこなさねばならない。

気が遠くなるような話だが、男たちは我慢できずに一斉に群がってきた。

「おら、ロキュエル、次は俺のチンポ挟め！」

「ああもうダメだ悠長に待ってられるか、俺はロキュエルのおっぱいにこっちからチンポ押しつけて射精すぞ！」

「ひいっ……や、やめろっ、そんないっぺんに……あぁああ！」

どぶびゅっ！　ぶびゅばぶびゅるるるっ、ぶびゅぶばびゅりゅっ！

四方八方から次々と放たれる精液に、ロキュエルはひたすら嫌悪感を覚えながら彼らの下劣欲情を豊かな胸で余さず浴びてしまう。仮に胸が小さければ受けいれることはなかったが、女幹部の双丘《そうきゅう》は彼らの汚いモノを受け止めるのに充分な広さを有していた。

（くぅ、下衆どもがっ……私の胸を何だと思って……）

「ケケケ、エロ幹部様のおかげで一番いい射精ができたぜロキュエル。けどまだ俺らの全員が満足してないからよ、他の奴らもパイズリしてやってくれや」

だが、数人の射精程度では終わらない。

おまけに今度は口まで使わされ、より全身で彼らの肉棒を相手する形になる。

「き、貴様ら……んむぅう！」

「ママ、ロキュエルママの口マンコにチンポ挿入《はい》ったぁ……ママの口内《なか》あったかい、ママに優しくお口で包まれるのすごい気持ちいい！」

「ほらほらおっぱい早く使わせろよ、うぉお柔らけぇ、パイズリは見た目ほど気持ちよくないとか言う奴いたけど絶対嘘じゃねえか、おおぉおもう射精るっ！」

じゅぽっ、じゅっぷじゅっぷっ、むにゅむにゅまにゅぅうう！

ばびゅぶっびゅぼりゅりゅりゅっ、どっぷびゅぼりゅっぷびゅばびゅぶぅうう！

口と胸を同時に性処理道具とされ、雄劣欲を受け入れる。張り出した尻肉、たっぷり媚肉の詰まった太もも、腋や腹にまで醜い肉棒が押しつけられ、全身を汚汁で穢されていく。

「あぁああ……こ、このぉ……どこまで射精せば気が済むんだっ……」

「んなこと言ったって、強く気高い悪の女幹部様のドスケベボディをザーメンまみれにできると思えば無限に射精できちゃうからしょうがねぇだろ！」

「お前がエロい身体してるから悪いんだよ！　なに責任転嫁してんだおっぱい魔族！」

このまま永遠に射精と愛撫による汚辱が繰り返されるとすら思ったが、ふとそれが一人の男によって止められる。彼らの比ではない、雄として極上の逸物《いちもつ》を真上に向けて猛々しく勃起させながらロキュエルに迫る男――バムトによって。

「その辺でいったん止めとけや。いよいよこれから俺が直々に、この女のマンコをブチ犯してやるんだからよ」

それを合図に、砂糖に群がる蟻がごとくたかっていた雄魔族たちはロキュエルから離れ、精液まみれの女幹部は息を荒らげながらこれより訪れる最悪の陵辱に身を震わせる。

「気持ちよかったかロキュエル。だいぶ身体も火照ってんだろ、俺のチンポでめちゃくちゃに気持ちよくしてやるからよ」

「あ、あぁぁあ……よせ……」

天を衝くほどに強大なバムトの雄肉棒。四十センチ弱はあろうか、人間はもちろん並の魔族ですら及ばない、女を徹底的に狂わせて敗北絶頂に堕とすためだけに特化した肉の槍がそこにあった。

そんなものを挿入されたらどうなるか、ロキュエルの本能が警鐘をガンガン打ち鳴らしているが身体に力が入らずどうすることもできない。

なすすべなく地面に転がされ、インナーを破られ叛逆者の秘裂があらわになる。

「へへへ、マン毛が濃くて悪女らしいなぁ。手入れしてるようだが毛の量そのものが多くて、誤魔化しきれない剛毛マンコがチンポ勃起させてきやがるぜ。……ん？」

そしてそこで、粗暴な男はふと気づく。

「……お？　なんだよ、意外と綺麗じゃねえかビッチのくせに。まるで……」

「だ、黙れ！　それ以上無駄口を叩くなっ！」

反射的にロキュエルは叫んだが、相手は自分と同じ悪。

それも戦えない人間の女や捕らえた変身ヒロインを容赦なく陵辱する、暴力と性欲の象徴ともいえる『虎乱』のバムト。

濃いめの陰毛に隠れるようにピッチリと閉じた割れ目、色素の沈着も見られない桃色媚唇を見ればこの悪女が生娘か否かの目利きなど、レイプ常習犯である彼にとって朝飯前。

「まさかよ、お前あんだけ悪行三昧なくせに処女だったとか言うんじゃねえだろうな？」

どうせすぐに膜は破られてしまうのだから、嘘をついても無意味だ。

　しかし正直に答えることもできず、ロキュエルはせめてもの抵抗として無言のまま目を逸らすが、それこそ認めてしまっているようなもの。

「オイオイマジかよ四天王最強の女幹部ロキュエル様よ！　『豺狼』のくせに、その狼皮《かわ》を剥いだら男を一人も食ったこともない処女ビッチだったってのかぁ!?」

　周りの低級魔族たちもどよめいている。

　悪逆非道な豺狼が純潔であったとは、格好の笑いの種だ。

　おまけにその処女《はじめて》が、今まさに奪われようとしているのだから。

「よかったなぁロキュエル。これで正真正銘の中古マンコになって、名実ともにビッチな悪女になれるんだからよ」

「や、やめろ……！」

　なんとか身をよじって逃げようとするロキュエルに、正常位の形で上から醜悪な男の巨体がのしかかってくる。

　まともにやりあえば隙だらけで簡単に倒せる相手だが、事ここに至っては単純な腕力と重量だけが物を言い、そしてそうなれば女のロキュエルに勝ち目など皆無。

「ずっとよぉ、挿《い》れたいと思ってたんだぜお前のマンコに。お高くとまった悪女様を、俺のチンポでどっちが『上』か分からせてやるこの日をよ、一日千秋で待ち望んでたんだよ俺はなぁ。しかもそれがまさかの処女マンコとはよ、やっぱ俺は『持って』んなぁ！」

「ま、待て……頼む、それだけ、は……」

「ああ？　ダメに決まってんだろこんなにチンポバッキバキになってんだからよ！　お前の処女はここで終わりなんだよっ！」

ずぶぅうう！　ブチブチミヂッ、ずっぷぅう！

媚薬漬けで濡れきっていた発情処女雌性器に、容赦ない雄の一撃が突き刺さる。

未通悪女の最奥《さいおう》を、子宮口までを一息に貫かれ、白目を剥《む》くほどの強烈な快楽に支配されていくロキュエル。

（わ、私の初めて、が……！　お、大き、い……！　こいつのちんぽ、こんなにおっきくて太くて……これは、まず、い……）

実力では自分に到底及ばないと言えど、その巨根は一度挿入されれば女であれば誰でも狂わされてしまう雄の暴力性そのものといえる。

その侵入を許してしまい、ジズリの媚薬効果も相まって初体験にもかかわらず挿入だけで軽く達してしまった。

（ぐ……っ、なんとか正気を保って、逃げ出すチャンスを……）

「へへへへへ、本当に処女だったぜこの女ァ！　見たかお前ら、俺らを見下してきた性悪女はよ、ビッチに見せかけてセックス未経験の清楚系悪女だったってわけだ！」

鬼の首を取ったように、ロキュエルの未通穴を貫いて勝ち誇るバムト。

下級魔族たちの盛り上がりが、なおのことロキュエルの恥辱感を煽る。

「今まで恐れてたロキュエル様が、実は男を知らないなんて驚きだぜ！」

「悪女が聞いて呆れるよ、そりゃ正義側に寝返っちゃうよな！」

（くっ……このぉ、好き放題……っ）

　普段なら自分に向かってこのような口を利くことすら命に関わる身分の低い魔族たちに、下劣な感情を向けられ無様な姿を見られている屈辱は誇り高き大魔族であり悪女であるロキュエルにとってあまりにも耐えがたい。

（そ、それよりも、このちんぽ……）

　だが今の彼女を支配しているのは、膣内《なか》にある異物感。雄の象徴を根元までくわえ込み、気持ち悪いはずなのに身体のどこかが悦んでしまっている。

　それに気づかないバムトではなかった。

「へへへ、どうしたよ小刻みに震えてよ。そんなに俺のチンポの強さにおののいてんのかぁ？　にしても、おぉお……すげぇ具合いいぜお前のマンコ。悪女らしくねちっこく絡みついて、俺のチンポをあったためてきやがる……！　処女のくせによ、男をイかすためだけのとろとろマンコに仕上がってるぜぇ……」

「くっ、貴様ぁ……絶対に殺してやるっ、んんっ……」

　雄のうめき声を上げながら膣内でペニスをわななかせるバムトが、気持ち悪いことこの上ない。男と一切の接点がなかったロキュエルが初めて醜男に無理やり犯されているという事実もまた、彼女にとって耐えがたいものだった。

　何より悔しいのは、そんな不本意なセックスでも感じてしまう自分自身。

「そろそろ動くとするか。お前のマンコを分からせてやらんといけねぇから、よっ！」

「え、待っ……んおっひぃいいい！」

亀頭近くまで一度引き抜かれてから、強靭な肉体がもたらすパワーで一気に最奥まで一突き。容赦ない一撃が子宮口を突き、内部から揺さぶられるような絶大な雌悦楽が迸る。

さらにそれが二回、三回。連続して貫く雄肉棒の攻勢に、ロキュエルはただ翻弄されることしかできない。

「んぁあっ、あっ、あはぁああ！　ら、らめっ、らべぇえ、んぁあああっ！」

「オラ、どうだロキュエル！　俺のチンポで処女マンコ気持ちよくなってんのかオラ！　男に犯される『女』って立場を身体で理解して野太い声出してんのかぁ⁉　オラァ！」

乱暴なだけの抽送《ちゅうそう》など容易に耐えられると高をくっていた。

だが淫らで豊満な肉体と、異界で採れる成分から作られた強烈な媚薬と、そしてバムトの剛健な肉体および男性器、それらすべてが噛み合って今のロキュエルに絶大な雌の快楽をもたらしていた。

（ダメだ、耐えなくてはっ、こんな奴らの思い通りになどっ、あぁああ……！）

「らめっ、ちんぽ、ちんぽらめなのぉおお！　んぁああ気持ちいいっ、ちがっ、きもぢよぐなんがないっ、あぁっはぁあああいいぃいいい――っ！」

「なんだよなんだよこの淫乱悪女！　そんなにチンポが好きか！　おらチンポが好きって言え！　チンポで犯されるのが好きな変態裏切り女！　オラ！　イけ！」

「んぉあぁダメぇほんとにっ、奥っ、奥どずってぇええ！　それらめっ、おくっ、おぐぅうぅぉおおお！　んっ、んぁあ、あはぁあちんぽ、ちんぽで奥突かれるのらべぇええええ！」

どぢゅっ、ずちゅっばっちゅずっ、どっちゅどっちゅばっちゅどじゅづぅうう！

豊満な肉体を抱きしめられ、百センチ超えバストを縦横無尽に揺らしつつ必死に耐えようとするも、膣奥《ちつおく》を一突きされるたびに絶頂の階段を一足飛びで駆け上がらされていく。

「イクっ、もうイっちゃうっ、ほんとにイくっ、こんな男にっ、負けでっ、イがされぢゃうのぉおお！　んぁああちんぽらめっ、やらっ、無理やりイかされるのやらぁあああ！」

このままでは「負けて」しまう。

雄に無理やり犯されて気持ちよくなる「雌」に成り下がってしまう。

（い、イかされるっ、この私が無理やりっ、男に、男にイかされて気持ちよくなってしまうぅうう！　ダメだっ、そんなのっ、そんなの悪のプライドがぁああ！　あぁあああでも気持ちいいっ、このちんぽ気持ちよすぎるぅうう！）

強く気高い悪の女幹部にとって、自分がいいようにされて無理やり絶頂することなどあってはーー。

「……しっかしよ、やっぱ似たような反応するんだな」

「おおっ、ほぉお……な、なん、だと……？」

ふと、ロキュエルの絶頂間際において、バムトは腰の動きをやや緩めてそう言った。

何のことか一瞬だけわからず悦楽の中で聞き返すロキュエルに、陵辱者は醜悪な顔を歪めて囁《ささや》く。

「姉妹で似たような反応するって言ったんだよ、処女を奪われた時のよ」

「な……き、貴様、まさかっ……」

「そうだよ、お前の大事な妹、リルの処女は俺がもらってやったんだ……よッ！」

「んおっ、おほぉおおおお――――！」

衝撃の事実とともに、ひときわ強烈にロキュエルの最奥を突くバムト。

妹の処女を奪った、その剛直肉棒で。

「きっ、きしゃまっ、許さなっ、ゆるしゃないぃいいい！　んほおっ、おおっほぉおお！　ころひっ、絶対に殺してやりゅう、んおっほぉあぁあああ――！」

「ギャハハハハ、面白ぇなお前、マンコ突かれて雌声上げながら殺害宣言とは笑っちまうぜ！　オラ！　どうだ！　妹の処女膜ブチ破った男のチンポはよ！」

だがどれだけ怒ろうと、身体はすでに悦楽で気だるく一切の力が入らない。ただ男根を、妹を犯したペニスを受けいれ、雌の本能に従ってよがり狂うことしかできない。

（こっ、このちんぽ強いっ、このちんぽ強すぎるぅうう！　くそっ、このっ、絶対に負けないっ、負けないっ、でないとリルの名誉も回復できないぃいいい！　なのにっ、なのにっ、このちんぽが強くてっ、ちんぽがおっきくて太くてぇええ！）

この卑劣漢のペニスがもう少し小さければ、まだ抵抗もできたかもしれない。

しかし不幸にも、あるいは幸運か、バムトの肉棒は女を悦ばせるには充分すぎるサイズと硬さ、そして彼自身の体力による激しさを備えており、自分《おんな》ではまったく歯が立たない。

相性が最悪、いや最高すぎるのだ。

「あいつは処女膜ブチ破ったとき、お姉ちゃんごめんって泣き叫びながらイキまくってたなぁ！　おかげでメチャクチャ濃い精子が膣内《なか》に出せて最高だったぜぇ！」

「だ、だまれっ、それ以上っ、んはぁああ！　このっ、絶対殺すっ、殺ひてっ、ころひてやりゅっ、んっはぁああイク、イっくぅううう！　ちんぽらめっ、ちんぽらめぇええ！」

絶対に許せない男のペニスなのに、それで感じてしまっている事実に耐えられない。

妹の尊厳を回復し安らかに眠ってもらうためにも、自分は絶対に雄に、肉棒に、この男に屈するわけにはいかないのに。

なのに、なのに、ペニスが気持ちよすぎてどうしようもない。

どじゅっ、どっちゅ、ぶっぢゅぅっ、ばっちゅばちゅどっちゅばっぢゅんっ！

(ころすっ、ころすっ、気持ちいいっ、殺すっ、ダメっ気持ちいいっ、気持ちいいっ、気持ちいい気持ちいい気持ちいいぃいいいい！)

殺意さえも塗りつぶす暴力的なピストンがもたらす雌悦楽に、媚薬まみれの処女幹部が対抗できるはずもない。奥を思い切り突かれるたびに憎悪が急速に弱まり、その代わりに快感と屈服願望が押し寄せてくる。

男に犯されて屈服したいという、女としての本能がそうさせてしまう。

「ダメぇダメダメダメダメ、こんなのダメだぁああ！　わたひは絶対にっ、こいつを殺してっ、リルの無念を晴らっ、んぉあああらめぇええ！」

「へへへ、無様だなぁロキュエルよ！　リルも地獄で泣いてるぜ、お姉ちゃんもこいつに勝てなかったんだってよぉ！　なあオラ！　女はチンポには絶対に勝てねえんだよバカ姉妹！　ほらイけ！　妹の処女を奪った憎いチンポでイけ雌幹部！」

「らめぇええ、ごめんっ、許してくれリルっ、お姉ちゃんもっ、こいつに処女を奪われてぇええ！　こいつのちんぽに負けてイっちゃうっ、ちんぽに負けてまんこイクぅう！」

妹の名誉も尊厳も回復できないまま、自分もまた雄性器に屈服して雌絶頂してしまう。

女を犯すためだけのモノが男の股間にある限り、女は絶対に絶対に男に勝てないと分からされてしまう。

「勝てないっ、男に勝てないっ、ちんぽに勝てにゃいっ、雄ちんぽに負けていっぱいイかされるのぉおおお！　あはぁああゆるひてっ、弱いお姉ちゃんのことゆるひでぇええ！」

「じゃあほら謝罪も済んだなら気持ちよくイけ！　男の強さ思い知りながら無様イキしろや、オラァアア！」

「らめぇえイグイグっ、イっぢゃうっ、無理やりっ、この私がっ、イかされでぇえ！　んぉおおイっくっ、イっぐぅううう——っ！」

ついに悪の女幹部は、最初の「屈服」を味わわされた。

無理やり男に犯されて達する、「雌」の快楽を味わわされた。

自分がこの男に負けたという「敗北」を、全身で味わわされた。

「んほぉおおイグのとまんないっ、おぉはぁあああ――！　おおっ、もうイったたっ、イったからちんぽっ、ちんぽとめでぇええええ！　あぁあああイグのとまらなひっ、許しっ、ゆるひでぇええええ！　イキ続けてもうらめっ、んっはぁあらめへぇえええええ――！」

　絶頂が終わらず、幸福が終わらず、敗北快楽が終わらない。

（ああっ、やだっ、いやだっ、こんな男に負けるのは嫌だぁああ！　だけどっ、だけどっ、身体がっ、私の身体がこいつを求めてぇええ！　あぁああ気持ちいいっ、犯されるのっ、無理やり犯されるのが気持ちいいぃ！）

「射精すぞ、射精すぞロキュエル、お前の処女マンコに完全征服ザーメンぶちまけてやるっ、膣内射精してやるから全部受け止めろや、オォオオ出る出る出る、ウォオオオ――！」

　彼もまた限界にきていたのか、ひときわ激しい咆哮とともに、今まで蔑視されてきた高慢な女幹部の処女膣内へこれまで溜めこんできた劣情のすべてを注ぎ込むバムト。

　どぶどびゅぶりゅりゅっぶびゅぶぶぶっ、ぼびゅりゅぶびゅぶどぶびゅぅううう！

「んあぁああああ――！　ああっ、ああっ、あはぁあああ膣内射精ぃいいい――！　膣内射精されてイくっ、イクっ、イっくぅうう！　せーえき出されてっ、子宮にぶっ濃いの出されてまんこイっくぅううう――！」

　そしてそれと同時にロキュエルもまた、何度目かの絶頂を味わう。

　だが今回のそれは今までで最大の雌屈服アクメであり、大量に膣内射精されたという女としての敗北感がそうさせているのだ。

膣内射精絶頂という、これ以上ない女の敗北。

絶対にこの男には勝てないと、雌の本能が覚えてしまう激烈な快感と多幸感。

「とまんないっ、イくのとまんなぃ、まんこイキっぱなしでしゅごいぃいい！　まだっ、まだでてりゅっ、バムトのせーえきまだどぶどぶ出でりゅのぉおお……！」

あまりにも多く、濃く、勢いが物凄い。

射精されるたびに絶頂し、射精され続けている間じゅうずっとイってしまう。

「こ、こんな射精しらないっ、こんないっぱい出るなんてぇえ……あはぁあまだでてるっ、せーえき出されてまたイク、イってるのにまたイグぅううう！」

「たりめーだろこの処女ビッチ！　精子ってのはオスがメスを屈服させた証にぶちまけるもんなんだからよ、女を分からせるためにこんぐらい出るんだよ！　オォオオオオ！」

なおもロキュエルの子宮口に亀頭を執拗にグイイイィッ！　と押しつけながら濃厚に射精し続けるバムトに、ロキュエルも絶頂が止まらない。

精液の奔流《ほんりゅう》が子宮口を直接叩きつけ、それによる快楽が一向に収まらないのだ。

そうして子宮が破裂するかと思うほどの長い長い膣内射精の後、ようやく自分の中で放精を終えてビクビクと二、三回震えるバムトのペニス。

「ああっ、あはぁああ……お、終わった、のか……？　もうダメ、もう精子いっぱい……」

「ふぅ――……たっぷり膣内射精してやったぜ。けどよ……こんな極上マンコ、一回や二回で満足するわきゃねえよなぁ！」

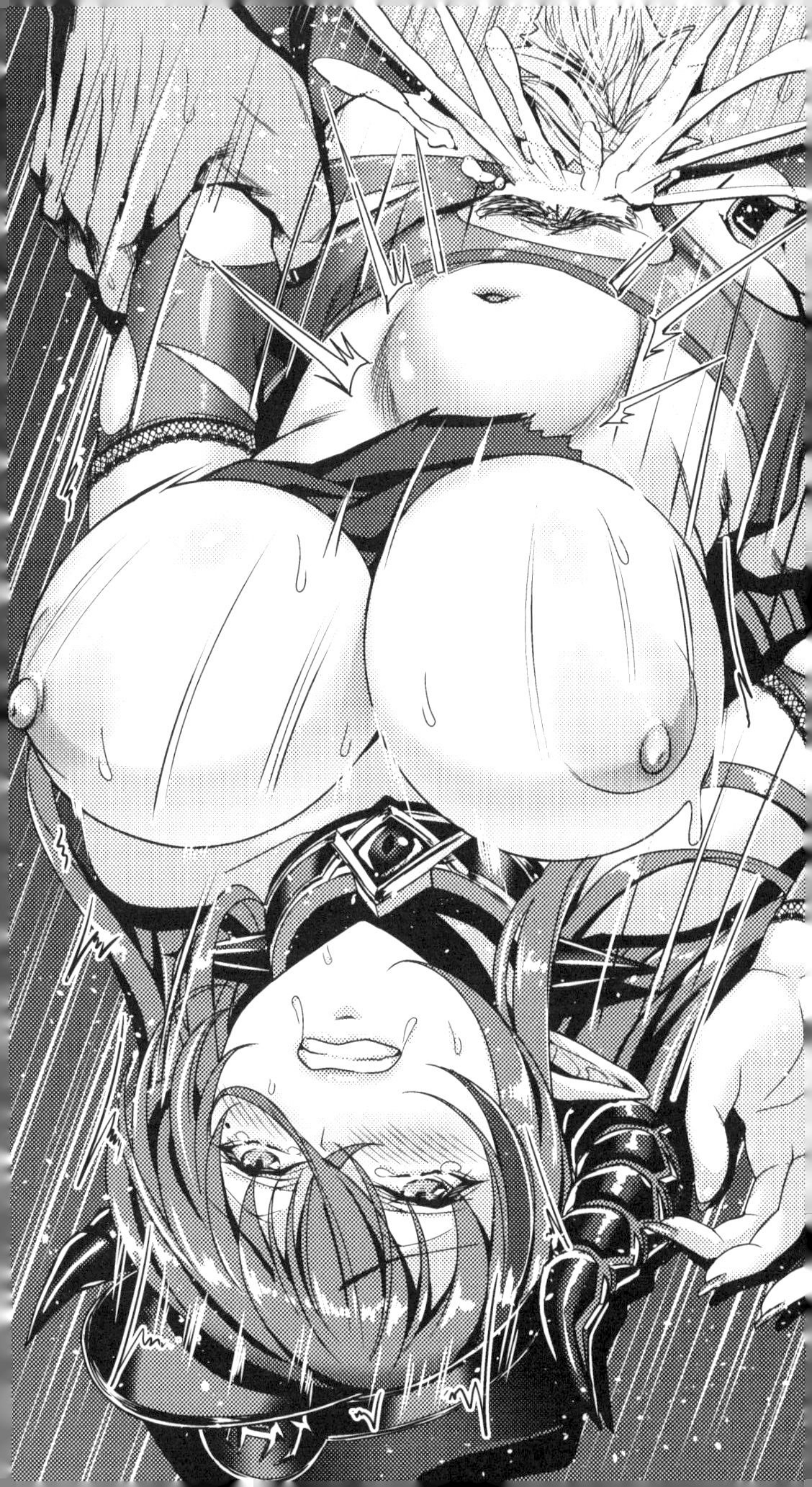

「そ、そんな……待てっ、もう無理っ、もう……も、んっほぉおおお！」

快楽が引くのに合わせて芽生えてきた殺意が、さらなる快楽の波に押し流される。無理やり犯される雌の幸福感が、この男への嫌悪感も魔族への憎悪も白く塗りつぶしていく。

バムトは射精直後にもかかわらず、むしろ射精前より硬く怒張した肉棒をロキュエルの膣内から引き抜くことなく二回戦としてレイプを続行し始めた。

「あぁああ気持ちいいぜぇ、お前のマンコ最高だぜ！　女は強くて気高い奴ほど、マンコの具合がいいんだよなぁ！　お前はその最たる名器《もの》だロキュエル、おらイけぇ！」

「んぁあっ、もう、もうゆるひでぇええ！　もうイキたくないっ、無理やりイかされるのらめっ、やらっ、あはぁあああまたイグっ、敏感なまんこまたイグぅううう！　イクイクイクっ、イっグふぅううううう！　うおっ、おおっ、おおっほぉおおおお――――！」

男のことなど分かりきっていたという認識が、この男の一突き一突きで崩されていく。

女は男に屈服して悦ぶ生き物だということを、この男の一突き一突きで教えられていく。

「らめっ、ぎもぢいっ、ちんぽきもぢいいっ、ちんぽ気持ちよすぎてまたイグぅううう！　んぉああちんぽ、ちんぽいいっ、ちんぽでまた無理やりイかされるのぉおおおお――――！」

「今日だけじゃないって分かってるよなぁ？　これからずっと、お前は俺らによって『再教育』されるんだからよ、覚悟しとけオラ！　わかったらまた屈服イキしろ雌！」

敗北した悪の女幹部の雌嬌声が、いつまでも異界に響き続けた。

第三章　変えられていく肉体

「もう一度言います、今すぐロキュエルさんの救助隊を編制してください！」

ロキュエルとの偵察任務、およびその失敗によりプリエステラこと真白観緒だけが人間界に帰還してきてから三日。変身ヒロイン統括機関本部の会議室にて、彼女は細い身体から精一杯の声を張り上げて機関の役員たちを相手に訴えていた。

今は変身していないので、一見学生服を纏ったどこにでもいそうな女の子ではあるが、その瞳には大切な友人を救うべく決死の覚悟が宿っている。

「人類にとっての最優先事項で、彼女は勝利のために絶対不可欠な存在です！　この間のヘーモスとの戦いだって、ロキュエルさんがいなかったらわたしたち変身ヒロインは全滅、あの日だけで東京が全部焼け野原になっててもおかしくなかったんです！」

しかしながら、重鎮である彼らは時間がかかるだの費用がどうのだの、ロキュエルは自力で戻ってくるだろうだの、そもそもまだ本当に人類側に寝返ったのか確証がないだの言って重い腰を上げようとしない。

「もう！　許可が下りないなら勝手に助けにいきますから！　ロキュエルさんを見殺しにして人類の滅亡を招くような無能集団なんか、もう知りません！　失礼しますっ！」

とうとう頭にきた観緒は、バンっとテーブルを両手で叩いて勢いのまま退室してしまう。

大きな眼に涙をいっぱいに溜めて、無念さと怒りを抱えて大股で廊下を歩く。

「たとえわたし一人でも……ロキュエルさんを助けにいかなくちゃ」

人類の勝利のため、人々が安心して暮らせるためという理由ももちろんある。

だがなにより、このまま彼女と別離《おわかれ》など絶対に嫌だ。

身を挺して自分を逃がしてくれた「いい悪」の女幹部を、あのまま放置などできない。

手を取りあい支えあって生きていく種族——人類として。

「プリス！」

「……と、トライデントのみんな」

声をかけられて観緒が振り向くと、三人のエース級ヒロインが追いかけてきていた。

今は彼女らも変身前の状態だが、常在戦場たる少女たちはお互いを本名で呼びあわない。

まさか役員の命令で連れ戻しにきたのかと身構えたが、シュタルカノンの口からそれは短く否定された。

「私たちも……手伝う」

「わ……私も、あの悪女には借りがありますから。まだ役に立ちそうですし、正義と人類のために利用するだけです」

かつてロキュエルと衝突を繰り返しつつも命を助けられたリンフォルツァンドも、若干視線を外して頬を染めながらも同行の意を口にする。

本質が見えていたのは自分だけではなかったことに、観緒は嬉しさと心強さを覚えた。

「みんな……ありがとうございます。うれしいです」

だが事態は進展していない。エクリブロウが腕を組んで、懸念事項を口にした。

「けど、どうやって異界に行くんだ？　『扉』は魔族のロキュエルしか作れないだろ」

「チャンスは魔族が人間界にやってきたときだと思います。一体だけ無傷で捕らえて、わたしたちを連れて行くようにお願いすれば……」

「こっちから、向こうへ……行ける」

納得したように頷くシュタルカノン。要は魔族に「扉」を開いてもらえばいいわけだ。

話はまとまった、あとは救出しに向かうだけ。

「……ロキュエルさん、待っててくださいね。絶対にわたしたちが、人間が、あなたを助けますから」

観緒は拳を握り、今も苦しんでいる大切な人外の友人を想って決意を新たにする。


いっぽう異界の王城、その地下室では。

もう何日にもわたって、ロキュエルは不眠不休で絶頂地獄の刑に処されていた。

「あぁ……あはぁ、もう、もう……無理っ、こんなの……んはぁああ！」

「ククク、どうしましたロキュエル。よもやもうへばったのではありませんよね？　『豺狼』たる貴女が、この程度でねぇ？」

感度を無理やり高められ、触手の愛撫だけで簡単に達してしまう身体にされ、無限に続く悦楽に浸される。今も元同僚で四天王のジズリお手製媚薬の実験台となり、全身を敏感にされた上で何度も強制絶頂させせられたばかり。

天井から降りてきている長い鎖で手首を捕らえられ、身体をよじるなどの動きはできるものの自由に動くことはできず、快感だけを与えられ続けている。衣服もほとんどはぎ取られ、軍帽の他には破れたタイツと申し訳程度に残る上半身のインナーだけだった。

（く、悔しいっ……この私が、こんな無様な姿を晒し続けるなど……だが私は諦めん……復讐を成し遂げ、そしてその先にあるものを掴むまではっ……）

わずかでも隙があれば、この男を殺して逃げ出してやる。

そのためには快楽に流されず、正気を保たなければならない。

妹も同じように陵辱され殺されたのだ。彼女の苦痛を思えばこの程度、耐えられない責め苦ではない。

「さすがにあの出来損ないの妹と違い、純血魔族はしぶといですねぇ。感度を上げて犯させるだけでは足りませんか。もう一ひねり加える必要がありそうだ」

「な……何をしたところで、身体はともかく、はあっ、貴様程度に屈するほど、この悪の誇りは……安く、ない……」

息を整えながら、上気した顔で言うロキュエル。

美しくも酷薄な悪の美貌が、今は女の快楽に蕩《とろ》けてしまい娼婦のようだ。

だがそれでも死んだ妹を侮辱し、自分にまでその手を伸ばそうとしてくるこの男、ひいては魔族には絶対に屈すまいと、精一杯の鋭い眼光を突き刺す。

「いい加減私も、薬を垂らすのに飽き飽きしてきましてね。そろそろご相伴にあずかり、その豊満な肉体を貪りたいと思うのですよ」

「下衆が……貴様もその程度の浅ましい魔族だったのだな」

「ククク、実に結構な態度だ。そうでなくては豺狼の名が泣きますからねぇ」

そう言ってジズリは悪女に詰め寄り、重力に抗《あらが》いきれていないやや垂れ気味の爆乳を無遠慮に鷲掴み「んひいいっ！」と上がった媚声を耳にしながら自らの衣服を緩めていく。

「前の穴はバムトに譲りましたが、もう一つの処女が残っていますよね？」

「なっ……貴様、まさか」

その言葉から想定できる狙いは一つしかない。

百センチ超えのバストよりもう数センチ大きな、安産型どころの騒ぎではないロキュエルの張り出した臀部《でんぶ》をぴしゃりと叩いてジズリは言う。

「そう、アナル、尻穴、ケツマンコ！　本来私はこちらの方が好みでしてね、マンコ以上に感じさせてあげられると思いますよ」

「ひっ……」

本来の目的は排泄穴だというのに、そこを性器に見立てて犯す性的嗜好がロキュエルには理解しがたい。

「まあその前にまずは、貴女のケツ穴に挿れるモノに挨拶をしていただきましょうか」

そう言ってズルンと取り出される、ジズリの雄肉棒。

バムトほど荒々しくはないにせよ、痩せこけて陰気な男のものとは思えないほどにそこは大きく怒張し、気に入らない女を犯し屈服させることへの喜びに猛っていた。

「ククッ、いい目つきで睨んでくれますねぇ。そうでなければ突き崩しようがありません、ですが素直でない女に男は気遣いできませんよ？　これから自分を犯してくださるありがたいチンポに、敬愛を込めてキスをするのです。それと帽子は取りましょうね、鍔が当たりますし、なによりその顔が上からだとよく見えませんから」

「っ……貴様、覚えていろっ……ちゅ」

今は魔力制御の首輪のせいで逆らえない。

従順なふりをしていればチャンスはあるだろうと考え、軍帽を取って悔しさを押し殺しながら彼の忌まわしき肉棒の先端へ唇を落とす悪女。

（くっ、臭いし汚いし……この私の口を穢したこと、覚えていろ……必ず後悔させてやる）

ちゅっ、ちゅっと恋人相手にするような亀頭へのキスを二、三度。それによってペニス全体がビクビクと歓喜からか震え、これでいいのかと思う間もなく唇を裂いて雄棒が口内へねじ込まれた。

「んんっ、んむぅうう！」

「おお……っ、失礼、貴女のチンポキスが存外よかったもので、つい口マンコも使いたくなってしまいましてねぇ。せっかくなので一度口内に射精して、私のザーメンを胃に滞留させながらケツ穴セックスして頂きましょうか。なんなら胃の中で上下からのザーメンが混じりあうかもしれませんねぇ……っ、ああ出そうですよ、しっかり受け止めてください！」

（ふ、ふざけるな貴様っ、私を、私の口を何だと思って……！）

太い肉棒が喉まで侵入し、ロキュエルのことなどお構いなしに自分勝手なピストンを繰り返すジズリ。やがて悪女の喉内でブルブルッと小刻みにペニスが震え、汚濁液が食道に直接射精される。

ぶどぶっ！　どぼびゅぶりゅりゅりゅりゅっ、ぼぶっびゅるるぅううう！

（あああっ、熱いっ、熱いぃいいい！　喉に直接射精されてっ、胃の中にコイツのザーメンがぁ……っ！　こんな男の汚い精液で、私の腹が満たされていくっ……）

喉内射精などされてもちっとも気持ちよくない。

男が自分の欲望のためだけに女を使い精を吐き、女にはただひたすら不快感と嫌悪感が残るオーラルセックス。

ただただ目の前の男と魔族全体への憎悪だけが増し、復讐心が募っていく。

「うっ、ふぅ……これほど出るとは、やはり貴女の身体を使うというのは最高だ。プライドの高い美悪女を思うがままに犯せるのですからねぇ」

「て……手にしたくてもできなかったのだろう、お前が弱すぎて。それで卑劣な手段をもって陵辱できて満足か、器が知れる」

「ククク、その生意気な態度をこれから私が、いえ我らが総出でチンポを使って叩き直して淫乱雌奴隷にして差し上げますからね、その過程を楽しませてくださいよ。おっと、口の中にまだ残っているザーメンはちゃんと舌でかき集めて飲んでもらいましょうか」

言われるがまま、喉を鳴らして口内に残留する精子を飲み込み、証拠とばかりに口を開けて見せてやる豺狼。

「言っておくが、絶対に貴様らは全員殺すっ……」

口内、体内に残る汚白濁汁の不快感を噛み締めながらロキュエルは同格以下の男を睨むも、何度試みても彼らをますます喜ばせるだけ。

「いい飲みっぷりですねえ、一滴残らず精子を飲むという女の嗜《たしな》みにチンポがまたビンビンですよ。それでは当初の目的通り、ケツ穴を使わせて頂きましょうか。おっと、フェラも終わりましたし帽子はまたかぶってもらいましょうか。その方が興奮しますのでね」

軍帽を再びかぶせられたロキュエルの背後に回ったジズリが、いよいよ挿入とばかりに百五センチのヒップをもう一度叩いたのち豊満な尻たぶを左右に開き、中央に隠れる悪の菊穴を探し当てる。

「ククク、相変わらずデカいケツだ。乳も並外れていますがそれ以上に尻がデカい、たまらない雌の肉体ですよ。そしてその中にすぼまってヒクヒクしているアナルがなんとも可愛らしいですねぇ。ここでセックスした経験はおありですか？」

「あ、あるわけないだろう！　こんなところで好きこのんで交わる女が……ひゃんっ！」

「では、好きこのんでしてしまう変態女に変えて差し上げますよ」

ジズリの袖の下から、第三の腕のようにウネウネと動く何かが伸びてきた。それが悪女の出口であり入口を撫でまわし、ロキュエルは雌の声を上げてしまう。

ペニスをいきなりぶち込むのではなく、媚薬体液を吐き出す触手によって丹念に挿入部をほぐし、緩くし、挿入の際には雌悦を覚えるように整えていくジズリ。

「ククク、どうです？　ケツ穴が次第に火照ってきて、挿れて欲しいでしょう？」

「ふ、ふざけるなぁ……あっ、ああっ、熱いっ、身体がっ、尻の穴があ……っ」

そうでなくても今のロキュエルは全身が敏感なのに、ここで追い媚薬を尻穴に塗りこめられてしまえばどうなってしまうか。

やがて彼の亀頭と思《おぼ》しきブニッとした熱いものが菊座に押しつけられ、ロキュエルの身体全体が陵辱を予感して震える。

こんなものを、ことさら敏感になってしまっている尻穴に挿れられたら——。

「や、やめろっ、そこだけはやめろぉ……！」

「お黙りなさい、この腐れアバズレが！　貴女はしょせんケツ穴奴隷なんですよっ！」

必死の懇願も無意味だった。

今までの鬱憤をすべて解消するように、極悪美女の処女尻穴を一息に貫くジズリ。

「あぁあああぁ！　殺すっ、貴様絶対に殺すっ、んあっがはぁあああ——！」

「クハハハハ！　やりましたよロキュエル、やっと貴女に一矢報いましたよ、よくも今まで陰気だの策を練るしか能がないだの、女のくせにさんざん私をコケにしてくれましたね。

チンポ挿れられるだけの『雌』の分際で！　ええっ！」

　屈辱感がロキュエルの排泄穴から脳天までを貫き、涙を流し巨大乳をばるんばるんと揺らしながら背後からのピストンに悶える叛逆の女幹部。

「おぉおお、締まるっ、締まるっ、貴女の尻穴は最高の雌マンコですよ！　やはりプライドの高い女はケツ穴の具合がたまらないいんですよね、バムトに前の穴を譲って正着でしたよ、おかげで私が貴女の処女ケツマンコを頂けるんですからねぇ！」

「やめろっ、やめろぉおお！　抜けっ、今すぐその汚いのを抜けぇえええ！」

「いいから黙ってケツ使わせなさい豺狼！　どのみち媚薬で貴女も気持ちよくなるんですよ、ケツ穴快楽の虜になって私に感謝するんですからね！　ほらそのだらしないデカケツ押しつけて私のチンポをもっと締めなさい裏切り者！」

　どちゅっぱじゅっ、ずっちゅずっじゅずちゅずっちゅんっ！

　前の穴と同じくこちらも処女であったというのに、そんなことはお構いなしに激しい腰使いで後ろからロキュエルの尻穴をかき回していくジズリ。

「あ、ああっ、ダメ、ダメ、ダメぇえええ！」

(気持ちいいっ、気持ちいいっ、初めてなのにいきなり気持ちよくなってるぅうう！　こ、これは媚薬っ、直前に塗りこまれた媚薬のせいなのにぃいい！)

　そんな非道なまでの肛門レイプであるにもかかわらず、豺狼は雌の悦びを早くも覚え口からは「女」の喘ぎを漏らしてしまう。

「はぁあっ、あっ、あはぁあ、ら、らめっ、もうらめぇえええ！」

「どうですか？　さっきの口マンコと違って、ケツマンコはずいぶん気持ちよさそうに見えますがねぇ。お好きになりましたか、アナルセックスが？」

確かに喉内射精は全く気持ちよくなかった。その直後にこうして尻穴性交し、媚薬に後押しされ禁断の肛悦に浸ってしまっている。

（こ、こんなにアナルセックスが気持ちいいなんてぇ……これ、まんこのセックスと同じくらいすごい、かも……っ、ああっダメだ、そんなこと思ってはダメだっ、気持ちいいなんて思ってはこいつの思うツボだぁああ……！）

単純な印象操作だ。悪いものの後に良いものを与えられたら、そのぶん喜びが大きくなってしまう。その程度は普段のロキュエルであれば冷静に分析することもできたであろうが、今の彼女は媚薬による激しい肛門性交の快楽によって思考回路が大幅に低下している。

「んああっ、ああっ、ちっ、違うっ、こんなの気持ちよくなんかぁ……！　ああっ、おっ、おぉおおお！　んぉおお、らめっ、ちんぽ、らめへぇええ！」

ジズリは上の口で自分だけ快楽を味わいつつロキュエルに嫌な思いをさせた上で、媚薬を用いたアナルセックスでロキュエルを悦楽に酔わせて虜にし、なおかつ自分もロキュエルの尻穴で快感を得ることも忘れない。

すべてがこの「狡梟」の思惑通りであり、悪女は罠にかかったことすら気づけない。

分かるのはただ、尻穴レイプが気持ちいいということだけ。

（や、やだっ、このままじゃ、このままじゃ尻穴まで気持ちよくなってしまう！　それだけはっ、それだけは耐えなくてはっ……！）

バムトの極太ペニスによって、前の穴で覚えてしまった男に屈する快楽。

雄肉棒を受けいれ、膣内射精される雌の悦び。

それを今度は尻穴で、後ろの穴でまで感じてしまったら。

（も、戻れなくなるっ、快楽の虜になって絶対戻れなくなるからぁああ！　耐えるっ、耐えるんだっ、絶対イかされたりしないっ、同じ失敗を二度は繰り返さないぃいいい！）

しかしいくら高貴な悪の精神で耐えようとも、すでに直腸は第二の女性器として目覚め始めジズリの剛直を受け止め包み込み、あまつさえ蠕動《ぜんどう》して彼に尽くし始めている。

「んおおぉっ、おっ、こんにゃのらめっ、ケツ穴らめぇええ！　ケツ穴でちんぽきもちよくしちゃらめへぇえええええ！」

「なんですかこのケツマンコは！　中でうねって、私のチンポを悦ばせてくるではありませんか、おお……っ！　悪女のケツ穴はチンポから精子搾り取るついでに糞をひり出すこともできる器官なのですかねえ、全身女性器の分際で悪の四天王なんかやってる場合じゃないでしょう、がっ！」

「んほぉおおおお！」

ひときわ強烈な一突きで、野太い声を上げて雌喜悦に打ち震えてしまう悪の美女。

もはや自分の力で立つことはできず、後ろからジズリに抱きしめられ支えられ、百二センチのバストを豪快に揺らしながら立ちバックで快楽に悶える姿は無様の一言だ。

「裏切りの代償がケツ穴快楽とは全く貴女の一人勝ちだ、好き放題やった挙句快楽まで貪るとはさぞ幸せでしょう、これだから豺狼は！　自分だけよがってないで、私のチンポを気持ちよくすることを忘れてはいけませんよ！」

「んほぉおおらめぇええ！　おっ、おおっ、ケツっ、ケツ穴っ、ケツまんこぉおお！」

女である以上、男の肉棒を受け入れれば悦んでしまう。それがレイプであろうと、本来の性器の役割ではなかろうと、女である以上本能がそうさせてしまう。

だからこうして、憎い敵に尻穴を陵辱されても。

「ケツアクメっ、ケツアクメキメりゅっ、ケツまんこイっぢゃふぅううう――！　んぉおおおケツイキ雌ケツ穴イキっ、ケツ穴でイグのほぉおおおおおおおお――！」

女の、雌の本能のまま――絶頂してしまう。

それがどんどん近づいてきて、そしてそれを止めることはできない。

自分が女である以上、その絶頂に身を委ねて雌悦に堕落するしか――。

「ううっ、射精《で》るっ、私も射精《で》ますよロキュエル、裏切りケツマンコにザーメン中出ししてあげますからね、しっかり受け止めてイキなさいっ、オォオオオ！」

そしてそんな「堕ち」の階段を踏み外そうとしているロキュエルを背後から突き落とすべく、トドメの一撃が自分を犯す男の先端から濁流となってぶちまけられた。

どぼびゅぶびゅっぶりゅりゅりゅりゅりゅりゅりゅりゅ、ぶべりゅびゅぼりゅぐびゅるるるるるっ！

「あぁっ、おぉあぁあはぁああケツイキぃいいい！　ケツ穴中出しされでイグっ、ケツまんこちんぽでイかされりゅのぉおおお！　んぉおおイグイグイグ、ケツ穴イギんほぉおおおおお！　んぉほぉおおケツまんこイギぎもぢひぃいいいいいいいいいい――――！」

大量の雄精子を直腸内に排泄され、灼熱を体内で感じ取り絶頂してしまう女幹部。

完全に肛門性交の虜となり、尻穴が第二の女性器として開花した瞬間だった。

こうなれば彼女は前でも後ろでも、男に犯されれば快楽に呑まれてイキ狂ってしまう。

自分が「女」である以上は絶対に逃れられない、レイプの悦楽をまた覚えてしまった。

「ククク、まだ終わらせませんよ。マンコの方が手薄ですからね」

だが、真の快楽はこの先にある。

尻穴絶頂で完全に緩みきり、ひくひくもの欲しそうに痙攣《けいれん》しながら愛液を漏らしている彼女の中古女性器にジズリは手を伸ばし。

ぐちゅっぐちゅぐちゅぐぢゅずっ、じゅずっちゅじゅぐちゅぐちゅっぷじゅぅうう！

「んほほぉおおおお――!?　おおっ、まんこ、まんこもっ、まんこもらめぇえええええ――――！」

完全に油断しきっていた前の穴をかき回し、それによってロキュエル本来の女性器も強制絶頂させる。

尻穴絶頂の最中に訪れた別のオーガズムに、豺狼はなすすべもなく快楽の渦へと呑み込まれさらなる多幸感に支配される。

「けっ、ケツ穴とまんこっ、まんことケツまんこほぉおおお！　おぉおおもうらめっ、ら

めらめらべへぇえ！　ケツイキしてりゅ、ケツイキいまひでりゅのにぃいいい――――！　まんこ、まんこもイグッ、まんこもイグのほぉおおお！　らめなのっ、こんにゃの耐えられるわけにゃいっ、女がっ、女にこんな気もぢいいの我慢でぎにゃひぃいいいい――――！」

かき回される性器から潮をぶしゃぶしゃ噴き散らかし、ジズリに抱きかかえられながら百センチ超えのバストをぶるんぶるんと暴れさせ、立ちバックの格好でイキ乱れるロキュエル。受け止めきることができないほどの「女」の幸せを享受してしまい、もはや思考力が限りなくゼロに近い。

（イクしかないっ、女だからこんなのされたらイクしかないのっ、女だから無理やり犯されてイっちゃうの、女にこんなの耐えられるわけないのぉおおお！）

脳を支配するのは「気持ちいい」と「もっとイキたい」だけ。

やがて大量射精を終えたジズリが尻穴から肉棒を引き抜くと、ロキュエルは脱力し床に崩れ落ちる。突き出された百五センチのヒップからは、濃厚な雄汁が屈服の証のように垂れ落ち続けていた。

「はぁ、はぁあ、はーっ、あはぁあああ……まんこっ、ケツ穴っ、両方ぉ……気持ちいいっ、気持ちいいのぉ……」

「ククク、堪能させて頂きましたよ。とても無様なダブルイキっぷりでしたねぇ。これだから女は。どれだけ生意気な口を利こうと、男にイかされまくる運命しかないのですよ」

自分を見下ろす痩せこけた魔族を必死で睨み上げるも、無様絶頂した直後の顔ではろくな威圧にもならずかえって滑稽なだけだ。だがその屈しない姿勢こそが、ジズリやここにいないバムト、大勢の雄魔族たちを興奮させ勃起させる。

「素晴らしい、これほどまでに快楽漬けにしてあげてもまだ我々に対する憎悪が残っている。生半可な覚悟で裏切ったわけではないということがとてもよく分かりますよ、いややはり貴女は強い女だ、ククク……快楽には弱すぎるようですがねぇ」

「はぁ、はぁ……黙れ……私は必ず、復讐を遂げ……はぁっ、お前も、八つ裂きにした上で殺してやるっ……」

諦めるわけにはいかない。

死んだ妹、そして生きている義妹を思い出しロキュエルは自身を奮い立たせる。

この復讐心だけは、一時《いっとき》快楽に染まろうと絶対に消えることはないのだ。

「次はその豊満なおっぱいを、より気持ちよくしてあげましょうかね」

「ま、まだ何かするつもりか……」

今の尻穴と性器の二重絶頂だけでグロッキーだというのに、ジズリはさらなる快楽責めに及ぶのだという。

「ご覧ください、今から貴女の乳を改造する魔族ですよ」

服を着終えたジズリが指を鳴らすと、天井からズルズルリと何かが降りてくる。

それは不定形かつ巨大なスライム状の生物で、両穴快楽で弛緩してしまったロキュエルはなすすべもなくその粘性体に捕らえられてしまう。

（うう……生温かくて気持ち悪いっ、こんな生き物に犯されるのか……）

むにゅ、むにゅとロキュエルの大きく実った二つの柔肉を探り当て、嬉しそうに揉みこんでいく巨大スライム。赤茶透明な色がますます不快感を煽る。

ジズリが聞いてもいないのに解説を始めた。

「この生物は自分で自分を切り落として増殖する類《たぐい》でしてね、いわゆる交尾に該当する行為は必要としません。ですが産み落とした自分の一部に母乳を与えるため、雌を見つけて母乳を搾らせ、それを溜めこむ性質があるのですよ」

「ま、まさか……」

そこまで言われれば、豺狼なら想像がつく。

自分をそのためのミルクサーバーに改造し、出ない母乳を出させる気なのかと。

「ククク、ご名答。さすがはエリート魔族だ、察しが良くて助かりますよ」

「ふ、ふざけるなっ！　こんなわけの分からん奴にそんなことされてたまるか！」

自分が母乳を出すなんて考えたこともなかった。

確かにこの百二センチのバストは自慢であり、数々の男を挑発してきた美しく豊満で淫らなものではあるが、そもそも勝手に揉んでいいものでもないし、本来の目的である母乳分泌を意識することはこれまで処女であったロキュエルには早すぎた。

（ま、まだ子どももいないのに、そんなことをさせる気か……）

そして何より吐き気を催すのは、そんな風に母乳を出す自分を見て楽しもうとするジズリの浅ましい欲望だ。

授乳そのものは子育てに不可欠でありいやらしい行為でもなんでもないのに、それを意図的にやらせてそのさまを観賞し喜ぶなど女性の尊厳をズタズタにするようなもの。

「貴様、女をどこまで弄べば気が済む……！」

「何を今さら。女など男を楽しませるため『だけ』に存在しているのですよ、全身がねぇ！　おっぱい！　ケツ！　マンコ！　どこでもチンポを射精に導いてくる女の肉体は全身が雄を射精させるための性欲処理便器《オナホール》なのですよ、クッハハハ！」

あまりにも男性本位な物言いにクラクラしてくる。この卑劣で痩せこけた陰険な魔族も念入りに微塵切りにして骨まで燃やしてやらなければ気が済まない。だがそんな憎い感情をも呑み込むように、巨大スライム魔族は軍帽と破れたタイツ以外ほぼ全裸のロキュエルにまとわりつき、そのひときわ目立つバストをゲル状の身体で包み込む。

「くっ、やめろ、揉むなっ……そんなにされても母乳は出ないっ……」

ずりゅぬっぷ、ぬぷじゅるるる、じゅぷちゅ……

言葉も通じないとみられる単細胞生物のようなそれに対し、制止の言葉をかけつつ身をよじって抜け出そうとするも、全身を捕らえられてほとんど身動きができない。

ここからどうやって母乳を出させようとするのか、考えたくもないが――。

「ひいんっ⁉　や、やめろっ……乳首を、乳首を吸うなぁ……っ」

ゲルが乳頭に吸いつき、執拗なまでにそこからの分泌液を求めて収縮を繰り返す。

さんざん敏感にされているロキュエルの百二センチバストはそれだけでゾクゾクした快感をもたらし、子どもの指ほどある肥大乳首がガチガチに勃起してしまう。

「んああっ！　ああっ、やめ、やめろぉ……気持ち、いい……ちが、気持ちよく、ないっ……んはぁあああおお！」

ジズリがこの場にいることを忘れて思わず気持ちいいと言ってしまい、慌てて否定するももう手遅れ。今さらともいえるが、異形に乳首を責められて悦んでしまう変態マゾ女だということが白日の下に晒されてしまったのだ。

さらにゲル状生物の乳房責め、および乳首吸いは加速する。

じゅちゅずりゅぬりゅむりゅりゅ、じゅずぅううっ、ずじょぞおおっ、ずっちゅう！

（ああっ、ダメだ、気持ちいいっ、気持ちいいっ、おっぱい、乳首っ、すごいぃい……うあっ、なんだ⁉　吸うだけじゃなく、何かが乳首に、おっぱいの中に入ってくるぅうう！）

ただ吸い上げるだけではなく、逆に何かを乳頭から流し込まれている感覚も得る。

肉だけ詰まって空のはずの巨大タンクに、何かが注ぎ込まれて満たされて――ほどなくしてそれが止まると、今度は内側から、自ら、何か熱いものを乳内で急速に生成していく感覚が奔った。

（ま、まさか、母乳を強制分泌させる成分……⁉　やめろ、やめろっ！　まだ母乳なんか出したくないっ、こんな奴相手に授乳したくないのにぃいいい！）

本来なら愛しい男性と交わって授かった大切な我が子に与えるべきものを、こんな形で出したくない。ましてや自分の母乳噴射を見られるなど耐えがたい。爆乳内には熱い奔流が出口を求めて駆け巡っている。

だが乳房快楽はそんな女性としての理性も容易く押し流し、
そしてそれが、たまらなく気持ちいい。

(な、なんでっ、気持ちいいっ、母乳出そうで気持ちいいのぉおお！　ぁ、熱いっ、おっぱい熱いっ、ミルクっ、ミルク溜まってるぅう！　こんなっ、こんなに気持ちいいのか……？　おっぱい出すのって、こんなに気持ちよくなれるものなのか……!?)

普通のまともな母乳噴射を味わったことがないので、一般的にそうなのか今回のケースが例外なのか分からない。だが確かなのは、乳房内に快感が渦巻き、それを先端からぶちまければこれまでの乳絶頂とは比べ物にならない乳アクメを体感できるということ。

(ダメだっ、これ以上っ、胸まで気持ちよくなったら終わるっ、まんことケツまんこだけじゃなくおっぱいまでこんなっ、ああぁあでも逆らえないっ、気持ちよくなりたいっ、おっぱいでも気持ちよくっ、ダメだダメだ復讐っ、復讐を遂げ……ぁあでも、おっぱい気持ちいい……もう我慢できないいぃい！)

必死に自分の使命を思い出して耐えようとするも、限界まで高まった乳房快楽と先端に集中する母性の解放要求は抑圧できない。

「あぁあぁダメダメ出るイくっ、おっぱいでイくっ、ミルク出してイっちゃうぅうう！」

ぶしゅっ！　びゅびゅぅう――っ、ぷしゅわぁあああああ……っ！

百二センチの巨大タンクから、生まれて初めての乳白液が弧を描いて噴射され。

それに伴う初めての絶頂感に、ロキュエルはのけ反って雌絶叫してしまう。

「んほぉっほぉおおおおっぱいひぃいいいいいい――！　おっぱいイクっ、母乳出してイくっ、おっぱい射乳《だ》してイッグぅううう――！　んほぉおおお乳首乳首乳首ぎもぢいいいっ、乳首アクメで母乳びゅーびゅーしてりゅのぉおおお！」

処女を喪った日も、無理やり乳房でイかせられた。

乳首もさんざん責められて、乳房と乳首の四か所で同時に達してしまったが。

今回の母乳噴射絶頂は、そのさらに一歩踏み込んだ強烈なオーガズムをロキュエルの上半身に叩き込み一生忘れられない甘美な悦楽を与えていく。

ただ胸でイくのではなく、母乳を噴射しながらイくと女はこれほどまでに気持ちよくなれるのかということを、全身の細胞で理解してしまう。

「んぉおっ、おっぱいびゅー、おっぱいイグイグっ、ミルクイギしゅりゅぅうう！　んほへぇええ母乳とまんないっ、赤ちゃん育てるミルクびゅーしでぎぼぢひぃいい――！」

「クックク、大成功ですねぇ。ロキュエルの母乳噴射絶頂がこの目で見られるとは。実に無様で淫靡《いんび》ですよ、女は母乳を出してこそですからね」

そう、乳房とは本来子育てのための母乳を作り出す器官。

母乳を生成し、噴射し、子どもや夫、レイプ魔に与えてあげるための器官。

女の役割を果たすことで、女の快感が得られる器官。ゆえ、母乳を無理やり出させられ

てしまえば、女は当然イキ狂って雌の幸せに溺れてしまうのだ。

「分かりますか？　貴女は見下していた同格の男に乳を揉まれて、母乳を噴き出して男に屈服するのが大好きなマゾ女なのですよ」

「ちっ、違うっ、そんなことにゃ……やぁああ母乳っ、ミルクっ、おっぱい止まらないぃいい……！　んおっ、おっ、おほぉおおっぱいイキしゅごいっ、母乳噴いてイクのぎもぢぃいいい――――！　おほぉおお吸わないれっ、乳首ちゅーちゅーして母乳のまないれぇえ！」

否定しようとしたロキュエルの母乳噴射乳首に、スライムが吸いついてミルクを直飲みしていく。授乳という母としての幸せまで体感してしまい、裏切り女幹部の多幸感がさらに後押しされる。

「おっぱいもうらめっ、もう授乳らめっ、おっぱいと乳首イくのもういいのぉおおお！んぉおおミルクミルクとまんなっ、母乳アクメでイきまくって頭とんじゃうぅうう！」

「よかったじゃないですか、そのだらしないおっぱいの新たな使い道が見つかって。ただ男に揉まれるだけの乳から、母乳噴射でイキまくれるようになったのですからね」

もしロキュエルの胸がプリエステラのように控えめであったなら、ここまで内部に甘露を貯蔵しておくことはできず母乳イキも軽微なもので済んだだろう。

しかし悪女の百二センチ柔らかバストは貯蔵量はもちろん、生産量も並外れている。

胸が大きいのは「女」として優れている証拠であり、たくさんミルクを作って溜め込んでおけるのだ。それゆえ母乳放出快楽も並ではなく、出しても出しても次々ミルクが蓄えられるため悦楽が終わらない。

自分のバストがあまりにも巨大なことを悔やみ、そして喜悦に浸るロキュエル。

「おっぱいが大きいと得ですねえ、母乳イキするためにデカくしていたのでしょう？　どれ、私も憧れの貴女の母乳を頂戴しますか……はむっ、んぢゅるるるぅううう！」

「ち、ちが、のほぉおおお――――！　んぉおおミルクっ、ミルク飲むのやめへぇ！　んぉおおこんなの違うのにっ、デカパイから母乳ドバドバ出して授乳イギぃいい――――！」

もはや噴乳快楽の虜になってしまったロキュエルは、満足に否定することもできない。

部屋中に甘ったるい母乳の匂いを充満させ、あまつさえ自分で自分の胸を揉みまくりながらミルク噴射絶頂の勢いを増していくその淫らすぎる姿は、かつての豺狼の面影を完全に喪っていた。

そのうえで嫌悪していたジズリにまで母乳を飲ませてしまい、どんなに嫌いな相手であろうと自らの乳を与えてしまえば授乳幸福アクメが加速してますますイキ狂う。

「ふぅ……実に甘くて濃厚な味わいですね。飲んでも飲んでも無限に出てきますよ。ほらもっと出しなさい、母乳イキして二度と戻れなくなりなさいっ！」

「ほぉおおおっぱいイキしゅごいっ、デカパイゆらしてぶしゃぶしゃ母乳出してぎもぢいい――――っ、ミルクびゅーってぶちまげでぎもっぢひぃいいい――――！　んぉおおイグのとまんなっ、おっぱい乳首母乳イキとまんにゃひぃのおおおお――――！」

ゲル状魔族によって念入りに乳首を開発され、母乳体質にされた悪の女幹部はそれからも延々と甘露を撒き散らし、部屋中を甘ったるい匂いで充満させるまで乳絶頂し続ける。

「ククク、無事母乳も噴き散らかしてイキまくったところで、次の段階に入っていきましょうか？　貴女のことをブチ犯したい男の魔族は腐るほどいますからね、高貴で高慢な女幹部を徹底的に陵辱したいと思う格下の男がね」

　しかし、ここまでイかされてもまだまだ陵辱劇は終わらない。

　さんざん自前のミルクをぶちまけて射乳イキ地獄を味わったロキュエルを取り囲むように、ゾロゾロと格下の魔族たちが集まってきたのだ。

「ひ……っ」

　バムトのときも雑兵に身体を触られたり、パイズリやフェラで精子をぶちまけられたりはした。いっぽうで本番行為に及んできたのはバムトだけで、その他の魔族は見物のみを許されていた。だが今ここに至っては、格下の雄からも犯されてしまう。

　淫らな膣と、開発されたばかりのアナルの両方で――。

「やっと俺らの出番ってわけか。ずっとスタンバイしてた甲斐があったぜ、ロキュエル様を犯せるなんてなぁ。うわぁいい匂い、甘ったるい母乳の匂いでもうチンポ勃《た》っちゃうよ」

「ロキュエル様、覚えてますか？　二年前脇腹に蹴り入れられた軍曹ですよ俺。覚えてるわけねえか、格下の男のことなんかよ！　その格下に犯されんだよなこれからよ！」

　どこまで自分のプライドを傷つければ気が済むのだろうか。

　見下し、侮り、捨て駒のように使っていた男たちからいいようにされるなど、豺狼の名が許さないのに。

　今の自分はどうすることもできないばかりか、媚薬のせいで全身が敏感で。

　クズのように見てきた男たちによって、気持ちよくされてしまう――。

「や、やだっ、やめろ、来るなぁ……っ」

「おーおー、そんなしおらしいロキュエル様が見れるとは思わなかったぜ。おまけにほぼ全裸に軍帽だけとか上官レイプ感マシマシでフル勃起だよ」

「い、今やめればお前たちだけは殺さないでおいてやる……！　だからやめろ、死にたくなかったら私から離れろ……」

　必死に止めようとするも、完全に弱体化したロキュエルに対し戸惑う男はいない。

　そもそもこの状況で「魔族をすべて殺す」など大言壮語されたところで、怖くもなんともないのだ。

「ま、とりあえずおっぱい揉も。初手はおっぱい安定だよな」

「甘ぁ――い匂いのおっきなロキュぱい……やべえたまんねぇ」

　まだ母乳を先端からぽたぽたと滴らせている百二センチのバストに群がり、汚い手を伸ばして雌巨肉塊を揉みしだいていく魔族たち。

「んあああっ、やめ、やめろぉ、胸は敏感で……はあああんっ！」

「うわっもう感じてんのか、ロキュエルのおっぱいどんだけ敏感マゾ乳だって話だよ」

「やわらけえ、やわらかロキュぱいたまんねえ、ずっとこのデカ乳揉みたくて揉みたくて震えるほどしょうがなかったんだよなぁロキュエルよぉ！　なんかもう最高！」

先ほどまでさんざんミルクを撒き散らして絶頂し、その余韻が抜けきらない豊満乳房を揉み、まさぐり、顔を埋めていく下級魔族たち。

それだけでもうロキュエルは胸快楽を思い出し、身体が勝手に反応し雌声を上げさせ、出しきったはずの母乳がすさまじい勢いで巨大タンクに再充填されていく。

「あああっ、出るっ、んぉお、射乳るっ、気持ちいいっ、おっぱいミルクでちゃうっ、母乳出ちゃうのぉおおお！　搾っちゃらめっ、乳搾りしちゃらめぇえええ！」

一度母乳体質にされ、それにより絶頂を重ね母乳を出すことを幸福と身体が覚えてしまった以上、二度目以降はもはや抑えることなど不可能。

揉まれれば身体が悦んで、胸が悦んで、乳首が悦んでしまい——。

「んのおっほぉおおお——！　母乳っ、ミルクっ、赤ちゃん育てるミルクいっぱい出ちゃうぅううう！　んほぉおおイクイクイクっ、母乳イキしゅりゅぅううう——！」

ぶしゃあああっ、びゅびゅぅうう——っ、ぶっしゃぶしゃぶぶっぴゅぅう！

揉まれ続けた二つのタンクの先端から、性感によってフルチャージされた甘露がまたしても堰《せき》を切って噴射される。

「ほんとに出たぜロキュエルミルク！　エロすぎだろこの乳悪女！」

「ああ、ママ……俺の本当のママだ、こんなとこにいたんだね……！」

揉む手を止めないまま男たちが大喜びし、ロキュエルは随喜に悶え狂い乳房を揺らしミルクを撒き散らす。

「あへぇええおおおおミルクっ、またミルクっ、おっぱいミルク全部でぢゃうぅううう！　おっほぉおおお止まんないっ、ミルクとまんないっ、おっぱい乳首イキミルクしゅごひぃいいい！　出る出る出てるっ、おっぱいの中身全部でぢゃふぅううう――！」

出せども出せども止まらない、甘く白い母性の象徴。

豺狼の名を戴く悪女から想像もつかない、栄養満点でまろやかな味わいの慈愛の証。

それらが惜しみなく湧きあがり、格下の男たちを喜ばせていく。

「やっ、やめろぉ、おっぱい搾るなっ、ミルク出すなぁっはぁあああ！　んぉおおお吸うなっ、飲むなっ、こんなの飲んじゃやらぁあああ！」

「無限に出てくるなロキュエルミルク。こんなに巨大なタンクしてんだから当然か。おっぱい格下に揉まれてミルク出すとかどんだけマゾ母乳溜めてたんだよ！」

「ロキュエルママの慈愛がたっぷりで濃厚あまあま悪女ミルク、すっごい美味しい！　んむぢゅっ、ぶじゅっずぞおっ、ママ、ママっ、ママのおっぱい大好き！」

（私の母乳っ、こんな奴らに出させられてっ、飲まれてるっ……！　悔しいっ、悔しいのに母乳出すの気持ちいいっ、おっぱい気持ちよくていっぱい出ちゃうぅうう！）

だが、いつまでも母乳を出し続けて快楽漬けになることはないはずだ。スライム媚毒が一時的に、ロキュエルのホルモンバランスをおかしくしているだけにすぎない。

「ああっ、あはぁあ……こ、こんなのどうせ薬のせいだ……赤子がいない私がっ、いつまでも母乳を出せるはずがっ……今だけ、耐えればぁ……」

「ククク、さすがは鋭い読みだ。その通りこれは一時的なものです……が、いずれ恒久のものとなりますよ」

甘い液体を噴射しながら強がるロキュエルに、ジズリは例の気味悪い笑みを浮かべた。

どういうことか——その答えはすぐさま彼の口から語られる。

「裏切り者の貴女は四天王から降格し、その優秀な母体を用いた魔族の苗床として一生犯され、孕まされ、産まされ、母乳を出し続けて育てる役目が待っていますからねぇ」

あまりにもおぞましい末路に身がすくむ。出世を極めながらも叛逆した悪の四天王の行く先は、男たちの慰み物にして孕ませ便器、そして苗床。

「それもこれも貴女が我々を裏切らなければ、このような悲劇は起きず今も四天王として不自由ない暮らしができていたというのに。私情で立場を捨てるなどまったく愚かな女だ、それともあるいは幸福でしょうか。犯され、孕まされ、母乳を出し続ける『女』の幸せを一生涯にわたって噛み締められるのですから！　クハハッ！」

「だ、黙れぇ……ッ！　私はっ、私は復讐をっ……んぉおおお！」

自らの背信行為を嗤われ、妹のことを思い出し怒りに声を荒らげるも、今なお乳首を吸い続ける魔族たちの激しい乳頭吸引と母乳噴射で黙らされる。

授乳快楽に染まった今の状態では、乳房を揉み搾られ乳首に男の口が吸いついている限りどうすることもできず、ただ甘い喘ぎと甘い母乳を出し続けるだけ。

黒く濁った復讐心さえ自らの白く淫らな乳房分泌液で染められ、醜い憎悪が不埒な快楽で塗りつぶされていく。

「うっま、うっま、ロキュエルママのおっぱいうっま！　この変態ママミルクマゾ女！」

「甘くて栄養たっぷりの悪女母乳がたまんねぇ、ずっしり重たいおっぱいも最高！」

「こんなに優しい味のまろやかミルクで悪の女幹部は無理だろ！　反省してもっとあまぁま母乳出せや！　おら！　ロキュミルク！　出せ！」

「や、やめ……んえっへぇえええ！」

ぶぴゅっ、ぶしゃっと揺れる乳房からミルクを撒き散らし、息も絶え絶えで格下の魔族たちにイキながら制止の言葉を弱々しく投げかけるロキュエル。

（こ、この下衆どもがっ、このクズ魔族どもがぁああ……っ！　殺すっ、皆殺しにしてやるっ、絶対に復讐を……あああやめろっ、これ以上私に母乳を出させるなぁああ！）

このまま乳房と乳首だけで四重イキしていたら、仮に母乳体質が収まっても変な癖がついてしまいそうで恐ろしい。

それに、何よりも恐ろしいのは下半身だ。

認めたくはないが今のロキュエルの前穴、そしてつい先ほど性器と化された尻穴が、胸のみの絶頂快楽に呼応するように先ほどから疼くのだ。

（こ、これ以上胸だけされたら……ち、ちがうっ、犯してほしいんじゃなく、断じてそういう目的ではなく……）

先の制止は胸責めさえ止まれば下半身の疼きも止まるはず、そう思ってのことだ。

断じて、胸以外も責めて欲しいという意味ではないはず。

だがある意味では彼女の願望が察知されたのか、ジズリは配下の魔族たちに無慈悲な指示を下す。

「ククク、胸だけされると下のほうが切なそうですねぇ。先ほどからクネクネと腰を動かしているのに気づいていないとでも？」

「……っ、違うっ、そんなことはない……！　今すぐこいつらを引っこめろ！」

「へへへ、そうは言ってもマンコにぶっといのが欲しいんだろロキュエル様はよ」

必死に威嚇するも、ジズリはもちろん胸に夢中な雄魔族たちも悪女の身体の訴えに気づいていたことが浮き彫りにされる。

もの欲しそうにぐぱぐぱと収縮を繰り返す雌花弁と、そしてそこから洪水のように溢れ出す淫蜜が、何よりもそれを語っていた。

「こんなに雌マンコひくつかせて、しかもグチョグチョに濡らしときながら『違う』はねえよなぁ？　え、ロキュエル様よ？」

そう言いながら、自らの服を脱いで股間の怒張するものを出していく雄魔族たち。

「ち、ちがうっ、ちがう……や、やめろっ、出すなっ、そんな汚いの出すなぁ……っ」

はるかに格下の魔族など、本来なら一言も発さず目線だけで射すくめ黙らせるどころか失禁までさせられる四天王が、蚊の鳴くような声を上げることしかできない。

それがますます雄魔族たちを興奮させ、ビキビキと音さえしそうなほどに彼らのペニスを怒張させる。

「ほら、欲しいんだろ？　チンポくださいって言えよ」

「う、うう……こ、こんなの……欲しくは……」

（ああ……っ、ちんぽ、ちんぽ、おっきくてぶっといちんぽぉ……あんなの挿れられたらまたっ、また私……雌になってしまうのに……）

熱くたぎった亀頭を頬に押しつけられ、むわっとした雄臭を嗅がせられ、理性が溶かされていく。

欲しい、欲しい欲しい、ペニスが欲しい、雄の肉棒が欲しい――。

「……く……くれ……」

「お？　なんだよ何が欲しいんだよ？　期間限定のスイーツかよ？」

「ち、ちが……それ、そのおっきいの、を……」

「ちゃんと言えよ、遊びでレイプしてんじゃねえんだぞこっちは！」

言葉を濁して、せめて少しでも恥辱感を抑えようと試みるも、男たちがそれを許すはずもなく――とうとうロキュエルは、物欲しさに完全に屈してしまう。

格下の相手に惨めに媚びながら、自分を幸福絶頂に追い込む「それ」の最も下品な呼称を連呼して、股を開いて最低のおねだりをしてしまう。

「ちんぽ！　ちんぽ、ちんぽぉおお！　ぶっとくてたくましいちんぽ、裏切り女の淫乱まんこにブチこんでほしいっ、ちんぽっ、もうっ、もう、まんこが熱くてぐちょぐちょでっ、ちんぽ欲しくてしょうがないからぁぁあ！」

「ギャハハハ、そんなにチンポが欲しいのか淫乱悪女め。だったらほら、自分で挿れろや」

その場に寝転ぶ雄魔族。怒張した肉棒が天を突くようにそびえ勃ち、時折ビクビクと跳ねる姿はまるで生きたディルドのようだ。

その状態で、女の方から挿入されるのを待つ騎乗位の構え。自分の意志でセックスをするかのような所業を強要され、けれど身体の火照りは止められない。

「あ、あああ……入ってくっ、挿入《はい》っていく……私のまんこにっ、こんな奴の汚らわしいち、ちんぽがっ……」

「オラいつまでゆっくり挿れてんだよ、セックスってのは……こう！」

「んおっひぃいいいい！」

おそるおそる腰を下ろしていくロキュエルに、低劣な男の勃起肉棒が下から一気に突き込まれ。

それだけで、それだけで胸快楽によって高まっていた彼女の全身は歓喜に打ち震え、膣内が侵入者を歓迎するかのようにわなないて男を締め上げる。

「おっ、おおっ、おひぃいちんぽっ、やっ、んおっ、やめ、のほぉおおお！」

「おいおいおいどうしたんだよロキュエル様よ、まさかこんな下っ端チンポ挿れられただけでイく寸前まで追い込まれてんのか、よっ！」

「んほぁああ！　あっ、らめっ、ちんぽ、奥までぇええ！　んひっ、いいっ、気持ちっ、ちが、んほぉおやめへぇえええ！」

勢いよく下から突き上げられるたび、百二センチのバストがばるんばるんと揺れ動き。感じてなどいない、と言いたくても強制的に漏らされる雌喘ぎが魔族としての理性ある言葉を封じ込める。理路整然と否定することができず、淫らで野太い声が返答となって陵辱者への感謝を告げてしまう。

（きっ、気持ちいいっ、まんこ気持ちいいっ、こんな、こんな格下のっ、バムトよりもずっと格下の奴のちんぽ挿れられてっ、格下ちんぽでまんこ気持ちよくなるぅうう！）

先日の粗野な男に引き続き、前の経験人数はこれで二人目だ。あのときは何かの間違いであったと説明がついたかもしれないが、二度目で、それも自分よりはるか下の男の肉棒にすら挿入されただけでよがってしまう痴態を見せつけては誤魔化しようもない。

自分は、豺狼のロキュエルは、ペニスを挿れられれば気持ちよくなってしまうのだと。

「おっ、らめっ、じゅぽじゅぽっ、膣内でっ、膣内で動いてぇえええ！　んほぉおおらめっ、おっ、お、お、おぉおおほぉおおお！　やめっ、のほおっ、ちんぽ、ちんぽいいっ、ちんぽいいのぉおおおお！」

巨大すぎる乳房を暴れさせ、下からのピストンに合わせるように自ら男の身体の上で腰を振り、下品なダンスで自分を犯してくれる格下レイプ魔への礼儀を忘れない。

「あのロキュエル様が、あんな奴のチンポでもガチ喘ぎしてやがる」

「チンポなら何でもいいんだな女幹部はよ。今までも悪の誇りがどうとか俺ら部下に講釈垂れてたけどよ、見境なくチンポで喘ぐ悪の誇りは素晴らしいよな！　なあ！」

周りで見ている魔族たちも、自らのペニスをしごきながらかつての上官が肉悦に狂う様を見て罵声を浴びせかけるが、それすら今のロキュエルにとってはマゾ快楽を煽る材料になってしまう。

（ち、ちがうっ、こんなのちがうぅうう！　こんな奴らに犯されて気持ちよくなんかなってないっ、なってないぃいい！　このちんぽが悪いっ、このちんぽが女を屈服させる強さなのが悪いっ、こんなの女が勝てるわけないっ、女がちんぽに勝てるわけないぃいい！）

いかに強く気高く誇り高い悪であろうと、下劣な雄肉棒一本にこのざまだ。

自分が「女」だという大前提をこれ以上ないほどに教えられ、強さも誇りも悪の魂もその脆すぎる楼閣の上にあったにすぎないことを分からされる。

「かっ、勝てないっ、勝てなひぃいい！　ちんぽ強いっ、ちんぽに勝てにゃいっ、女だからちんぽに勝てるわけないのほぉおおお！　おおっほぉおおイグっ、イグぅうう！」

ばっちゅどっちゅっ、ずっちゃずちゅずっちゅどちゅんっ！

遥か格下とはいえ雄魔族の筋力が可能にさせる荒々しい騎乗位での動きで、子宮口を容赦なく突き上げられまくれば、自分が「女」である以上その先にあるものは敗北雌絶頂しかない。四天王最強、実質異界の序列三位である『豺狼』のロキュエルが、何もできずに快楽の渦へ呑み込まれていく。

「おほぉおおお！　んおっ、おおおお、らめっ、そんなのっ、このっ、格下のくせにひぃいい！　んへぉおお、格下ちんぽでまんこかき回されでっ、んっほぉおおおイクぅうう！」

「オラ、イけ淫乱幹部！　クソザコ女幹部のおっぱい揺らし騎乗位敗北イキ姿見せろ！　俺も射精《だ》すぞっ、膣内にたっぷり完全勝利ザーメンぶちまけてやっからよ、ありがたく負けイキしろ、チンポに弱すぎ悪の雌ブタ魔族！」

　膣がきゅんきゅんと名も知らない男のペニスをことさら締めつけ、肉体の全てで男からザーメンを搾り上げながら敗北《しあわせ》の準備を整えていくロキュエルに、男はますます腰の動きを速め彼女を堕としにかかる。

　そしてついに、彼はこれまでさんざん自分を軽んじてきた高貴な悪女に自らの汚らわしい劣情をぶちまけることに成功したのだ。

　どぶびゅるるるるるっ、ぶぼばっびゅぐりゅりゅぶびゅるるるっ！

「んほぉああ——！　あはあああザーメンっ、膣内射精っ、格下男の汚いせーしでイッグぅううう！　こんな奴に膣内射精されてっ、まんこ、おっ、イグのほぉおおお——！」

　そしてそうされれば、ロキュエルはなすすべもなく「雄への敗北」という女の最大の幸福を受け止め絶頂するのは自明。

　背骨が折れるほどのけ反りながら、格下男の上に乗って騎乗位《うまのり》膣内射精《なかだし》強制絶頂《アクメ》の味に酔いしれる無様な豺狼の姿を、周りの魔族たちは大声で嘲笑い。

　最後の一滴まで膣内に射精した男がロキュエルを抱きあげるようにしてペニスを引き抜くと、陰毛の生い茂った悪女性器からは雄に完全敗北した証である白濁汁がドロリと垂れ落ちていった。

「ふーっ、射精《だ》した射精《だ》した。このマンコの使い心地最高だぜ。やっぱプライド高い格上女ほどチンポで屈服させ甲斐があるな、お前がいい例だよ豺狼！」

「へへへ、なに恍惚としてんだよロキュエル様よ、俺らがまだ残ってんだぜ」

「一本ずつじゃさばききれねえからよ、俺は口で妥協してやるか」

　絶頂の余韻に浸り全身をひくつかせる軍帽とタイツ以外全裸の彼女に、次の男がペニスを怒張させながら近づいて。

「ま、待っへ……今まだイったばっか、りひぃいい！　んむっふぅうう！」

　呂律も回らないまま必死に止めようとする彼女に二本目のペニスがまたも騎乗位で下からぶちこまれ、さらに三本目が上の口もふさぐ。

「んむっ、んぶっ、んぶふぅううう！　んもっ、おっ、おむぅううういひぃいいい――！」

　便器と化した女に、休息など与えられない。

　道具は壊れるまで使うのが当然であり、女は男の性欲を処理する道具なのだから。

(気持ちいいっ、ちんぽ気持ちいいっ、イったばっかりのまんこにちんぽっ、口まんこもすごいひぃいいい！　私のこと完全に道具としか思ってないのすごいっ、こいつらっ、この私のこと完全にオナホと思って、便器にしてるううう！)

　こんな下劣な奴らに輪姦され、妹リルは心身をすり減らして死んだのだ。

なのに、なのに、自分まで彼女のように「使われ」、それが悔しいはずなのに気持ちいいとまで思ってしまっている。

　ペニスで屈服する味を反復して刷り込まれ、自分が「女」であり「便器」だということ、およびそれがもたらす幸福を分かってしまったのだから。

「ジズリ様、こいつ格下のチンポほど悦んでんじゃないですか？」

「そうでしょうね、四天王にまで上り詰めたのもきっと低級魔族に犯される惨めさを味わいたかったのだと思いますよ」

「どんなに位人臣《くらいじんしん》を極めても、女である以上最底辺の男にすら勝てないのにな！」

　ばちゅっどちゅっ、ぶちゅっぶぢゅずっちゅ！

　どびゅるぶびゅるるるっ、ぶべりゅどぶぼょっぱびゅべゅっぶりゅぶぴゅぶぶっ！

（まっ、また射精されてっ、口とまんこにザーメン出されてぇええ！　またイクっ、まんこイくっ、まんこまたイっちゃうぅううう！）

　上下の口を犯されたまま、豊満すぎる肉体がブルブルと痙攣して男たちに「屈服」を伝えて自らを敗北快楽の沼に沈めていく。絶頂すればするほど戻れなくなるのを分かっていながら、この快楽の深みにはまっていくしかない。

　自分はペニスに屈服するしかない性別――「女」なのだから。

「んほぉおお！　おおお、おっ、お、お、もうだめっ、もうらめっ、まんこ、ケツ穴っ、おっぱいっ、乳首ぃいい！　全部イクっ、全部イってるのぉおお！　また、またイクっ、イくの終わんないっ、全身イってるのにイき続けてるぅううう！」

一か所たりとも絶頂が引かない。イキ終わる前にまたイかされ、それを胸の四か所、下半身の二か所、合計六点絶頂を延々と繰り返される。

(も、もうダメだ、もうやめてくれ……このままじゃ壊れるっ、イキ壊れるぅ……)

悪のプライドを総出で折りにいく格下魔族たちに、ロキュエルの心身も限界にきていた。

そしてそこで、彼女をさらに追い落とす卑劣なプレイが始まる。

「さて、充分にイキ癖もついたことでしょう。お前たち、予定通りに作戦変更です」

「ふぇ、な、なにぃ……んぉおおイクイクまたイクっ、イっ……あ!? あふぁああイっ、イけないぃいいい!」

先ほどまでとは打って変わって、イく寸前のところでピストンを止められ。

胸の搾り上げも乳首愛撫も含め、すべての性感帯で寸止めされ続ける。

「んにょおお、おっ、おぉおおやらっ、なんでっ、イかせっ、くれな……」

「ククク、イキたいのですか? 無理やりイかせられるのは屈辱だったのではなかったのですかねぇ」

膣内と直腸内を何度も下から突かれ、胸を揉まれるのは変わらない。

しかしあと一歩のところで手とペニスを止められ、行き場を失った雌快楽がロキュエルの体内に残り続ける。

もどかしくて、切なくて、どうしようもない。

軍帽の下からのぞく悪の美貌が、雄を求めて発情し真っ赤に染まっている。

「い、イけないいっ、イけないぃ……なんれっ、なんでっ、イかせてくれにゃい……」

「取引ですよロキュエル。貴女も我らを裏切り数週間ヒロインたちと共闘して、ある程度の情報は得たでしょう。それを吐いてもらおうと思っておりましてね」

「な……ば、ばか、にゃ……そんな、のに……乗る、かぁ……」

悪の参謀らしい卑劣な手口で、寸止め地獄を味わわせ。

イきたければ変身ヒロインの機密を吐けと、要求してくる。

「悪なのでしょう貴女は？　我々にそうしたように人間どもも裏切って、自分の快楽のためだけに情報を吐いてしまわれては？」

「ふ、ふざけりゅなぁ……！　そんなこと、絶対しな……んあっ、あはぁあイグっ、イけないっ、イぎたひぃいい！」

怒りに声を荒らげようとするも、それに合わせるように二穴を奥までズンっと突き上げてくる男たちの肉棒がそれを許さない。

怒りすら塗りつぶす快楽。しかし取引のために決して絶頂させず、その寸前のところで動きを弱め悪女に甘い疼きを残していく。

「いかがですか、いろいろと喋る気になれましたか？」

「ぬ、ぬかせぇ……絶対に、奴らの秘密など喋る……ひぃいんっ！」

必死に耐えるロキュエルに、ジズリは彼女の周りをゆっくりグルグル歩きながら囁く。

「聞きたいのはやはり、ヒロイン統括機関の本部の場所ですよ。厳重に秘匿されているようですからねぇ。そこを襲撃すれば機関は機能不全に陥るでしょうし、戦えない人類にとっての拠《よ》り所でもあるでしょうから、落とす戦略的意義は大きいです」

統括機関の本部。自分が一応とはいえ寝食の面で世話になっており、プリエステラをはじめ最も多くの変身ヒロインを擁している最大拠点だ。その場所を教えてしまい壊滅させられれば、人類が魔族への組織的対抗をすることはできない。

だが、身体へ充満の一途《いっと》をたどる淫らな欲求。

イキたい、イキたい、漏らせばイかせてもらえる、吐けばスッキリできる、そんな禁断の衝動が押し寄せてくる。

「どこまで我慢できますかねぇ？　快楽に対して絶対に抗えない『女』の肉体を持つ貴女が、悪の矜持のみでどれほどもつか。ほらほら、人類を守りたいなら耐えてくださいよ」

「や、やらぁ……っ、ぜ、ぜったいしゃべらにゃ、んほぉおお！　おっ、おほっ、おほぉおおらめぇイクイクっ、イ……ああっ、やらっ、イかせへっ、イかせてぇええぇ！」

だが、不屈の意志を示す以上快楽は与えられない。

欲しいのならば代価を支払うべきという、正しすぎる事実が悪の心にのしかかる。

「わ、わだひはっ、屈しゃにゃっ、んおっ、お、おっ、おほぉおお……！　こんなことひたっで、む、むだっ、無駄にゃのぉおお……正義のヒロインならともかくっ、悪の誇りはっ、快楽なんかに屈しゃな……んひぎぃいいい――――！　あっ、おっ、今度こしょ、今度こしょイっ……んあっ、ああはぁあああやらぁああイかせてっ、イがせでぇえええええ！」

「おう耐えろよ頑張って。俺らに復讐するために人類と手を組んだんだろ、じゃあ人類守らなきゃ。今こそ悪の誇りだよ、悪の誇りで人類守ってけ、この回無失点で抑えてけ？」

「ほーこーり！　ヘイ、ほーこーり！　気高い悪の、ほーこーり！　よいしょ！」

（く、くそっ、こんな、こんな奴らにまでぇ……！）

格下の魔族たちにも煽られるが、いくら憎しみを燃やしても雌悦楽の暴渦の前には意味がない。胸を揉まれ、二穴を突かれ、乳首をこね回され、全身の媚肉をまさぐられ、それでも絶頂だけはできない。

やがて悪女は、こんなことを思ってしまう。

（あ、あああ……いっそ、いっそ吐いて、楽になってしまえば……）

耐えてもどうにもならない。いくら耐えようが、この陵辱が終わる見込みはない。

結局、同胞《てき》は自分が焦らされているのを見て楽しんでいるだけ。

だったらいっそ、早くこの苦痛快楽から解放されたいと――。

そんな心のヒビに、雌の欲望は容赦なく流れ込んで悪の堤防を決壊させる。

「ああっ、だめっ、だめだっ、じんるいはっ、この私にかかってっ、んほぉおお！」

「おやおや、そもそも貴女は人類と手を取るつもりはなく、あくまで復讐することが目的だったのでは？　当初のように彼らなどどうでもいいと思うことさえできれば、貴女は絶頂の快楽だけを実質無償で得られるのですよ」

ここにきてさらなる揺さぶり。

極限状態で思考回路が直列単純化しているロキュエルは、快楽の荒波に揉まれる小舟のように言葉一つで堕落へと流されていく。

(も、もうむりっ、そうっ、どうせ人間と手を取りあうつもりはなかったたっ、だから知らないっ、人間なんかどうでもいいはずだったんだっ、だからもういいっ、復讐さえできればいいからっ、今はもうイクことだけしか考えられないぃいいい！)

そして、強き悪はとうとう卑劣漢に屈した。

「いっ、いいましゅっ、本部の場所でもなんでも言いましゅぅううう！　んほぉおおだからイがせでっ、イキたいっ、イキたいイキたいイギだひぃいいい――――！」

「いいのです？　教えれば大変なことになりますよ？　もう少し頑張ってみても……」

「うるしゃいっ、イがせろっ、んほぉおおイがせろぉおお！　もう狂うっ、気が狂うっ、んへぉおお頭おがしくなるから早ぐイがせへぇえええ――――！」

どれだけ高潔な悪の魂があろうと、どれほど強靭な肉体があろうと、そしてどれほど醜く濁った復讐心があろうと。

自分の肉体が「女」のそれである以上、快楽責めには絶対に抗えない。

精神論ではなく、肉体的に、物理的に、構造的に、必然的に、女は快楽に屈するしかないようにできているのだ。

「ほ、本部の場所はぁ……！」

人類にとっての最重要機密。それをついに彼女は呂律の回らない舌でここにいる誰の耳にも届くような大声で叫んでしまい、ニヤリと笑ったジズリが部下たちへ合図を送る。

致命的な情報漏洩を犯したロキュエルへ支払われる対価は、これまで焦らされた分も複利で上乗せされた超特大絶頂。

「んほひいっきぃいいいイぐふぅううう、イグイグイグイグぉおおおおおお！　まんこ、まんこっ、まんことケツぁなっ、うぉおおダブルアクメんほぉおおおお！　ぎもぢぃ――っ、まんことケツまんこぎぼぢいっ、まんこイギまくりんおへぇええええ――！」

男にまたがったまま全身を暴れさせ、巨大乳房をちぎれんばかりに跳ね回らせて獄悦に踊り狂う最低な悪の女幹部の姿を、格下魔族たちが存分に嘲笑い。

乳房にも打って変わってイかせる目的での責め手が伸び、限界まで勃起した子どもの指ほどもある乳首からは音まで立てて母乳が噴射されロキュエルの多幸感をさらに煽る。

「おほぉおおおっぱいもイグっ、まんこおっぱいぜんぶイっでりゅうぅううう！　んほへえっへぇえええおっぱいっ、おっぱいミルクびゅーしてイグのっ、おっぱいミルクびゅーびゅーぎもっぢひぃいいいいいいい――！　んほぉおまんこももっとイグっ、イグのとまんなっ、んほへぇええこれもたないっ、今までの全部イっぐぅうううううう――！」

そうして膣、胸、乳首、果ては尻穴に至るまで合計六か所の特大絶頂をたっぷり十分間は堪能した後、声がガラガラになるまでイキ叫び続けたロキュエルはペニスを引き抜かれ、たっぷりと媚肉の乗った雌肉体がズルリと重たげに床へ崩れ落ちた。

「あーあ、ロキュエル様はしょうがねえな。快感に弱すぎだろクソザコ悪女。死ねよ」

「悪の誇りって何なんだよほんと、曖昧模糊《あいまいもこ》としすぎな上にクッソ弱かったっすね！」

ゼイゼイ息を荒らげて起き上がることすらできない高位魔族を見下し、格下の雄魔族たちが鬼の首でも取ったかのように囃し立てる。

悔しいし惨めだがどうにもならない。ロキュエルにできるのはただ、己の不甲斐なさを快楽の余韻に浸りながら悔やむことだけ。

「……………はぁ、はぁああ……ああっ、うう……」

やってしまった。

とうとう我が身気持ちよくなりたさに、そのために、その愚かな浅ましい雌欲求のためだけに、共に戦う仲間を売ってしまった。

本部が狙われる以上、プリエステラの身も危うい。

それを分かっていながら、快楽寸止め責めに屈服して情報を吐いてしまった。

いくら自分を呪おうと、もはや覆水は盆に返らない。

「ああっ、あはぁああ……ぷ、プリス……すまにゃいっ、お前を売ってしゅまにゃいぃい……気持ちよくなりたくて、お前たちの情報売っひゃった、ドスケベ欲求の代償に大事な大事な本部の情報吐いひゃったのぉ……」

後悔してももう遅い。そもそも後悔している時点で手遅れなのだ。

魔族の軍は止められないし、ヒロイン機関本部は壊滅し、人類は敵に抗する手を失う。

「クッハハハ、大手柄ですよロキュエル！　貴女の吐いた情報が我らに勝利をもたらすのですから！　実に魔族思いの魔族だ、人間の敵であり我らの鑑《かがみ》……大大大悪党ですよ！」

「ああっ、違うっ、違うぅうう……私はっ、私はぁ……」

　復讐しようとしていたのに、それが逆に同胞たちを喜ばせる形になってしまう。

　魔族を裏切った先で共闘した人間も裏切り、魔族側のスパイになってしまう。

　こんなものは自分の望んだ「悪行」ではないのに。

「さてさて、貴重なお話が聞けました。ではこれをもって、計画をさらに先へと進めましょうか。ククク……ロキュエルの調教もね。さらに面白いことになりそうですよ」

　快楽の代償として吐いてしまった有力情報を得たジズリは、眼鏡の奥の細い瞳をぎらつかせてほくそ笑んだ。


　数日後、厳重な情報規制が敷かれていたはずの変身ヒロイン統括機関本部が突如として魔族の強襲を受け壊滅の憂き目に遭う。

　在籍していた変身ヒロインたちは必死に市民の誘導および魔族との交戦に入ったが、四天王のバムトと名乗った大男一人によって蹴散らされた。

　街も破壊し尽くされ、人々の心の拠り所である本部が無残にも踏みにじられていく。

「そんな……間に合いませんでした。どうしてこんなことが……」

「負傷者の手当て、最優先」

　いっぽう、ロキュエルの件について静観の構えを崩さない機関上層部の方針に嫌気がさしていたプリエステラおよび彼女に同調するトライデントの三人は、一時的に本部を離れ独自で動いていたため襲撃からは難を逃れた。

もっともそんな不幸中の幸いを、ロキュエル本人は知る由もないが。

「人的被害はほとんどありません。魔族は明らかに本部そのものを狙っていました。どうして場所が分かってしまったんでしょうか……」

四人のヒロインは襲撃の知らせを聞いて直ちに変身し駆けつけたものの、すでに本部は廃墟同然となっており魔族の姿もない。

「魔族でこの場所を知っている者なんて、一人しかいません」

「……っ、リンフォルツァンド、あなたまさかロキュエルさんを疑って！」

行き過ぎた正義感を持つ青髪のヒロインが、瓦礫をひっくり返しながら淡々と言い。

プリエステラは表情を悲しみから怒りに切り替え、最強ヒロインへ詰め寄った。

「もちろん、私もあの悪女に助けられたことを忘れたわけではありません。ですが状況としてはそうなります。ロキュエルの裏切りは演技で、最初から悪のスパイとして人類《わたしたち》側に接近したという可能性も――」

「そんな人が同じ四天王のヘーモスを倒してくれますか⁉　ロキュエルさんは絶対に悪くありませんし演技だってしてません！　わたしには分かるんです！」

目に涙を溜めて叫ぶ弱い純白ヒロインに、天奏伶姫も額に手を当てる。

いずれにせよ彼女に会って、事の真相を明らかにしなければ。

だがヒロインたちの期待を裏切るように、疑念をさらに濃くする事態が翌日起こった。

その日、街中は異様な雰囲気に包まれていた。

誰が運び込んだのか白昼堂々駅前にギロチンのようなものが置かれており、さながらここだけ中世の処刑場にでもなってしまったかのよう。

市民たちが異様な建造物に眉をひそめながらギロチンの周りを行き交うなか、とある集団がゾロゾロとギロチン台を目指して歩いてくる。

その中央には逮捕された犯人のごとく両手を縛られた、紫のロングヘアで長身、軍帽の下から角の生えたスタイル抜群の妙齢な美女の姿があった。

他は全員帽子をかぶった男で、黒スーツに黒サングラスと剣呑な雰囲気を醸し出し、人々に無言で道を開けさせ。

「うっし、準備しろよお前ら」

ひときわ筋骨隆々の男が指示すると、他の男たちは「ヘイ、バムト様!」と手際よくギロチン台の使用準備に入っていく。

「……な、何をするつもりだ」

「まあすぐ分かるさ。ほれ準備できたぜ、この穴に首を入れるんだ」

囚われの美悪女ロキュエルが不安そうに尋ねると、魔族の証である角を帽子で隠している元同胞たちは醜悪な顔を不気味に歪めて言った。

　ギロチンは刃こそついていないものの、それにあたる部分は鉄の板のようになっており、中央に大きな穴が開いている。その穴はバムトが言ったようにロキュエルの首がちょうど収まるほどで、魔族たちの手によってその穴の開いた鉄板が上下に分かれた。

「おっと忘れてた、後ろからの見栄えが悪いからマントは外しとかないとな」

　従うしかないロキュエルが、不本意ながら穴の部分に首を入れると魔族はいったん上にずらした鉄板の上半分を下ろし、ロキュエルの首を完全に鉄板へはめ込んでしまう。

（くっ、これでは出られん）

　今の彼女は四つん這いに近い格好のまま、ギロチン台に首を拘束されている状態。

　マントも外されたので、背中から美しい曲線を描いて張り出す百五センチのタイツ越し美巨尻がまる見えだ。百センチを超える重たい乳房も重力に従って真下へ垂れ、少しの衝撃でたぷたぷと揺れるさまがなんとも淫らだった。

「なんだあれ。えらい美人が捕まってるぞ」

「おっぱいすげぇ……てか何が始まるんだ？」

　当然そんな、ギロチンに固定された美女という日常とかけ離れた光景に市民たちは驚きどよめき、足を止め遠巻きにロキュエルを眺める。

（くっ……このような無様な姿を人間に晒すなど……じろじろ見るな、貴様らっ）

　プライドの高い悪女はそれだけで身が焼けるほどつらく、必死に彼らを目で威嚇するも効果はほとんどない。

「よーし、だいぶギャラリーも集まってきたな。始めようぜジズリ」

「ご通行中の皆様、どうぞご覧ください！　ここに囚われたのはあなた方、そして私たち人類の敵！　魔族のそれも四天王、『豺狼』ことロキュエル・ハルバティでございます！」

「な、なにっ……！」

ジズリが手品でも始めるかのような調子で高らかに、さも自分たちが人間であるかのように叫んで周囲の人間の注目を集める。

人類と魔族の戦いは誰もが知っていることであり、その幹部が捕らえられたというのだからなおさらだ。

「ロキュエル……？　あの角の生えた美人がか？」

「見たことある！　前にトライデントをボッコボコにしてた女幹部だ！」

「悪の女幹部が、捕まったってこと？」

一人二人と興味を抱き、ギロチンに捕らわれているロキュエルに近づく。

集客効果は十分にあり、ジズリはいい笑顔で演説を続けた。

「我々は変身ヒロイン統括機関の、まあ下請け業者といったところでしょうか。皆様もご存じの通り、この地にあった機関本部は残念ながら、憎き魔族どもによって大打撃を受けましたよねぇ？　それを主導していたのがこのロキュエルであり……我々は悠々と引き上げていこうとする彼女を特殊な罠で生け捕りにしたのです」

市民たちがざわつき、ロキュエルは慌てて叫ぶ。

「ば、バカな！　適当なことを抜かすなっ！　襲撃したのはお前たちだろう！」

あまりにもいい加減な話だ。

しかしヒロイン統括機関本部は自分の吐いた情報によって被害をこうむっていた事実と、こうして自分が捕まっている事実、なによりロキュエル・ハルバティは悪の女幹部だという大前提があれば、他の要素など人間たちにとっては些末なこと。

（この程度の嘘で人間どもが動揺している……そうか、私の裏切りは人間にはまだ……）

ロキュエルが魔族を裏切り、人間側に属していることは一般市民にはまだ認知されていない。本当に魔族に叛逆したかの確証がないとのことで、今の所はヒロインおよび統括機関の関係者のみが知っている極秘事項なのだ。

つまり、市井《しせい》の人々にとって自分は悪であり、敵。

統括機関本部を襲った罪も、ひっかぶせるにはちょうどいい。

人々の目が、自分へ――敵意と憎悪をもって向けられる。

街を破壊し、人を傷つけ、悪の衝動のままに人間界を踏みにじった女への感情が。

「ま、待て人間ども……！　こいつらの言うことはでたらめだ、奴らこそ下劣な魔族で私を陥れているんだ！　私は復讐のためこいつらを裏切って、魔族を滅ぼすために――」

「ククク、何か言っていますが一切耳を貸してはいけませんよ皆さん。なんたってこの女は『豺狼』。えげつない悪女、人間をたらしこみ惑わし翻弄することにかけては一流ですからねぇ。わずかでも信じてしまえば命取り、骨までしゃぶり尽くされてしまいますよ」

ひどいマッチポンプだ。だが否定しようとしても、ジズリの言葉が人間たちの心を固くさせてしまいロキュエルの弁は通らない。

「そ、そうだよな。こいつのせいで、この街はメチャクチャになったんだ」

「くそ、ロキュエル……よくも俺たちの街を、罪のない人を。ふざけんなよ……」

（そんな……違う、頼む、信じてくれ）

完全に人間たちは自分への敵意に満ち溢れ、怨嗟《えんさ》の声が聞こえてくる。

先日、バムトとジズリによって拠点ごとこの街はボロボロにされた折、その過程で少なくない怪我人も出ている。変身ヒロインたちも緊急出動したが、四天王二人には対抗できず奮闘空しく蹴散らされ、被害を出す形になってしまったのだ。

それらの怒りがすべて、無実のロキュエルに向けられている。

「ほ……本当に罠だ！　私は何もしていない！　頼む、話を聞い……」

「うるせえ、この悪女め！」

とうとう一人の人間が耐えかねて叫び、それに呼応するような形で他の人々も続いた。

「なんだって平和な人間界を荒らすんだ！　いい加減にしろ！」

「今までも人の家族や友達を奪っておきながら、自分が捕まったら言い逃れかよ！」

囂々《ごうごう》と上がる罵声。空き缶やタバコの箱といったゴミまで投げつけられ、屈辱感がさらに倍増させられる。すべてがロキュエル一人へ向けられたものであり、その突き刺さるような負の感情に毒婦は悔しさから唇を噛んだ。

人々の恨みや憎しみは悪である自分にとってはご馳走だが、このような形でのバッシングは非常に不本意だ。自分の意志で悪の道を貫かなければならない。

「おやおや皆さん、ひとまず落ち着いてください。お気持ちは大変分かりますので。怒りの感情を吐き出す時間は、このあと皆さん一人一人にありますからね」

と、そこでジズリが自分で扇動したくせに彼らをなだめるように両手を広げ。

そのうえで改めて、白々しい演説を続行した。

「我々はヒロイン機関の関係者ですが、この悪女に対して人間界の倫理に基づいた裁きを与える必要はないと考えております。たとえ殺人犯だからと言って勝手に捕まえて裁いてはならないのは人間界の掟であり法律……しかし、その犯人が人間でなければ？」

ざわざわと、人間たちがどよめいていくのがロキュエルにも分かる。

怒りから戸惑い、そして悪の自分でも嫌悪する悪意が、彼らの中で増幅していくのが伝わってくる。

「ここまで申し上げれば、聡明な人類の皆さんならお分かりでしょう。この女を皆さんの好きにしていい……もっと端的に言えば、思うがままに肉体を犯しても法には引っかからないということに、ね」

「お、おお……いいのかよ、それ。……でも確かに人間じゃないなら何してもいいよな」

「悪の女幹部って言っても美人だし、おっぱいデカいし……やれるならやりてえよ」

（こ、こいつ、まさか私を人間たちの慰み物にさせる気か！）

正気の沙汰とは思えない所業に全身が粟立つ。

格下である魔族に犯されるのもごめんだが、種族そのものとして自分より「下」に見ていた人類に犯されるなど言語道断だ。

しかしこの状況では逃げようもなく、ジズリの言葉によって民衆の悪意と劣情だけが本部跡地の駅前へ広がっていく。

とはいえ彼らがすぐに襲ってくることがないのは、人間たちに残っている良心と理性が「そうは言っても」とこの状況にブレーキをかけているのだろう。

なんとか今のうちに言葉で彼らに訴えかけ、この状況を打破する手伝いをしてもらおうと頭を回すロキュエルだったが。

策謀は仕掛け人である「狡梟」のほうが一枚上手で、悪女は先手を取られる。

「さあ、誰から行きますか？　この女の肉体に、我こそ正義の鉄槌をと……ですが、最初は踏ん切りもつきませんよね。機関の者に犯させてみましょうか。……やりなさい」

(なっ……)

ジズリが配下に命じると、機関の下っ端を装っている低級魔族の一人が街中にもかかわらず下半身を露出させる。主に女性陣から悲鳴が上がったが、陵辱者のペニスはすでに戦闘態勢でありこれから行われることへのためらいはない。

「や、やめろ、こんなところでそんな……本気か！」

「うるせえよロキュエル様よ。お前は今から『こんなところ』でイキまくるんだからよ」

男は懐から出した小瓶の中身をダラダラと、突き出されたヒップの割れ目に沿うように注いでいく。異界で採れた成分配合の、即効性媚薬がたちどころに尻穴と雌膣へ流れ込み——悪女にとって最も恐るべき、そして最も悦ばしい衝動の火が熾こる。

（ああ、あああ……っ！　熱いっ、身体が、たまらなく……また媚薬で、無理やり……）

このままでは媚薬漬けで敏感にされた雌肉体を、彼らに犯されてしまい。

感じているところを、人間たちに見られてしまう。

だが拘束のせいでどうしようもなく、身体をよじってもがいても脱出できずいたずらに爆乳が大きく揺れて雄を誘うだけ。

「へへへ、それじゃいただく、ぜっ！」

「んはぁあああああっ！」

そして容赦なく、魔族ペニスが挿入され。

それだけで、たったの一撃でロキュエルは絶頂寸前に追い込まれる。

むしろ挿入だけで達しなかったあたりよく耐えたと言うべきか、それほどまでに媚薬の効果は甚大であり、人間の女性であれば廃人になりかねない媚毒量を含んでいるのだ。

「ああっ、あっ、はっ、はあっ、んおあっ、いぎっ、いひぎぃいいい！」

「どうだクソ悪女！　犯されてるとこ人間どもに見られて気持ちいいのか！　ええ！」

どちゅっどちゅっ、ばっちゅどっちゅずっちゅ！

荒々しいピストン肉棒が豺狼の淫肉壺を奥まで貫き、百二センチの爆乳を暴れさせ雌悦によがり狂うロキュエル。

「いぎっ！　いうっ！　んぁはぁっ、あぁっ、あぁぁあ！」

こんな反応をしては奴らの思う壺だと分かっているのに、表情がだらしなく綻んでしまう。悦楽を曝け出した口元が観衆に、格下としていた種族に見られてしまう。

「う、うわぁ……いいの、あれ……？　こんな場所で、本当に……」

「で、でもさあの女……めっちゃ気持ちよさそうにしてるぞ」

市民たちも公開レイプの開始に騒然としていたが、いきなり感じ出す悪の女幹部を見て認識が変わり始める。

揺らぐ民衆の心に付け込むように、ジズリが声高らかに言った。

「ククク、いかがです？　この女はこうして、男に犯されるのが大好きな淫乱マゾでもあったのですよ。悪女で人殺しの上に、本性は男に屈服したい淫乱マゾ女……そう！　こぉんな女にいいようにされたのですよ皆さんは！　じ、つ、に！　悔しいですねぇぇえ！」

「ち、ちが……あはぁああ！」

「悔しいですね、やるせませんね、はなはだ遺憾ですねぇ？　さあ、そこのあなたなど！　この女に正義のレイプを下したいと……本当に思いませんか？　これっぽっちも？」

「で、でも……いや、そうだ……こんな卑劣な上にマゾの淫乱クソ女、俺が、俺の手で……いや俺のチンポで、正義の裁きを下してやらぁ！」

ついに民衆の一人が躍り出て、魔族たちに混ざるようギロチン台へ乗り込む。

「おうよく来たな兄ちゃん、さっそく犯してやれよ」

「遠慮はいらねえぜ、なんたってこいつは人間じゃない上に悪女で淫乱マゾなんだから」

挿入していた肉棒を生きたオナホールから引き抜き、あっさりと格下の人間にロキュエルを譲る雄魔族。今回の陵辱は人間に犯させることであるとジズリから事前に通達されていたため、この辺りは不自然なほどスムーズだがもはや誰も気に留めない。

かくして、性衝動と歪められた正義の心によって下半身を勃起させた青年が、こちらに向けて大きく張り出したロキュエルの柔尻を掴み。

「ま、待て、やめろ、やめるんだ……人間などに、人間なんかに犯されたく……」

「うるせえ、この悪女！　お前なんか、こうだ！」

ついに豺狼は、人間のペニスまで受けいれ犯される雌と化した。

魔族のものより小さくはあるものの、確かな硬さをもった雄の象徴が悪女の膣穴をかき分け貫き、ロキュエルに雌の嬌声を上げさせる。

「よ、よせっ……んぁあああっ！　に、人間の、ちんぽがっ、挿入《はい》ってぇ……」

「ざけんなよもう気持ちいいのかよ変態魔族！　挿れただけでそんな声出しやがって、四天王とやらじゃなかったのか、よっ！　なにが豺狼だこの雌ブタ野郎！」

どっちゅどっちゅ、ずっちゅずちゅばっちゅ！

人間ではない相手に、自分たちの街を破壊した相手に、遠慮する必要などどこにもない。

言葉巧みに歪められた正義感が腰を動かし、淫乱悪女を悶え狂わせる。

「んおおおっ、おっ！　おおっ、おほぉおお！　人間っ、人間ちんぽっ、んぉおお気持ちいっ、これすごひぃいい！　おっ、おおおぉおお！　こ、こんにゃっ、人間なんかのちんぽでっ、気持ちいいっ、まんこ気持ちよくなっちゃうのぉおお！」

「なんだよおいロキュエル！　お前こんなんですぐ気持ちよくなるほどチンポに弱いくせにやりたい放題してたのかよ！　ふざけんな死ね！　死ねクソ悪女！　死ねッ！」

ぱんっ、ぱんっ、ぱんっ、ぱんっ！

彼が腰を巨尻に打ちつけるたび、そこからはしたない音が響き渡り尻肉が揺れ、ロキュエルの羞恥心を一層煽る。

(い、いやだっ、こんなところで、人間に見られながらっ、人間に犯されるなんてぇえ！)

助けは求められないし、求めることは悪のプライドが許さない。

けれど、もしかしたらこの状況で救いの手を差し伸べてくれるものがいるかもしれないとロキュエルは快感に目がくらみながらも周囲を必死に見回し――。

「お、俺にもやらせろ！　俺もこの悪女に正義の裁きを下してやる！」

「正義とかどうでもいいけど、とりあえずセックスさせろ！　おっぱい揉ませろ！」

その淡すぎる期待が、人間へのわずかな期待が粉々に砕かれていく。大義と性欲に狂った民衆たちが次々に極上の女へ群がり、豊満すぎる狼の柔肌を弄んでいった。

「ああっ、あはぁあやめろっ、胸っ、おっぱいっ、揉むのやめろぉおお！」

ギロチン拘束により重たげにぶら下がった巨乳にはいくつもの手が伸び、好き放題に揉みまくられて形が歪みに歪む。

手甲を外された白い手を小汚いペニスへ導かれ、無理やり握らされて手コキされる。

誇り高き悪女の全身が、人間の男たちの性処理道具として余すことなく使われていく。

「あへぇえ、らめっ、もうちんぽらめっ、おっぱいも揉むにゃっ、のっほぉおおまんこ犯しちゃらめぇええ！　おほぉおおぎもちいいっ、ぎぼぢぃいいい――――！」

早くも絶頂が近い。

敏感すぎる肉体に変えられた上、このギロチン台でも強烈な媚薬を注がれたのだ。

それに加えてこの格下公開陵辱、マゾ開花中のロキュエルが耐えられるはずもない。

「んおっほぉおおらめっ、おっぱいっ、まんこっ、気持ちよくなっちゃうっ、人間ちんぽでイかされるぅうう！　気持ちいいっ、まんこ、おっぱい、んほぉイくぅうう！」

このままではいけない。

なんとか機を見て脱出し、プリエステラや他の変身ヒロインと合流しなければ。

そうして追々自分の無実を証明しつつ、本当の敵が誰なのかを教えてやらなければ。

そうは思うものの、容赦なく犯してくるペニスと無数の手による胸揉みがまともな思考をさせてくれず、ついに挿入している男が限界を迎え。

「おおおっ、射精《で》るっ、射精《だ》すぞこのクソ悪女、正義の膣内射精《なかだし》を食らぇええ！」

「えっ、あはあっ、んおお、らめらめらめぇええ！　膣内射精っ、膣内《なか》はっ、膣内射精やめへぇええ！　んおおおイグイグイグっ、膣内射精されるとイっぢゃうぅうう！　んぉおおお人間にっ、人間に犯されっ、膣内射精されでイグぅううう――――！」

どぶゅっ！　ぶぴゅぶりゅりゅっ、どびゅるるっ！

魔族の精液よりは少ないとはいえ、子宮口めがけて白濁劣情がぶちまけられ。

そしてそれ《そ　れ》により、誇り高き女幹部は絶頂に追い込まれた。

「んほぃっひぃいいいいいいっグぅうううう――――！　いっぐふぅう、イっくぅうううううう！　人間に膣内射精っ、人間にしゃせーされでイグのほぉおおお！　んっほぉおおお気持ちいいっ、格下に膣内射精までされてイくのやらのにぃいいいい――――！」

ギロチンに拘束されたまま全身をのけ反らせてビクビクと派手に痙攣し、誰がどう見ても格下の種族に陵辱されて絶頂したことが明らかになる。

「うわぁ、こいつイったぜ。魔族とかいうのは俺ら人間に犯されてイくのか」

「最低っ……同じ女とは思えないわ。やっぱり魔族って本能だけなのね」

そのさまを観衆にしっかりと見られ、ロキュエルへの最低な評価が彼女のマゾイキを後押しし快楽を倍増させる。

「んぉお、おおっほぉおお……しゅごいっ、しゅごいっ、人間に膣内射精されるのしゅごいひぃいいい……」

「お、おい早く代われよ！　俺もチンポでこいつを正義レイプしてやるんだよ！」

一人が射精し終えても、別の人間がペニスを挿入し。

絶頂したばかりの敏感雌穴に、さらなる快楽が襲い来る。

　しかし、この程度は序の口にすぎなかった。

「穴に対して棒が多すぎて、手持ち無沙汰な人間が何人かいますねぇ。彼らにも仕事を与えてみましょうか。そこのあなた、これをどうぞ」

　ジズリが何かを思いつき、一人の市民を呼びつけてあるものを手渡す。

　そしてそれを握った人間が、不穏な笑みを湛えてロキュエルに近づいていく。

「んなっ!?　そっ、それはぁ……」

「そうだ、お前が持ってた鞭だよ」

　伸縮自在の魔力鞭、ヨルムンガンド。

　本来ならば人間には扱えないもののはずだが、ジズリが細工したのか一般的な鞭のサイズとなって彼の手に握られている。

「こいつでお前のこと叩いてやるからよ、正義の裁きを噛み締めな」

「ま、待て、そんなもの人間には使えな……あぁああああ！」

　バシイッ！　ズガァアアッ！

　どう見ても非力なはずの男性が振り下ろした鞭の一撃はロキュエルの豊満な肉を強かに打ち据え、そればかりか打った際の衝撃波が一直線に飛んで地面をえぐっていく。

「うほぉおお……これやべぇ、テンション上がるわ」

　生身の人間であれば一撃でバラバラにされてもおかしくない一撃だ。ロキュエルにとっては痛い「だけ」で済むが、痛覚とともに屈辱感を与えるには充分すぎる効果をもたらす。

自分の武器で、格下の人間に痛めつけられるのだ。

「ほらよ、もっと鳴けロキュエル！」

「うあぁあああっ！」

バシイッ！　ビシイッ！　ザシュウウ！

二度、三度とたっぷりした肉の乗った裸身を魔力鞭で打ちつけられ、そのたびに悪女の口から悲鳴が漏れる。

「どうだオラ！　これが正義の怒りだ！　お前がしてきたことの代償だぞ！」

「ああっ、あはぁあ、やめ、やめろぉおお！」

「これがお前に傷つけられた人間の痛みだ！　自分の身体でしっかり分かれ！　オラ！　反省しろ！　悔い改めろクソエロ悪女！」

ますます暴徒と化した民衆に犯されながら、ロキュエルはもはやたどり着いてはならない性の境地にまで片足を踏み入れてしまう。

（な、なぜだ……叩かれて痛いのにっ、だんだん変な気持ちにっ……！）

犯されている快楽が中和させているのだろうか、あるいはこの状況そのものが快いのか。いずれにしてもロキュエルの肉体から痛覚が薄れ、あるいはより強まり、鞭の制裁をもっと欲しいと願ってしまう。

（こ、これではっ、痛い目に、惨めな目に遭って悦ぶ、マゾそのものじゃないか……）

「なんだよなんだよ叩かれるたびにいやらしい声上げてよ！　やっぱお前マゾかよ！　ド

Sな見た目して街ぶっ壊しながら、ほんとはぶっ壊される方が好きなマゾ女かよ！」

「あはあっ、ああんっ、あはぁああんっ！　やめ、違うっ、こんなので叩かれてもぎもぢよくなっ、んほぉおおお！　おおっ、こ、これはまんこのっ、まんこ気持ちいいだけっ、叩かれて気持ちよく……んおっひぃいい！」

「その割には叩かれた瞬間に嬌声上げてんじゃねえか！　オラ！　正義の裁きだぞこれは！　気持ちよくなってんじゃねえ、ぞ！　猛省しろ、よっ！」

「ひぎぃいいい――！　いっ、イっぐ……んひぃいいい！」

ダメだ、これはまずい。

ただ犯されて絶頂するならともかく、鞭で叩かれて絶頂してしまっては。

そうなれば身体がマゾ絶頂の味を覚えてしまい、ますます淫乱な奴隷になってしまう。

それだけは避けねばと、ロキュエルは必死に耐えようとするがそうすると膣内を犯す肉棒の気持ちよさがダイレクトに脳まで駆け抜ける。

周波数の違う二つの快楽を両方抑え込むことは不可能なのだ。

どちゅっどちゅっ、ずっちゅずちゅばっちゅどちゅっ！

バシイッ！　ビシイッ！　ザシュッ！　バシイイッ！

「ああ――っ、んぉおお、ひぎぃい、きもっぢぃいい！　らめっ、こんなのっ、んっほぉおおおいいいいい――！　鞭でぶたれで痛いのぎぼぢぃいい――！」

白く美しい肌に幾筋もの痣ができ、痛々しさがより男たちのサド欲望を煽っていく。

軍帽の下の美貌が、涙と快楽でグチャグチャになっている様がますますそうさせる。

「この帽子がいいよな、ただの美人じゃなく悪って感じでさ。これかぶらせたまま叩くのが正義感を満たさせてくれるぜ！」

鞭を振るうほうも腕が疲れてくるが、何せ人間は大量にいる。入れ代わり立ち代わりヨルムンガンドを振るい、ロキュエルに休ませることなく痛覚快楽を与えていく。

もちろん、膣内に出すだけ射精して満足した男の代わりにペニスをねじ込む人間も。

「あひぃいいイッグぅぅうう、鞭で叩かれてマゾイキしゅりゅのぉおおお！」

びくっ！　びくびくっ、びくんんんっ！

とうとう鞭の痛打でも達してしまい、膣が締め上げられ挿入中の男に射精を促し。

二人目の膣内射精が、絶頂を後押ししてより深く長いアクメに至らせる。

「んほぉおおザーメンっ、なかだひきたっ、鞭で叩かれて膣内射精イキしゅごっ、んほぉおこれダメになるっ、ダメになっぢゃふぅうう──！」

「またイったのかよロキュエルてめえ！　お仕置きでイってんじゃねえぞマゾ女！」

「つ、次は俺だぞ！　俺が正義のチンポねじ込むんだからな！」

「おっぱい、おっぱい、おっぱい揉ませろ！　俺は正義だから悪のおっぱい揉むんだ！」

どんどん興奮しギロチンに群がる男たち。

ヴァギナと違い、巨大乳は二人三人を同時に相手できるのだ。

「ま、待て、休ませろ……ああっ揉むな、揉むなっ、おっぱい揉むなぁあああ！」

ギロチン台に四つん這いで拘束されているロキュエルに休憩など与えないし、街を破壊した悪女に休憩など与えてはならない。

一瞬たりとも責め手を緩めず、陵辱罰を与え続けなければならない。

人間たちはそう理解していたし、何より豊満すぎる雌肉体を前にすれば彼女に罰を与えるための勃起は収まらない。

そんな怒張した「正義」を、口内にねじ込み胸に押しつけ、膣内をかき回すのだ。

「ほらしゃぶれ人間チンポを！　罰としてくっせぇザーメン飲ませてやるからよ！」

「おっぱいにチンポ押しつけるのたまんねぇ……こんな柔らかデカパイで街破壊するとか許せねえ！　貧乳だったら許したけどよ、この巨乳で悪行は許せねえんだよ！」

手に、口に、胸に、膣に、人間のペニスが押しつけられ、挿入され、好き勝手に射精しロキュエルの淫靡な肉体を悪の誇りごと穢していき、鞭の痛打もマゾ性感を後押ししていく。

「ああっ、あああダメぇ、またイグっ、イっぢゃっ、人間にっ、んおほぉおおお！」

「オラ謝れ！　街を破壊したことへの謝罪をしろマゾ悪女！」

「んおひぃいい！　そ、そんな、私じゃな……ああっひぎぃいい――！」

必死に弁解しようにも、男たちの抽送と鞭打ちによってそれを遮られ。

悪逆非道の女幹部は、身に覚えのない罪を認めて謝りながら絶頂してしまう。

「ごっ、ごめんなしゃいっ、街を破壊してっ、んおっ、ごめんなしゃっ、んひぃいイっちゃう、ぶたれて謝りながらイかされるぅうう！」

「よがりながら謝ってんじゃねぇ！　真面目に謝罪する気もないのか悪の幹部は！」

「誠意がねえんだよ！　ちゃんと謝ってからイけよマゾ、一個ずつやれや一個ずつ！」

「ほおっ、ほおお！　ら、らってっ、おまえたちがっ、ちんぽ挿れてっ、あひぎぃいいい！　ごめんなしゃいっ、ごめんなしゃ、ごめんなしゃいっひぃいいいイっクぅううう――――！」

（……ククク、人間とは本当に愚かな種族ですねぇ）

　そんな様を見て、ジズリは眼鏡を押し上げながら彼らの行いを蔑《さげす》む。

　少し扇動してやれば、ろくに考えもせず信じ込んでしまう。

　目の前に極上の肉体があれば、男は下半身のみで思考し動いてしまう。

　結果、拍子抜けするほど簡単にロキュエルを犯させることができる。

　となれば、次に成すべきこともやりやすい。

「皆さん、盛り上がっているところ恐縮ではございますが、少しだけ休憩しましょうか。私はこの罪人と話があります」

　三分後に再開しましょう、とジズリは言い人々を少しギロチン台から遠ざけ鞭も没収し、快楽に喘ぐロキュエルの耳元で囁いた。

「はぁ、はぁ……も、もうやめさせろ……こんなことしても……無駄だっ……」

「ずいぶんと気持ちよさそうだ。いかがですかロキュエル？　これが、貴女が我らを裏切った先で共に戦っていた『人間』という種族《もの》ですよ。こぉんな愚かなものを守りたかったんですかねえ、貴女は？　んん？」

「ち、ちがうっ、彼らは騙されて……お前の、お前のせいだろうっ……」

必死に否定しようとするロキュエル。

最初からこうだったわけではない。ジズリの口車に乗せられ、犯しているだけだ。

真実を知れば、必ず非道な行為をやめてくれるはず——。

「ですが、貴女が暴れて人間どもを傷つけた行為それ自体は事実ですよねえ？　今回は確かに貴女に罪をかぶせましたが、それ以前の数々の悪行は否定できますか？」

確かに、自分は悪の女幹部としてさんざんに暴れた。

妹の思いもあり可能な限りトドメは刺さなかったが、自分の中にある魔族の血、悪の魂がもたらす破壊衝動は抑えられず、それがこうして仇になってしまう。

「お分かりですか？　仮に真実を教えたところで貴女の罪そのものは消えないのですよ。つまり、人間との共存や共闘など最初から無理ということです。人間は貴女を受け容れません。裏切り者の行く先などどこにもな……いえ、性処理道具としてならあるいは」

「くっ、そんなことはないっ……」

脳裏にプリエステラの笑顔が、そして強い意志を持った瞳が浮かぶ。

あれこそ人間の本当の姿だ。弱いからこそ手を取りあい、助けあい、支えあう種族。

彼女が自分を信じてくれたように、ここの人間たちもきっと本質は同じはず。

だが、悪行を重ねた自分を許してくれるかというと——。

「ククク、気づいているのでしょう薄々？　人間は貴女を赦しません。プリエステラがお人よしなだけです。他のヒロインは貴女を受け容れていますか？　一般市民の一人でも貴女を応援してくれましたか？　答えは貴女自身の中にもうあるはずですよ」

「やめろ……やめろっ……！」

「ああ、哀れな方だ。人間など最初から信じず、妹の愚かな思想も改めさせ、我らとともに破壊と殺戮にだけ興じていればこのような目には」

人間は自分を許さない。人間は自分を受け容れない。

人間は自分を、性処理の道具としてしか思っていない。

（ダメだ、そんな考えに呑まれては……！　こいつは得意の口八丁で私を堕とそうとしているだけだっ……私は、人間を、人間を信じたい……）

悪い方へ考えようとする思考を振り払い、ギロチンに拘束されたまま顔を上げる。

だが、わずかな期待を込めて人類《かれら》を見てみると。

「まだかなぁ、早く再開させてくれないかな。おっぱい揉みてぇんだよ」

「こっちはもうチンポビンビンだぜ、膣内にたっぷり射精したくてしょうがねぇ」

「ああー、早《はよ》うあのエロ女をもうめちゃくちゃにブチ犯したいんじゃ」

下劣な目線を自分の裸体に向け、屋外だというのにズボンを履き直すこともせず臨戦態勢を整えた肉棒を漲《みなぎ》らせ、しごき、自分を犯せる時は今か今かと待ち望む下卑た声があちこちから聞こえてくる。

（こ、こんな……こんな奴らが……人間……）

「そうです、あれが人間の本質ですよロキュエル。『あんなの』を守って我らに楯突くならばそれも自由でしょう。復讐のために我ら同胞を滅ぼすのでしたよね？　ですが滅ぼしたいものは他にもありそうに思えますが、私の勘違いでしょうか。クックク……」

「だ、黙れ……私はっ、人間を……人間と……」

人類を信じたい。人類と共存したい。

それがリルの願いであり、ロキュエルにとっての復讐の「先」にあるものでもあった。

だが、明らかになってしまった人間の本質を前に悪女の心は揺らぎに揺らぎ。

「一応言っておきますが、我ら魔族は一度出て行った者にも寛大です。城門はいつでも開けてあります、ということだけお忘れなく……ククッ」

最後に甘い言葉を囁かれ、ロキュエルの目から涙まで浮かんでくる。

こんなのを守りたかったのではない。

弱いくせに、自分に下劣な欲望しか抱かない人間など、存在する価値もない。

だったらいっそ、復讐を忘れて元鞘に戻るか――そんな考えすらよぎる。

(ダメだ、ダメだ……！　リルの遺志はどうなる！　プリスのことはどうなる！　私は復讐を、やらなければならないことを……だが……だがっ……)

もはやそれすら、どうでもよくなりつつある――。

「さあ人間の皆さん、時間ですよ。この女をより一層追い詰めて差し上げましょう」

「うぉおお！　待ってたぜ！　早く犯《や》らせろ！　一番は俺だぞ！」

「おっぱい、おっぱい、おっぱい！」

三分間は経過したようだ。

人間たちが下劣な欲望を押し隠すこともなく、ロキュエルの淫らな女体に群がっていく。

「やめ、ろぉ……やめて、くれ……あぁああ！」

必死に制止を請うも、男たちは止まらない。

守りたかった人間たちは一人として止まってくれない。

（これが……これが、リルが共存を願い、私が守ろうとしていた人間なのかっ……私は、私たちは、なんて愚かな……）

心が折れかけていく。身体が弄ばれ、変えられていく。

ペニスに犯され胸を揉まれて絶頂してしまう、最低の淫乱便器へと変えられていく。

誇り高き悪の女幹部から孤高の復讐者となり、その中で人間を知り共闘を望んだ末路が男たちの性処理道具だ。

（私は、私はっ……なんのために……ああぁあっ、ああぁあ！）

絶望すら快楽が押し流す。

胸を無遠慮に揉みつぶされ、乳内で熱い雌の奔流が沸き起こり、先端の出口を目指して急速に駆け巡り――。

「ああっ、ダメっ、おっぱい、揉むなっ、んはぁああ出る出る出るっ、おっぱいミルク出りゅっ、射乳《で》りゅぅう、母乳イキしぢゃうぅぅううう！」

ぷしゃああっ！　びゅううぅっ、ぶぴゅっぴゅぴゅぴゅぅううう――――！

大きく肥大した乳頭から、男性の射精以上の勢いで白く澄んだ母性愛があふれ出る。

胸を揉まれて幸せになってしまった、女のあるべき姿としての母乳噴射絶頂。

気持ちいい、気持ちいい気持ちいいい、気持ちいい――。

「うわっ母乳出てきた！　なんだよロキュエル、おっぱいミルク出して悦んでんのかよ！」

「母乳ってことは子持ちなのかこの悪女！　悪女のくせにママ気取りかよ！」

「ち、ちがっ、んほぉおおお！　やら、やめっ、おっぱい搾っちゃらめへぇええ！　こっ、これは薬のしぇいれっ、子どもなんかいにゃ、のぉほぉおおっぱいっ、ミルクっ、母乳出しながらイぐのぉおお！　おっぱい、おっぱいっ、おっぱいきもぢぃい――――！」

男の射精をはるかに超える射乳快楽が、二つの出口から延々と迸り続ける。

舌を突き出し涎《よだれ》まで垂らしながら母乳イキしまくる女幹部がいくら口先だけで否定しようにも、その淫らすぎる乳房絶頂姿では何の説得力もない。

惜しみなく噴き出す慈愛と性欲の淫母乳がギロチン台や地面にまで撒き散らされ、甘ったるい匂いが立ち込めて男たちの劣情をさらに催させる。

「こんなにたくさん出して勿体《もったい》ねえから、俺たちが飲んであげないとな」

「ひっ、ま、待てぇええ！　母乳、飲んじゃ、のおほぉおお乳首吸っちゃらめっ、乳首吸われると母乳もっと出る出る出りゅぅううう――――！」

男としては目の前で母乳を撒き散らす巨大乳房があれば、むしゃぶりついて飲み干したくなるもの。

そして女としては母乳を出し続ける乳首に口吸いされれば、母性本能により一層母乳を「あげたく」なってしまうもの。

そうでなくても強烈な噴乳快楽がえげつないほどの授乳絶頂に進化し、より一層淫らな声を上げて男たちを喜ばせる甘い淫乳を放ち続ける。

「おぉおおおおおっぱい、おっぱいミルクっ、母乳あげイキしゅごひぃいいい――！　人間にっ、人間ごときにっ、おっぱい搾られて乳首吸われでイギまぐりゅっ、わだひの母乳あげてきもぢよぐされぢゃうのほぉおおお！　んぉおお授乳すきっ、おっぱいと乳首イキながら授乳イキしあわへぇえ！　んほぉおお出る出りゅミルクミルク、おっぱいミルクっ、格下授乳イキでおっぱい幸せなっぢゃふぅううう――！」

「おっぱいに夢中になってねえで、マンコも締めろこの淫乱便器悪女！」

上半身絶頂に気をとられていると、ズンッとひときわ激しい一突きが警戒の手薄な膣奥を揺さぶりそちらも容易く絶頂へ追い込まれる。

「のほぉおおまんこ、まんこっ、んっほぉおおらめぇ一突きでイグぅうう――！」

「ったくよ、なんだこのデカいケツは！　どう考えても人間様に孕ませて頂くためのケツじゃねえか！　オラ！　孕め！　人間ザーメンで魔族とのハーフ孕めっ、おぉおお！」

どぶびゅぶりゅりゅりゅっ、ぶびゅっばぶびゅるるるる！

「んぎっひぃいいい――！　またイグっ、イグのっ、イってるとこに膣内射精ぎぼぢぃいいいい――っ！　んおっ、お、おおおっ、おおっほぉおおらめぇザーメンぶちまけられで狂うっ、狂うのっ、まんこイギ狂ふぅううう――！」

何度目かも分からない膣内射精と、それによる強制絶頂。

本当に人間の子を孕んでしまうかもしれないのに、女の、雌の本能が、雄の陵辱とそれに伴う無責任な膣内射精を望んで膣を締め上げてしまう。

「おぉ……射《だ》精した射精した。おい俺にもおっぱい飲ませてくれよ、女の母乳とか物心ついてから飲んでねぇんだ、はむっぢゅるるるぅうう！　うっめぇ、悪女の孕ませ便器のくせにおっぱい美味えとかもう死ねよオラ！」

そしていざ孕んだ際にも問題ないように、母乳噴射アクメが止まらない。

両乳で絶頂し、乳首は乳首で射乳イキし、乳首に吸いつかれて余すことなく男たちの栄養にされていく。

それが気持ちよくて心地よくて、格下授乳快楽の虜になってしまう。

「んほぉおおおもうらめっ、まんこもっ、おっぱいもっ、おへぇえ乳首ももうらめなのぉおおお――！　ミルクとまんにゃ、母乳イキしゅごっ、びゅーびゅーおっぱいミルク出しながらイキまぐりゅぅうううう！」

「悪女でもやっぱ母性があるんだな、人を殺しまくってる女の母乳とは思えねぇ」

「人殺しが子ども育てる母乳出すとかパラドックスにもほどがあるだろこの野郎！　破壊か創造かどっちかにしろ淫乱悪女！」

次々と男たちは乳房にむしゃぶりつき、母乳を堪能し元気になった者は後ろから巨尻を掴んで精液まみれの淫壺へ己の肉棒をねじ込み、好き放題に射精し交代していく。

いつまでも終わらない陵辱と授乳。いつまでも終わらない雌の幸福。

（わ、私っ、完全にマゾになってしまったのか……？　こんなところで人間どもに見られてっ、犯されて、気持ちよくなってて っ、見下されるのが気持ちいいマゾに……だけどっ、だけどもうなにも考えられないいっ、これ気持ちよすぎてたまらないいっ、もっと母乳出したいっ、精液出されたいいっ、おっぱいとまんこでイキまくりたいぃいいいい！）

「おぉおおまた出すぞロキュエル、淫乱マゾ悪女マンコに人間様ザーメンくらえ！」

「イキながら無限に母乳出しやがって！　全然空《から》にならねえじゃねえかもっと出せ！」

どびゅっ！　ぼぶどびゅぶぼっりゅぶびゅりゅりゅりゅりゅぅううう！

ぷしゃぁああっ、びゅびゅぅううっ、ぶっしゅわぁあああ……っ！

「まっ、まだイグぅううう！　まんこイグっ、おっぱいずっとイってりゅ、母乳出しながらまたすごいのでイッグぅううう――――！　しあわせっ、格下クズ人間どもに犯されっ、あはぁああごめんなしゃいっ、格下なのはわたひっ、淫乱マゾ悪女のわたひなのぉおお！」

この状況下において、どちらが上でどちらが下かなど火を見るよりも明らか。

今の自分は無力なはずの人間相手に何もできず、犯され、罵倒され、それを自分から求めて悦んでしまう生き物なのだから。

「おほぉおお、わっ、わたしロキュエルはっ、人間様に犯されでっ、バカにされでっ、まんことおっぱいイキまくる淫乱性処理便器魔族なのぉおお！　おほぉおお、こんなマゾ奴隷で四天王とかやってごめんなしゃいっ、おほおっ、男性様の道具なのにお高くとまってごめんなしゃいっ、反省しましゅからもっとまんことおっぱいイがせでぇええ――――！」

駅前広場には夕方になるまでロキュエルの嬌声が響き、やがてあまりの快楽を受けいれきれず失神した彼女が魔族たちによって連れていかれるまで淫猥な公開陵辱が続けられた。

「な……なんですか、この正義の欠片もない記事は」

翌日、ロキュエル奪還のため各地を探索していた四人の変身ヒロインは卑猥な公開陵辱が行われていた事実を知って愕然とした。

「街中で、このような公序良俗に反すること……しかも陵辱されていたのはロキュエルで、先日の本部襲撃および街破壊の首謀者を捕らえた体での私刑……!?」

「ろ、ロキュエルさん……ひどい……」

プリエステラこと変身前の真白観緒も、リンフォルツァンドから借りたタブレットＰＣに映る無残な陵辱光景とロキュエルの恍惚絶頂顔を見て仰天する。

囚われていた大切な友人が、人間に犯され狂っていたなど信じがたい。

「こんなの、絶対魔族の自作自演ですっ」

これはロキュエルの心身を責め立てる段階で仕組まれた、自分たちを陥れる罠だ。

ヒロインを含めた人類に、『豺狼』への疑心を抱かせようとしたマッチポンプにすぎないと、観緒は推察する。

「ロキュエルさんを捕らえたこの人たちが本当にヒロイン機関の人間だったら、彼女の身柄はとっくに機関《こちら》に渡ってるはずですから」

「……けど、ロキュエルもこの人間たちも……いなくなっている」

シュタルカノンが納得したように頷く。

そもそも統括機関の関係者という触れ込みが怪しいが、一般人は囚われの悪女を見ただけで信じてしまったのだろう。

「無理やり市民を扇動してロキュエルさんを犯させるなんて……許せませんっ」

ロキュエルがまだ生存していることはわかったが、もはや一刻の猶予もない。

このままでは彼女の心が折れてしまうだろう。

「今のわたしたちは統括機関から独立して、情報が得られません。自分たちの足と目で魔族を見つけて、味方に全員倒される前に生き残りを捕まえて『扉』を開かせないとです」

観緒とトライデントの三人は頷きあい、異界へ向かうための算段を整える。

その先に自分たちを待ち受けるものは理解の範疇を越えるほど凄絶な陵辱、そして逃げ道のない絶頂地獄であることなど知る由もなく。

第四章　戻れない獄悦

人間界の市民を扇動した、最低な公開陵辱から数日。

異界へ再度連れ去られたロキュエルは心身ともに疲弊した状態で、なお媚薬漬けにさせられ性奴隷として休むことなくその身を使われていた。

格下の雄魔族たちに囲まれながら、今まさに大量に膣内射精したバムトが媚膣から己の巨肉棒を引き抜きつつ勝ち誇り、膣内射精絶頂快楽《おんなのしあわせ》を叩き込まれたロキュエルは湿り気たっぷりの吐息を漏らしながらも陵辱者を睨む。

「へへへ、いよいよ雌奴隷陥落《かんぜんはいぼく》間近ってとこだなロキュエル」

「はぁ……へぇえ……だ、黙れぇ……私は復讐を遂げるまで、絶対にあきらめ……んひぃいっ、おっぱいらめぇええ！」

軍帽以外にはボロ布と化したインナーを申し訳程度に貼りつけているだけの実質全裸状態で、全身を精液、愛液、母乳に汗に涎にと液体まみれにされ美しくも残忍な豺狼の面影はほとんど残っていない。

されどなお紅い眼光は復讐の炎を小さくも灯し続け、隙さえあればこの状況を打破して逆転するべく虎視眈々と機を窺っていた。

（一瞬でも諦めたら復讐は終わる……リルのためにも私はここで堕ちるわけにはっ、ああっやめろ、おっぱい揉むなっ、揉むなぁ！　いやっ、気持ちいいっ、おっぱい揉まれるの気持ちいいっ、またおっぱいでイくぅぅう！）

揉まれ続けてさらに敏感になった、柔らかくたっぷりとした巨乳房を無遠慮にむにゅもにゅむっと揉みしだかれて雌のイキ嬌声《ごえ》を上げるロキュエルには、この場にやってきた少女たちに気づくことすらできず。

「へへへ、おいロキュエルよ、マンコと乳でアヘイキしまくってボーっとしてるのもいいが、あっち見ろや。大事なお友達がやってきたぜ」

「はぁ、はぁ……な、なんだって……？」

バムトがクイクイと親指であらぬ方向を示し、ようやくぼんやりした目でそちらを見やった九十五パーセント全裸の悪女は、そこでハッと我に返った。

「ぷ、プリス！」

「うう……ロキュエル、さん……」

人間界に帰したはずのプリエステラ、その他三人の色鮮やかな美少女。

彼女らがなぜか自分の目の前にいて、しかも魔族たちに捕まっている。

「ど、どういうことだ……なぜプリスたちが」

「まったく、ロキュエルにも勝てなかったってのによくまぁ乗り込んできたよ。キメリエス様が見つけてまとめてブッ倒して、俺らのとこに運んできてくれたってわけだ」

（私を助けに来てくれたのか……しかし、捕まってしまったと……）

それ自体はとても嬉しいが、状況は最悪だ。

ミイラ取りがミイラになるとはまさにこのこと、ここから打てる手が存在しない。

「せっかくゲストが来てくれたんだ、こいつらも交えて盛大に楽しもうじゃねえか、なあ変態悪女様よ？」

「ロキュエルさん……ごめんなさい、わたしたち何もできなくて」

「くっ……バカめ、私など放っておけばよかったんだ」

申し訳なさそうに詫びる囚われの白星恍姫に、口だけの厳しい言葉を吐く女幹部。

するとジズリがパンパンと手を叩き、全員の意識を自身へと向けた。

「さてさて、再会の喜びに浸りたいところでしょうがこちらにも都合がありましてね。せっかく犯し甲斐のある美少女が四人も、夏の虫がごとく飛んで火に入ってくれたのです。ロキュエルだけでは棒に対して穴が足りずに、彼らも性欲を持て余していたのですよ」

狡梟の言葉に、この場にいた魔族たちがズラリと四人の前に整列して一様に勃起肉棒を見せつける。「今からお前たちを好きに犯すからな」という無言の意思表示を前に、プリエステラとトライデントは悲鳴を上げた。

完全に自分たちのことを犯す対象としか見ていない雄魔族の下卑た視線と笑い声に、ヒロインたちに備わる女としての本能が激しく警鐘を鳴らしていく。

「……まあ、ロキュエルにとっては人間の女が犯されようと別に気にしませんか。この間の公開陵辱で、人間の浅ましい本質を理解した貴女ならねぇ」

そこまで言ってから眼鏡をクイッと上げ、ジズリはことさら残忍な笑みを浮かべた。

「ただ、分かっていますよロキュエル。この四人の中で、一人だけ特別な感情を抱いている変身ヒロインがいますでしょう？」

「っ……や、やめろ！　プリス……プリスだけは犯すなッ！」

鋭い眼光を煌めかせ、豺狼は彼女を守ろうと牙を剥いて威嚇する。

当然、ほぼ全裸で精液まみれになっている状態では迫力もなにもないが。

短いながらも共に行動し、異種族であり敵である自分に姉のように接してくれた心優しい白きヒロイン。

彼女だけは、彼女だけは傷つけられることなどあってはならない。

「なるほどねぇ、そんなにこの女が犯されるのは嫌ですか？　ならそれ相応の『お願い』をしていただきませんとねぇ。なにせこちらはチンポが余ってしょうがないので、使える穴は全部使ってしまいたいのですよ」

ヒロインたちを品定めする格下の魔族たちは、女の膣内へ無責任に精子を流し込んで孕ませるためだけに特化した生殖器をギンギンに高ぶらせながら、しかるべき宴の始まりを今か今かと待ち望んでいる。

（プリスを守るには、私が奴らを満足させないと……それと、こいつらも……）

最低限守りたいのはプリエステラの純潔だが、他のヒロインもどうでもいいとはいえ守らなければ。

「ぜ、全員私が気持ちよくさせるから……だからプリスは、人間たちには手を出すな……」

「ロキュエルさん……」

「少し、見直しました。悪がここまで私たち正義のことを思うとは」

プリエステラは涙をいっぱいに溜め、衝突を繰り返していたリンフォルツァンドもこれまで彼女に抱いていた認識を改めるが。

「ダメだそんなんじゃ！　人様に物を頼む時は土下座だろ土下座、全裸土下座だ！」

そんな雰囲気も、バムトのがなり声が台無しにしてしまう。

高慢で誇り高い悪女がプライドのすべてをかなぐり捨てて、自分に全裸土下座で媚びる痴態が彼はどうしても見たいのだ。

憧れつつも決して手に入らなかった豺狼の、屈辱無様全裸土下座《はずかしいおねだり》が。

「ぐ……」

断る選択肢は存在しなかった。

プリエステラを、ついでに他の三人を守れるのなら、悪のプライドも捨てられる。

それほどまでに自分は彼女を好きだったのだと、改めて感じながら。

（プリス……惨めだと嗤《わら》ってくれ。だけど私は、お前だけでも守りたいんだ）

豊満な肉体を小さく折って、床にひれ伏して巨乳を左右からはみ出させるだらしない全裸土下座でロキュエルは同格の男と遥か格下の雄魔族たちに最低の懇願を行う。

「お、お願いしますっ……こいつらは、ヒロインたちは犯さないで……くださいっ……」

「声がちっちぇえ——んだよオイ！　おっぱいとケツだけかデカいのは！」

「もっとハッキリお願いしますよ、誰の何を誰のどこにどうしてほしいかを明確にね」

魔族たちに囲まれて、勃起ペニスに囲まれて。

今は一匹の雌でしかない、かつての誇り高き豺狼が涙目になりながら。

「犯してっ、レイプしてっ、私をっ、私だけを皆様のちんぽでレイプしてくださいっ！　この淫乱マゾ肉便器にっ、いっぱいちんぽ欲しいんですっ、ヒロインを犯すなら私のまんこにちんぽくださいぃぃい！」

床に頭をこすりつけ、媚肉の塊といえる裸身で助命嘆願。

これでいい気分にならない男は、少なくともこの場には存在しなかった。

「ガーハハハ！　あのロキュエルの土下座懇願、それも全裸土下座を見せられちゃ心優しい俺様としては考えるしかねぇなあ！　あーっ清々しいぜぇ！」

（くっ……殺す、絶対に殺してやるッ……！）

（ロキュエルさん、わたしたちのためにここまで……悔しいのが、すごく伝わります）

バムトはじめ、雄魔族たちが大声で嗤いロキュエルの屈辱感をことさら煽る。

こうして肉棒が人間たちを襲うことはなくなったが、その代わりロキュエルに劣情がすべて向けられることになるのだ。

「いいでしょう、ではまずトライデントの三人はそこでロキュエルの恥ずかしいところを見てもらうとして……プリエステラだけこちらへ連れてきなさい」

「なっ⁉」

ジズリの命令に、白ヒロインを捕らえていた魔族が動いて彼女をロキュエルのそばへ、雄たちの包囲の中へと連れていく。ついでにコスチュームも乱暴に裂き、白星恍姫の控えめな胸や尻が露出してしまう。

「ま、待て！　プリスは犯さないんだろう⁉　話が違う！」

「ええ、約束は守りますよ。純潔は奪わないというね。他のところで頑張ってもらいましょうか、口とか手とかおっぱいとかね。これでもだいぶ譲歩しているはずですよ」

「ふ、ふざけるな貴様らっ、プリスを……」

処女を奪わなければ何をしてもいいわけではない。

ガバッと顔を上げてロキュエルは抗議しようとしたが、その手を弱々しく握る者がいた。

「……ロキュエルさん、大丈夫です。わたし、耐えますから。だから……」

今は反撃のチャンスを窺いましょう。

そう、言葉に出さずとも目で訴えかける白星恍姫。

純潔をロキュエルが守ってくれる以上、自分はどんな責め苦にも耐えるという決意がその翠眼に宿っていた。

(すまない……)

「では、プリエステラには挿入なしでお願いしますよ。ただ、媚薬は使いますけどね」

そう言ってジズリは配下に持たせていた大瓶に入った怪しい色の液体を、ロキュエルとプリエステラの全身に浴びせるように垂らしていく。

「う、ううっ……また、こんなもので私たち女をいいように……」

「な、なにされたって、わたしたち正義と悪は屈しないんですからっ」

健気に外道を睨むプリエステラだったが、ロキュエルは内心穏やかでなかった。

これの効能は自分が一番よく知っている。

プリエステラまで媚薬漬けにされてしまえば、もつかどうか――。

「へへへ、んじゃあロキュエル、それとザコヒロイン、まずは二人で俺のチンポに奉仕してもらおうか」

ズイッとやってきて正義と悪の美貌の前に勢いよく突き出されたのは、魔族たちの中でもひときわ群を抜いて巨大なバムトの雄肉棒。

四十センチはあろうかという文字通り人外の巨根を、二人で奉仕しろというのだ。プリエステラがあまりの威圧感と雄臭に「ひっ」と小さく悲鳴を上げる。

恐怖からか全身が小刻みに震えており、今にも逃げ出したそうだ。

(……ここは私が、プリスにできるだけ負担をかけないようにしなくては)

決死の覚悟を決め、ロキュエルは雌をグチャグチャにイキ狂わせる雄として優れ切ったそれにまずは唇をつけ、奉仕させていただく意を示す。びくんっ、と雄悦に跳ねる肉棒を見てプリエステラは口元を手で押さえ、瞳をウルウルさせている。

「へっへっへ、ずいぶん調教されたじゃねえか。そうだよ、女は男のチンポに奉仕するときはこうやって先っちょにキスしてからしゃぶらせていただくんだぜ。おうプリエステラ、お前もさっさとキスしろやチンポによ」

「あ、あう……」

なおもちゅっ、ちゅっとついばむようなキスを繰り返すロキュエルに近づき、おそるおそるプリエステラもその醜悪な亀頭に唇を寄せていく。

ロキュエルが先んじて亀頭キスをしたのは、手本を見せて少しでも自分への負担を和らげようとするため。ここで自分だけ駄々をこねたら、彼女の面子を潰してしまう。

（うう、熱いっ……！　こんなに熱を帯びてっ、しかも先っぽがぶにっとしてて……こんなのにロキュエルさんは……犯され……たってこと、なんですか……）

すぐそばの大事な友人がこのようなもので、女の尊厳をボロボロにされながら犯されたなど考えたくない。抱いてはいけない感情を必死に振り払い、無心でロキュエルとともに黒光りする亀頭への接吻を繰り返す。

いっぽう、恋慕しつつも苦汁を嘗めさせられていた愛憎入り混じる自分より強い元同僚と、セックスをほとんど知らない初心《うぶ》な処女変身ヒロインのダブル奉仕を受けるバムトは雄としての最大限の功名心と自己肯定感による快楽に下半身が満たされ満足極まりない。

二人の頭を巨大な掌でわしづかみながら、唇を亀頭に押しつけるようにして快楽をさらに貪っていく粗暴な匹夫。

「おお、そうだそうだ。へへへ、正義と悪の女から同時にチンポキスされるなんてなかなかない体験だぜ。よーし、次は竿全体を舌で舐め上げるんだ。両サイドから丹念にな」

臭い上に気持ち悪いキスを何度かしたのち、次なる淫辱命令が飛んでくる。

ほぼ垂直にそそり勃ったバムトの雄根を、左右から舌奉仕していけと。

「ろ、ロキュエルさん……どうすれば」

「心配ない……こうやって、ちんぽに手を添えながら下からゆっくり……んれえっ、んれれぇえええ……っ、先っぽまで、舐め上げたらまた下から……んれえ……っ」

男性器への奉仕のやり方など、当然ヒロインとして学ぶべきことの外だ。

何もかも知らない純潔ヒロインに、雄に屈服する雌悦を先んじて覚えてしまったロキュエルはそれを丁寧に淫らにレクチャーしていく。

「ほら早くしろや白いの。こっちのビッチみたくちゃんと舌使って、丹念にチンポ磨き上げていくんだよ」

バムトがプリエステラに命令し、白いヒロインは当然ながら尻込みする。

しかしロキュエルが屈辱に耐えて奉仕している中、自分だけ拒むわけにはいかない。

犬のように舌を突き出し、彼の「雄」を不器用ながら舐め上げていく白星恍姫。

「おお……っ、これは効くぜ……っ。これだ、これこそ男の本懐、男に生まれてよかった瞬間だぜぇ……！　強い女と初心な処女を、同時にチンポで躾《しつ》けてやるのはたまらねえ！」

「んれぇえっ、んれるぅええ……勝手な、ことを……絶対に、んれぇ、殺すっ……」

「んじゅるっ、んれろぉおお……わ、わたしたちは、諦めません……れるるっ」

「いいぜぇ、そのまだ負けを認めてませんって顔よぉ。そういうのを徹底的に雌よがり顔に仕立て上げていくのが男の使命なんだからよ。最初から出来上がってて雄に媚びてる初心者用肉便器なんざつまらねぇからな」

反抗的な目つきで自分を睨み上げる正義と悪の美人に、ますますバムトの内なる征服欲が募っていく。

こいつらをよがらせて、感じさせせて、女は男に絶対に勝てないと「分からせる」。

それこそ誇り高き「雄」に与えられた畢生の仕事なのだから。

「んじゅっじゅずっ、じゅるれれれえっ、んれろぉっじゅっぷんれるれぇええ……」

バムトの命令通り、二人は必死に血管の浮き出る巨大ペニスを左右から舌で舐め上げていく。調教されて肉棒奉仕に一日の長があるロキュエルは、さらに亀頭を手のひらで愛撫したり根元を優しくマッサージしたりと積極的に動き、プリエステラに余計な命令が行かないようバムトを悦ばせていく。

「いいぜいいぜ、そろそろフィニッシュだ……おっおおお、正義と悪で同じことやらせても舐め方が違うのが分からぁ。ロキュエルは容赦なくイかせにかかるし、プリエステラはまだぎこちねぇのがそれぞれを引き立てあって……オラ金玉もいじれ！　オアァァアア射精《で》るっ、おら待ちに待った男のザーメンだぞ、雌口便器《うえのマンコ》開けて全部ありがたく飲めや！」

どびゅっぶりゅりゅるるるるっ、ぶびゅっどびゅぼりゅぶびょぼべゅっびゅばゃっぶりゅぶびょぶっびゅぶばゃぼぼょびゅっぐびゅぶぅうううううう！

「うああ……っ、くうっ、熱っ……んむぅううう！」

「きゃああっ⁉　あついっ、くさいっ、止まらな……んぶぅううう！」

もはや固体に近い雄穢液が脈打ちながらペニスより放たれ、正義と悪の美貌を余すところなくドロドロにパックしていく。

「オォオオッ、すげえっ、こいつらの口マンコもっと射精るっ、オラ出してるときは手でしごき続けながら口で受け止めろ、ウォオオ！」

その熱さ、臭さ、そして濃厚さにプリエステラは気絶しそうになり、ロキュエルがそれをかばうように自ら顔を鈴口へ近づけて親友であり妹への被害を抑えようと試みるも、バムトの限界にまで高まってから堰を切った大量劣情白濁奔流の前には全く無意味だった。

（あああ、こ、こんなの、すごいい……男の人の射精って、こんなにぃ……いっぱい……お願い止まって、これ以上顔にかけられたらわたしっ、わたしぃ……）

（お……女を誇りごと穢し、膣内射精すれば無理やり孕ませ、自分たちを雌だと分からせる精液……！　こんなものに屈しはしないっ、プリスを守るためにも……！）

一分間にも及ぶかと思えた大量の顔射を終え、バムトは目の前にいる自らコーティングした白濁美人二人の出来栄えに雄としての満足感と達成感を覚え、射精直後だというのに先ほど以上の大きさと硬度をもってペニスをいきり勃たせる。

「ふーう、こんだけ射精《だ》したのにますますチンポ高まっちまった。どれ、次はパイズリでもしてもらうか。片方はボリューム不足だがもう片方がそれを補って余りあるからよ」

（ま、まだ何かするんですかっ……わたしもう……）

（くっ、こんな子にパイズリなど……）

胸奉仕であればロキュエルの百二センチバストで充分なのだが、そこはやはり男としての夢であるダブルパイズリをさせたくなるもの。

「左右からよ、おっぱいでチンポを包むんだ。おおそうだぞロキュエル、お前だけで挟むんじゃねえ、そっちのちっぱいと挟み込むんだからよ。おうプリエステラももっと近づいて、おっぱい密着させてチンポ気持ちよくしろ性奴隷」

「貴様、プリスに乱暴を……！」

パイズリという言葉の意味すら分からず困惑していたプリエステラを抱き寄せ、強引にそのたぎった肉棒をお世辞にも豊かと言えない乳房へ押しつけるバムトへロキュエルは抗議するが、今の彼は絶対的な支配者であり何を言っても効果はない。

完全にバムトが主で、ロキュエルとプリエステラは従者どころか性奴隷なのだ。

「あ、あついっ、胸におちん……ちんが、熱いの押しつけられてっ……」

「オチンチンじゃねえよ、チンポだよチンポ！　女は男性器のことを一番下品な呼び方で呼べって教わらなかったのか。おらチンポって言え雌《コイツ》ヒロイン！」

「う、ううう……ち、ちん、ぽ……ちんぽが、おっぱいに……」

「やめろバムト！　プリスを追い込むな！」

無理やり淫語まで吐かされ、プリエステラの精神面が心配になる。

そうでなくても敵地で捕らわれ、何をされるか理解しきれていないのだ。

処女の脳内で繰り広げられる陵辱はせいぜい胸や尻を触られることくらいであり、顔射やパイズリなどの前戯の時点ですでにそれとは大きく乖離しているのだから。

「む、胸の奉仕なら私がやるから……プリスは当てているだけでいいっ……」

「そうはイカの金時計なんだよロキュエルよ、何のための正義と悪のダブルパイズリだよ。二人で両側から頑張って押しつけあってチンポ気持ちよくしねえと終わらねえぞ！」

少しでもプリエステラの負担を和らげようと計らうも、そうは問屋が卸さない。

バムトからしたら、巨乳と微乳、悪と正義の織り成す淫らなパイズリ二重奏が望みであり、大きいだけの胸による乳奉仕などすでに食傷気味なのだから。

むにゅううっ、ぐにぐにむにっ、むにゅもにゅむにゅうう……っ。

「へへへ、いい感じじゃねえか。貧乳のパイズリって矛盾した奉仕もこうすれば実現できるんだなあ。柔らかたっぷりロキュエル悪おっぱいと、正義の処女ちっぱいが絶妙に俺のチンポを高めあって、おっぱいに乳内射精《なかだし》ザーメン急速生成中だぜぇ」

平均を軽々超える爆乳と、貧乳よりはやや大きいが平均以下の四つの乳房が巨肉棒を挟んで押しあい、包み込み、乳首がペニスや相手の乳首にこすれ、そのたびに正義と悪の口からは小さく喘ぎ声が漏れ、それがますますバムトの雄劣情を高めていく。

「いいぜほら、おいてめえのデカパイでも包みきれねぇほど俺のチンポの先っぽが出てることに対してはどうなんだよロキュエル！」

「くっ……」

言葉通り、悪女の豊満柔乳ですら完全に包み込めないほど巨大で凶悪なバムトの肉棒は、四つの媚肉の谷間から亀頭がのぞいてビクビクと小刻みに跳ねていた。

「くっ、じゃねえんだよなぁ。デカいのかデカくないのか聞いてんだよこっちは！」

「お、大きい……私の胸からもはみ出るほど、お前のちんぽは大きくて……たくましい」

「んー、そうだろデカいだろ？　俺のチンポはでっけえんだよ。じゃあそのはみ出てる先っぽ、パイズリしながらどうしたらいいのか元四天王なら分かるだろおっぱいクソ悪女！」

男としての承認欲求を最も満たす言葉を、かつて自分を見下してきた女の口から引っ張り出して雄の自尊心を満たしながらさらなる奉仕を要求するバムト。

「おいプリエステラもだよ。ロキュエルがこう言ってるようにな、男のチンポの中でも俺のは群を抜いてでっけえんだよ。いいかおい、パイズリしても先っぽが出ちまうほどデカい俺のチンポの亀頭には、どうしたらいいのか考えて行動しろよな！」

「は、はい……おっきいの、く、口で、気持ちよく……しますっ」

二人の間からニョキッと飛び出す赤黒く怒張した肉の先端に、二枚の舌がぴと……とあてがわれ、二つの粘膜がこすれあう。

「んれるっ、んちゅっ、んぷちゅっ……はむっ、んじゅっ、んんっちゅぅう……」

「じゅるるるるっじゅちゅっ、はむっぷじゅるっずじゅぞっぢゅううう！」

乳肉に竿全体を挟まれ、はみ出した部分を挟むように舐め上げられ、二つの唇が亀頭を吸い上げる。

「うぉおお……気持ちいいぜぇ、男としてこれほどの待遇もねえよなあ、おらもっと嬉しそうにしゃぶれや！　こんだけデカいチンポに奉仕できて雌奴隷冥利に尽きるだろ！」

（くそっ……私だけでなくプリスにまでこんなこと……大丈夫か、プリス……）

ロキュエルは気になって、すぐそばで自分と同じものを必死で舐め、小さな胸を押しつけている友を見やる。涙目で苦しそうに息を荒らげているが、同時に頬も赤く染めており、媚薬の効果が出てきている様が見て取れた。

（は、早くなんとかしなくては……だが、私もっ……）

肉棒に胸を押しつけているせいか、巨大なミルクタンクが熱い。

乳内《なか》でまた母乳が作られ始めているようだ。

思考回路も徐々に鈍り出す中、突如目の前のプリエステラが湿っぽい声を上げる。

「はぁ、はぁ……ろ、ロキュエルさんの胸……おっきくて、いいなぁ……」

「んっ、くうっ……プ、プリスのだって、形が綺麗で……」

そんなことを言っている場合ではないはずだが、精神的に追い詰められているせいかプリエステラはつい彼女の巨大な胸に女の子として羨望の眼差しを向けてしまう。

同性愛の気もなかったはずの白星恍姫だが、媚薬の効果も相当にあるのだろう。

それに対してロキュエルも、フォローなのかなんなのか自分でもよく分からない返しをし、変に恥ずかしくなってしまい。

両者の胸事情に気づいたバムトは、意地の悪い笑みを浮かべながら小さいほうに問う。

「人間界の単位はよく分からねえが、ジズリの言うとこだとロキュエルは百二とか言ってたな。プリエステラ、お前はどうなんだよ、お？」

「こ、答える必要はない、プリス……」

「うるせえ、てめえには聞いてねえんだよデカパイ悪女！　おら言え白ヒロイン！」

「う、ううう……八十一センチ、ですっ……」

女の子の恥ずかしい秘密を自分から公言してしまい、胸を押しつけながら真っ赤になる白星恍姫。

控えめなバストがコンプレックスで、常に大きくなりたいとひそかに思っていたのだ。

そこにメートル越しの爆乳がやってきて、彼女と一緒に行動する流れになり。

自らの胸の小ささがますます際立ってしまうことに劣等感を覚えながら、ロキュエルのバストを常に憧れの眼差しで見つめていた。

「そうかそうか、そりゃロキュエルとは桁が違うな文字通り。まあこれから調教でデカくしてやるからよ、ありがたく思いな。オラしゃぶれ！」

「ひっ⁉　そ、そんなの……んむぅう！」

胸と口奉仕を続行させられ、抗議することすら許さない。

女はそのいやらしい身体全体がペニスのための道具なのだということを、何度も反復して刷り込まされる。

「おおおっ、出るぞ、射精《だ》すぞ、ロキュエルとプリエステラのっ、ダブル正義と悪おっぱいに俺のザーメンまた思いっきり出すからよ、残らず乳内射精《なかだし》きめてやらぁ！」

やがてバムトは雄叫びとともに、合計百八十三センチのバストの中でペニスを震わせ、亀頭が媚雌肉内で膨れ上がった後に劣情のすべてをそこからぶちまける。

どぼびゅっぶりゅりゅぶぼびゅりゅりゅぶべりゅっぶぶぼばっ、ぼどぶぶびょぶっ！

「きゃああっ、熱いっ、またこの熱いの……いやぁああ！」

「うぁああっ、ザーメン、パイズリ乳内射精《なかだし》ザーメンいっぱい射精《で》てるぅ……ううっ、こんな……こんなに出されたら……」

（欲しく……なってしまう……）

純粋に嫌がる処女のプリエステラと違い、調教が進んでいるロキュエルは自らの肉体へ大量に出された雄の劣情白濁液を見て、浴びて、嗅いで、雌の本能を刺激されパブロフの犬のように下半身を濡らしてしまう。

（ぷ、プリスだけは守らなければ……こいつまで私と同じように、精液で股を濡らすような淫乱奴隷にするわけにはは……）

彼女まで雌の悦楽に溺れさせるわけにはいかない。

今度こそ、「妹」を汚辱に沈めてその結果喪うことがないように。

「おぉお……射精《だ》した射精《だ》した。けどやっぱまだビンビンだぜ、こりゃ膣内射精以外じゃ収まりそうもねえやな」

「はぁ、はぁ……ま、まだ満足していないのか……だったら私の、前の穴でも後ろの穴でも……好きに使えばいいだろう……」

「ロキュエルさん……」

プリエステラの目には自分がどう映っているだろうか。

淫欲のまま雄を求める、浅ましい獣としか見えていないだろうか。

けれど、どう見られようとロキュエルは彼女を、彼女だけを守りたくて。

「んおおおっ、おほぉおおお！　んひぃいいいイグイグッ、イッグのほぉおおお！」

「グハハハ、なんだよそんなに欲しかったのかよ俺のチンポがよ！　マンコびっちゃびちゃにしやがってよ、挿れただけでイっただろ明らかに！　なぁ淫乱雌狼！」

「んおっ、お、おおっほぉおお、んぉひぃいい！　ちんぽっ、ちんぽすごっ、バムトのちんぽ奥まで一気にぃいい！　んぉおおまんこっ、まんこ、まんこイっぐぅううう――！」

挿入されただけで絶頂し、続けざまのピストンでイキっぱなしになろうと。

この男のペニスを搾り上げ枯らしてしまえるなら、それによってプリエステラが犯されずに済むのなら、自分は狂い果てて壊れてしまってもよかった。

「ぎもぢいいっ、バムトのっ、バムトのちんぽぎぼっぢぃいいいい！　んおお、おおっほ、ほぉおおおっぱいっ、おっぱいも揉みながらっ、おっぱいとまんこでまたイグぅうう！」

どっちゅどっちゅ、ばちゅどちゅずっちゅずちゅっ！

巨体に組み敷かれ、荒々しいピストンで胸乳を暴れさせ、そのバストを揉みつぶされて上半身でも下半身でも獄悦絶頂を繰り返す。

もはや胸すら、揉まれただけでオーガズムを迎えるほどに開発されきっていた。

(そ、そんな……ロキュエルさん、あんな気持ちよさそうに……無理やりなのに、気持ちいいんですか……？　わ、わたしも……犯されたら、ああなっちゃうんですか……？)

じわ……と股間が濡れていくのを、プリエステラも自覚していた。

男に犯されるという雌の使命が、ＤＮＡに刻まれた雌の本能が、目の前の姉であり親友であり敵であった美女の痴態を見たことで頭をもたげ始める。

気持ちよくなりたい、気持ちよくなりたい、ペニスで気持ちよくしてもらいたい――。

(だ、ダメ！　そんなこと思っちゃダメですっ！　わたしはロキュエルさんを助けなきゃ、助けなきゃいけないんです！　ロキュエルさんだって本心では、嫌……な、はず……)

だが、その助ける対象はどうだ。

「んおほほほぉおお！　ちんぽっ、ちんぽすきっ、こんなぶっといちんぽ挿れられたら勝てるわけないいっ、女が勝てるわけなっ、んおほぉおおおまたイグぅううう！」

あんな醜態を、痴態を晒し、雌の幸せによがり狂っているではないか。

これを見て本心から羨望しない女などいるはずがない。

女は、絶対的な大前提として、男に犯されて気持ちよくなりたい本能があるのだから。

(で、でも……わたしは、ロキュエルさんを……人類のために、正義のために、なによりロキュエルさんのために……ああ……なのに、ロキュエルさん、あんなに……)

葛藤は脆くも崩れ去っていく。

プリエステラの中では、人類の未来はもちろん大切だが――やはり一個人として、ロキュエルというたった一人の親友を救いたいのだ。

なのに、その親友は自分が手を差し伸べるまでもなく、ああも雌悦に溺れ乱れている。

「んおおおっ、おへえっ、ほへぇええ！　おっ！　おおっ、おおほぉおまんこいいっ、ケツ穴もっ、おっ、おおっほぉおおイグぅううう！　ちんぽ、ちんぽすきっ、すきぃいいい！」

「う、うう……」

ロキュエルが今すでに幸せなら、自分は何もしてやれないではないか。

だったら自分も、彼女のように気持ちよくしてもらいたい。

そんな正義の心に入ったヒビに、ジズリがやってきて容赦なく甘美な毒を流し込む。

「身体が疼いて、心が揺らいで仕方がないのですねぇ？　まったく、あの女も罪なものです。純真な彼女に女の幸せをこれほどまでに目の前で見せつけ、お前もこうなるぞと教えてくれているのですからね。ご覧なさい、あの幸福と快楽に溺れ緩みきった雌顔を」

「ち、ちが……ロキュエルさんは、わたしのために……うう、あああ……」

犯されたい。肉棒が欲しい。気持ちよくなりたくて身体が疼いてたまらない。

レイプされたい、無理やり挿入されたい、肉体全てを雄欲望のはけ口とされたい。

そんな破滅的な雌願望が、純白ヒロインの心をより白濁色に穢していく。

「いいのですよ、今いっときだけ性に爛《ただ》れても。もとよりレイプされたいというのはあのように女の本能的な欲求であり、食べたり寝たりすることと変わりありません」

嘘だ、この男はこういう話術が得意なのだ。

絶対に正義の心と、この清い身体を売り渡すわけにはいかない。

だが、どれだけ決意を固めようと、横でバムトに犯され狂っているロキュエルが彼女の理性を奪い去っていく。

とうとうプリエステラは、戻れない堕落への一歩を自ら踏み出した。

「わ……わたしも、わたしも………お、犯して……くだ、さい……」

「なっ、ぷ、プリス……！」

信じられない「妹」の訴えに、ロキュエルは犯されながら血相を変える。

せっかく自分が肉便器となって彼女への本番行為だけは避けようとしているのに、あろうことかプリエステラ自身が雄を求めてしまうなど本末転倒だ。

「だ、ダメだプリスっ！　お前はっ、お前だけは……！」

「で……でも、でもロキュエルさん、そんな気持ちよさそうにして……わたし、ロキュエルさんを助けにきたのに、ロキュエルさんすごく幸せそうだからっ……わたしももう、身体が疼いて、我慢できないんですっ……」

そうさせた決め手があろうことか、自らを犠牲にした結果の淫らな痴態によるものだというのだから、なおのこと皮肉。

女は自らに宿る雌の本能に抗えるはずがない。

それはロキュエル自身が一番分かっていたし、分からされていた。

結局、彼女もまた犯されてしまいたくてたまらないようだ。

「そんなに自分から犯されたいのですかねぇ？　雄のチンポが欲しくてたまらないようだ。

やはり貴女も雌……チンポを突っ込まれたいと本能が叫ぶ、淫らで浅ましい雌なのですよ」

「ち、違うっ！　プリスは、そんなんじゃな……ほぉおお！　おっ、おほぉおおいいぃい
──！　まんこっ、んほぉおお、いいいっ、まんこっ、まんこぉおおお！」

いくら否定してやりたくても、自分自身が膣奥をゴリゴリえぐられるたびに野太い声を上げてしまっていたら説得力も皆無。

女から雌になればこんなに気持ちよくなれる、というサンプルをさらに提供し、プリエステラの堕落決意を後押ししてしまうだけ。

「まあですが、ロキュエルの土下座もありますしマンコだけは勘弁してあげましょう。代わりに白星恍姫、貴女はケツ穴でよがりまくる肛門オナホになってもらいますよ」

「はっ、はいっ……おねがい、します……」

（ああ……プリス……）

突き出されたジズリの巨根を見て、プリエステラの翠眼はとろんとしている。

この時ロキュエルは、なぜ彼女が自分から望んだにもかかわらず膣内陵辱だけは避けるようにジズリが計らったのかを考える余地はなかった。その理由は追々すぐに明かされるが、結果として目の前で白星恍姫は後ろの処女を奪われてしまう。

「きゃっ……！」

華奢なヒロインの身体は犯されているロキュエルのすぐそばに投げ出され、ジズリが股間のものをいきり勃たせながら少女の初物菊穴をめがけ近づいていく。

「や、やめろ……やめっ、んほぉおおお！」

「ああっ、きちゃうっ、お尻にっ、ちんぽ、きちゃう……んひぎぃいいい！」

ずぶっ、ずぶぶぶぅうう！

かくして、正義の純潔ヒロインは。

種族と敵対関係を越えた、最愛の友人の前で太い魔族肉棒に貫かれる。

（うう……プリス……プリス……！　お前までこんな、男のちんぽに屈するハメに……だけど、だけど、こんなに気持ちいいのっ、プリスにも味わってもらわなきゃもったいないっ、女の幸せを噛み締めないのはもったいないいぃいいい！）

守れなかった。

処女はまだ健在だが、こうして挿入までさせてしまいロキュエルは自らの無力を呪う。

しかしその一方で、プリエステラが自分と同じく男に犯される幸せを体感できたことに対し、浅ましい祝福の気持ちも浮かんでいた。落胆と無力感、祝福と羨望、すべてがロキュエルの心身をかき混ぜてレイプ快楽を後押しする。

「ああっ、あはあっ、んあはぁああ――！　ちんぽっ、ちんぽがっ、お尻にっ、お尻の中であばれてますぅうう！　気持ちいいっ、これすっごい気持ちいいぃいいい！」

「んほおっ、おおっほ、おほぉおおまんこぉおおお！　プリスのこと守れなかっ、んおっひぃいいイッグぅうう――！　んおっ、おおほおお、犯されっ、イガされ……ほぉおおまんこっ、まんこ、まんこぉおおおお！　イグイグイグっ、イグふぅうう！」

初めてだけあり、ロキュエルとは違いまだ理性を保っているような喘ぎ声ではあるものの、プリエステラの身体は、肛内は、すでに望みのものであるペニスを受けいれ気持ちよくなる雌の器官として出来上がりつつあった。

「ああっ、いいですよプリエステラ、貴女のケツマンコはねえ！　いかがですかロキュエル、このヒロインも結局このザマですよ！　貴女たち『女』は、絶対に絶対にチンポには勝てないんですよ！　こうなる運命しか待っていないのは当然です！　クッハハハハ！」

「そうだそうだロキュエル、お前はいつかの俺の告白を受けて彼女……じゃねえ、肉奴隷になってりゃよかったんだよ！　なのにレイプしてやろうと思ったら返り討ちにしやがって！　挙句の果てには俺らを裏切ってよ！　全部無駄に終わっちまったなぁ！」

「あはぁああロキュエルさんっ、ごめんなさいっ、ごめんなしゃいいいい！　でもちんぽっ、ちんぽ欲しくてしょうがないんですぅう！　んぁはぁああっ、お尻っ、お尻気持ちいいっ、ちんぽじゅぽじゅぽお尻の中で暴れてきもちっ、きもちいぃいいい――！」

ジズリが、バムトが、そしてプリエステラが。

今までの自分を否定するかのように、犯し、犯されながら、犲狼の心をへし折っていく。

（こ、こんな……こんなはずではっ、こんな気持ちいい末路になるはずは……！　私は、私たちにはっ、ここで肉便器になる気持ちいい『終わり』しか訪れないのか……？）

意識も朦朧としてきて、気持ちいいことしか考えられない。

守りたかったはずの少女は、いま自分のすぐそばで犯されている。

意図したわけではない手がそちらへ伸びると、彼女も自分の手を握り返してきた。

「ああっ、んおっ、プリスっ、ぷりしゅぅううう！」

「ろっ、ロキュえるさ、ロギュエりゅさぁあああん！」

互いの手を握りあいながら、恍惚とした目で互いを見つめあいながら、ヴァギナとアナルを外道に犯される正義と悪の美少女と美女。

捕まったままの三人のヒロインが必死に何かを叫んでいるようだが、それも二人の耳には入らない。やがて、膣穴を激しくピストンされながら巨大乳房を揉むバムトの手によって、ロキュエルは胸と乳首でも強制絶頂させられ。

「んおほぉおおおお――――！　ミルクっ、ミルクっ、おっぱい射乳《で》ちゃうぅうう――――！　母乳イキしてるっ、赤ちゃんミルクびゅーしてゅのぉおおおお！」

「あ、ああっ、あはぁあああ！　ろっ、ロキュエルさ、そんな、おっぱいからミルク出してイってるっ、ずるいっ、ずるいっ、おっぱいでイけてずるぃいいいい！」

甘ったるい母性の象徴を噴き散らかしながら上半身でも下半身でも雌絶頂するロキュエルに、尻穴快楽に翻弄されるプリエステラは女として耐えがたい嫉妬心に苛《さいな》まれる。

「ククク、そうですよ。このデカ乳女は母乳を出してイくこともできるのです。せっかくですからプリエステラ、ロキュエルのおっぱいでも飲んであげてはいかがです？」

直腸内を激しく犯しながら、ジズリが文字通り甘い誘惑を囁き。

這いずるようにプリエステラはイキ狂うロキュエルに近づき、暴れる巨乳房の先端にむしゃぶりついて甘露を吸い始める。

「おほぉおおお――――！　プリスっ、プリスっ、プリスが私のおっぱい飲んでるぅううう！気持ちいいっ、プリスにおっぱい吸われて気持ちいいっ、母乳ミルクいっぱい射乳ぢゃうのぉおおお――――！　んおお、もっと、もっと飲んでぇええ！　んおっ、ちんぽもっ、バムトのちんぽも奥突いてっ、んおぉおおすごひぃいいいい！」

「んむううっ、んじゅるるるっ、んむっふぅうう――――！　ロキュ、ロキュエルさんの母乳おいしっ、甘くてまろやかでっ、んあひぃいい――――！　お尻犯されてっ、ロキュエルさんのあまぁいミルク飲みながらぁああ！　イクっ、イっちゃいますっ、イっちゃうぅうう！」

正義のヒロインに授乳してしまい、それが幸せでレイプ快楽を倍増させ。

悪の女幹部の母乳を飲むことができ、それが幸せでレイプ快楽を倍増させ。

ロキュエルとプリエステラは、授乳による幸せを噛み締めながらペニスでよがり狂う。

「オォオオ、いいぜロキュエルのマンコ！　おいジズリ、そっちのケツマンコはどうだ？」

「クハハハ、最高の締まり具合ですよ！　嬉しそうにチンポを締めつけて離しませんもの！　そういえば私は私でロキュエルのマンコのほうは犯していませんでしたねぇ！　バムト、これが終わったら便器を交換しませんか？」

「もちろんいいぜ、オナホはシェアしなきゃな！　この女に膣内射精したらそっちのケツ穴もらうぜ！　オラ射精《だ》すぞロキュエル、気合い入れてマンコ締めろ！」

「ええ、私もそろそろケツマンコに射精しますよプリエステラ！　あぁっ、あぁああ！」

どぷどびゅりゅっぼびゅるるぶぐびゅるるっ、ぼびゅるべびょりゅばびょっぷびゅう！

ぶばびゅっぼびょぶびっぶべゅりょぶぶっばびゅぼ、びゅぶっびゅぶぶっぼぶゅうぅ！

「んほぉおおおまんこっ、まんこに膣内射精《なかだし》でイぐっ、なかだひアグメギメりゅのほぉおおおお！　ちんぽに負けてまんこイクのしゅごっ、しゅごいぎもっぢひぃいいいい――！」

「あはぁああお尻にっ、お尻まんこに中出しっ、肛門内射精《なかだし》ひぃいいい――！　あはぁああイグイグイグっ、おひりっ、ケツアクメっ、ケツアクメぇえええええ――！」

たっぷりと濃厚な精液を、バムトはロキュエルの膣に、ジズリはプリエステラの肛内にぶちまけてそれぞれを中出し絶頂に追い込み。

休ませる間もなく、ペニスを引き抜いて互いの穴を交換しすぐさま挿入。

「ま、待て、イったばっかり、イったばっかりのまんこ……んほぉおおおお――！」

「や、やめ、待ってくだしゃっ、お尻っ、ケツあなっ、んひぎぃい太いぃいいい――！」

どじゅっどじゅっ、ぶじゅばぢゅっどっちゅどちゅぅううう！

犯される女のことなど一切考えないハードな乱交に、プリエステラはもちろんロキュエルも限界だ。すでに何度も数えきれないほどのアクメを味わい、脳はほとんど焼き切れて快楽を受け取ることでしか機能していない。

そんな美悪女をジズリはバックで犯しつつ、母乳噴射の止まらない爆乳を揉みしだきながら耳元で囁く。

「ああ、いいマンコですよロキュエル、バムトの精液が注ぎ込まれてるのが少々不快ですが、それを補って余りある気持ちよさだ！　どうです、こうして使い回しの便器にされるのは！　女の尊厳が完全に破壊されて、雌の快楽だけに満たされていきますでしょう？」

「んおっ、ちんぽ、ちんぽっ、んほぉおお！　そ、そんにゃこと、ないぃ……私はっ、私はっ、人間と協力してっ、お前たちに復讐をぉ……！」

快楽の中で散り散りにされる理性とプライド、そして使命をかき集めて必死に抵抗を試みる誇り高い悪の女幹部だが、それも快楽の暴風雨の前には無意味に等しい。

「まだそのようなことを。これまでの調教で何も学んでいないのですか？　貴女はまず雌の悦楽に勝てませんし、よしんば勝ったところで復讐など遂げられません」

ロキュエルそのものは万全の状態でもキメリエスに勝てない。

変身ヒロインと共闘しようにも限界がある。

「それでも百歩譲って我々を全滅させたとしましょう。その先に待っているのは何か分かりますか？」

「そ、そんにゃのっ、そんにゃのぉ……おおっ、おお、おっほぉおお！　ぷっ、プリスっ、もうおっぱい吸っちゃらめぇええ！」

「やですっ、ロキュエルさんのおっぱい美味しいっ、ミルク大好きなんですぅうう！」

復讐の先にあるものは、実妹の悲願でもあった人間たちと手を取りあう穏やかな暮らし。

それをプリエステラとの日々で少しだけ味わった。

だがそんな悪の抱いた甘すぎる幻想を、外道どもは容赦なく粉砕する。

「そんなものは実現しません。第一人間の浅ましい本質は、あのとき貴女自身の身体で充分に理解しましたでしょう？」

淫惨な公開陵辱の記憶が蘇る。

男も女も、誰一人として自分を案じず、ヒロイン機関本部を破壊した罪人として自分を弾劾し、肉棒で犯しに犯しぬいていた。

（あ、あれはジズリの口車に乗せられ……ううっ、しかし、あいつら……）

本気で自分を憎み、自分を犯し、道具のように使って気持ちよくなっていた。

あんな本質の種族と、仲良く暮らせるだろうか――。

「狡兎《こうと》死して走狗《そうく》烹《に》らる、ですよ。仮に貴女が人類に貢献して我々魔族を滅ぼしても、その先にあるものは用済みとして捨てられる運命のみです。狼から人間どもの狗に成り下がった貴女は、最終的には処分される以外にありません」

違うと否定したいのに、認められないのに、快楽とともに流し込まれる言葉が正常な判断力を奪っていく。

「平和になった人間界で、一人だけ異質な魔族の女！　人間同士ですら差別しあう排他的な生き物が、貴女をそのまま迎え入れるとでも思いますか？　種族からして違うかつての敵の女を、人類が迫害しない保証などありましょうかねぇ？」

「んおっ、おっ、ほぉおおお！　だ、黙れ……んっほぉおちんぽ、しゅごっ、おっぱい、ミルクっ、おおほぉおお！」

「わ、わたしたちはぜったいっ、そんなことしな……あはぁああ！　おいしっ、みりゅくおいひっ、ロキュエルさんは、大切なっ、大切な友達……んひぃいいらめっ、奥らめ、ケツまんこ奥らめへぇえええ！」

プリエステラもすぐそばで篭絡《ろうらく》される豺狼に気づいたのか、自らも快感で麻痺しかけながらもロキュエルの母乳を飲みつつ彼女に助け船を出そうとするが、その助け船は文字通り後ろに大穴が空いて沈みかけている。

「人間は絶対に貴女を裏切ります。貴女が我々を裏切ったようにね。そう、裏切りが裏切りを呼ぶのですよ！　先日の公開陵辱で分かっているでしょう、奴らなど所詮《しょせん》あの程度の愚かな生き物ですからねぇ、クハハハ！」

「そうだそうだ！　人間なんてカスだ、差別とレイプしか考えてないクズなんだよ！」

さらに抽送の勢いを増し、ロキュエルの全身を追加でイかせにかかるジズリ。

バムトも同調し、プリエステラの尻穴が広がる勢いで巨根ピストンをさらに加速させる。

「あはぁあああらめぇイグっ、ケツまんこまたイグっ、イッぢゃうぅううう――！」

「んほぉおおまんこ、まんこ、まんこぎもぢいっ、おっぱいイキもらめっ、もうらめぇまんこらめっ、んほおっほぉ膣内射精《なかだし》アクメぇえええええ――！」

またしても膣内射精、それに伴う強制雌絶頂。

すぐそばのプリエステラもたっぷりと肛門内射精され、正義と悪は完全にグロッキーになってその場で力なく崩れ落ちる。

「あぁ……あはぁ、いいいっ、ケツまんこっ、なかだひぃ……あったかいせーえき、ケツ穴から出てりゅ……ああっ、ケツ穴っ、気持ちいっ、これらめぇ……」

初めてのアナルセックスの悦楽に、ゼイゼイ息を荒らげながら酔いしれる白星恍姫。

以前、ジズリによって全身を愛撫されて何度も絶頂したこともあったが、尻穴セックスの快感と絶頂感はそれを軽々凌駕《りょうが》する絶大な雌の悦びを処女ヒロインに与えるものだった。

（き、気持ちよすぎ……こ、これがセックス、エッチなこと……こんな気持ちよく、なれるなん、てぇ……）

「プリス、しっかりしろ！　正義のヒロインはどんな目に遭っても諦めんな！」

「……捲土《けんど》、重来《ちょうらい》。今は……耐えて。プリス」

エクリブロウが喚《わめ》き、シュタルカノンが切れ切れに言葉を絞り出す。

仲間である彼女がこのまま雌悦に屈することは、変身ヒロインとして同性として、あまりにも見るに堪えない。

だがそんな同志の声も、絶頂にとろけた頭にはほとんど響かなかった。

今なお残響するのは尻穴に突っ込まれた雄肉棒による、あまりに激しい陵辱快楽のみ。

いっぽう、ロキュエルも豊満な肉体をひくつかせ、地べたで力なく喘ぎ敗北快楽の味を噛み締めており。

「おおっ、おほぉ、まんこっ、おっぱいも、まんこもぉ……プリスの前でっ、おっ、おほぉ、イキまくって、母乳飲ませてっ、気持ちよく……」

「ロキュエル、しゃんとしてくださいっ！　正義として悪のあなたのことは大嫌いですけど、私が認めた強者のあなたが、こんなところで終わるなんて許しませんっ！」

衝突ばかりしていた行き過ぎの正義、リンフォルツァンドが必死に檄を飛ばすが、嫌いな女の激励など快楽の甘すぎる味の前にはゴミ同然だ。

（も、もう……ダメだ……私は、もう……ああ、そんなことでどうする、冥府のリルを失望させてしまう……私は、復讐を、復讐を……なんとしても、奴らを皆殺しに……）

かろうじて生きている悪の魂を奮い立たせ、どうにか堕落へ傾く心を持たせ直す。

仮に人間と仲良くなれないとしても、復讐だけは果たさねば。

それがロキュエルを支えるたった一本の軸であり、それが折れたら性奴隷になる以外に道はないのだから。

「ククク、まだ堕ちきっていないようですね。さすがは豺狼だ」

「ふぅ、ふぅ……俺も射精《だ》しすぎてちょっと休憩したいぜ、あと一歩っぽいのによ」

精力絶倫なバムトも一時的に巨根を萎えさせ、舌打ちをする。

ここで責め手を緩めたことで、彼女らが理性を取り戻しはしないかと危惧したが。

「まあ、ご心配には及びませんよ。ならばロキュエル自ら『堕ちて』もらうまでです」

奸智に長ける『狡梟』は、なおも別の策を用意していた。

懐から注射器のようなものを取り出し、針のフタを外して不穏に笑うジズリ。

「な、何をする気だ、変なことはやめろっ……」

明らかに自分にとって良くないことをする、というのはわかる。

だがロキュエルはあまりの絶頂からくる脱力感でほとんど動けず、わずかに身をよじらせる程度しかできない。

当然、彼によってそのたっぷりと肉の詰まった太い脚を無理やり開かせられ、いまだ精液の垂れ落ちる陰毛の奥に隠された悪女の秘裂へ凶針を近づけていく。

「や、やめろ、やめてくれっ、これ以上何かされたらっ……んひぎっ！」

必死に暴れるも、膂力に優れるバムトが参謀を手伝うようにロキュエルの身体を押さえつけ、針は無慈悲にも包皮で覆われた豺狼の肉蕾に刺し込まれていく。

熱いような痛みが一瞬だけ奔り、注射器の中身がそこへ注ぎ込まれ。

そうしてほどなく、彼女の股間に変化が起きる。

「あ……ああっ、なんだ、これはぁ……」

「ウヒョーッ！　チンポだ、チンポが生えたロキュエルに！　ロキュエルのマンコから、チンポが生えてきたぜぇぇえ！」

語彙力のないバムトが、これ以上ないほど簡潔に今の状況を説明してくれる。

彼の言うようにロキュエルの股間には、並の男のそれをはるかに超える巨根が生成され、ビクビクと脈打ちながらそそり勃っているのだ。

「クリトリスをチンポに変化させる媚薬ですよ。もちろん我々の男性器と同じく、快楽が頂点に達すれば射精もできます。そのぶら下がっている金玉が精液を作りますからね」

「こいつは傑作だぜ、俺に迫るほどのデカチンポだ！　デカパイデカケツ、デカ乳首にデカチンポ、デカ金玉！　なにもかもいやらしくでけえなロキュエルは！　ガハハハ！」

「ううっ、取れっ、戻せ！　誰がこんなもの生やせと言った！　今すぐ元に戻せぇ……！」

あまりにも恥ずかしいし、情けない。

女の自分から、今まで自分やプリエステラを犯していた憎き男性器と同じものを生やされるという屈辱は、わずかに残った悪のプライドをさらに念入りにすり潰していく。

「ろ、ロキュエルさん、それっ……」

快楽に困憊するプリエステラも友人の異変に気づいたようだ。

これほどまでに勃起したそれが女の股から生えていれば、誰でも目が行ってしまう。

「み、見るな、見ないでくれプリス……ああっ、せめて収まれっ、勃起するな……」

本人の意思に反して、その三十センチを超える立派な雄の象徴はまるで獲物を求めるかのように大きく硬く痛いほどに屹立し、彼女にある衝動を伝えてくる。

犯したい。雌穴に挿入して、犯しぬきたい。

そして、雌の膣内の一番奥で、劣情のすべてをぶちまけたい。

このペニスでレイプして、彼女に膣内射精《なかだし》したい——と。

（だ、ダメだっ、こんな、ダメだぁ……！）

大切な友を犯してしまうなど、悪の風上にも置けない外道だ。

しかし肉欲はもう限界にきており、プリエステラを陵辱したくてたまらない。

そんな悪のふたなり女を、ジズリがまたそそのかす。

「いかがですロキュエル？　その猛り狂った立派なチンポ、使い道はマンコでさんざん学習したでしょう。貴女も我々と同じように、雌を犯す極悪雄になればいいのですよ」

「うるさいっ、こんな、こんな浅ましい雄の欲求……悪女の誇りにかけて耐えて、耐え……て……う、ううっ……」

傍らには、心配と恐怖がないまぜになった表情で自分を見つめるプリエステラ。

口に無理やりねじ込んでフェラさせて、喉奥にまで熱い劣情をぶちまけたい。

先ほどまで汚い雄に犯されていたかわいそうな尻穴を、自分のペニスでメチャクチャに気持ちよくしてあげたいし汚い精液を自らの雌ザーメンで上書きしてあげたい。

そして、まだ誰の侵入も許していない彼女の純潔をこのペニスで破って、忘れられない女の幸せを刻みつけてあげたい――。

（だ、ダメだダメだダメだっ、プリスだけは！　私の大切な友で、妹だぞっ！）

ここで自分がプリエステラを犯してしまったら、何のためにバムトやジズリに彼女の処女だけは犯さないよう懇願したのか分からない。よりによって自分が彼女の初めてを奪うなど、女として悪として絶対にやってはならないことだ。

だが、だがこの股間に滾る雄の火照りは――。

「クックク、つらそうですねぇロキュエル。犯したいけど犯してはいけない、そんな相反する感情が金玉に渦巻いて切なそうだ」

「お、お前のせいだろう！　今すぐコレを元に戻せ、でないともう……もう私っ……！」

もう、陵辱者としての本能が抑えられない。

すると狡猾《こうかつ》な参謀は、ここでもまた甘い言葉で彼女を誘惑する。

「ならば、代替案で妥協してはいかがです？　幸いにも、チンポを突っ込む雌穴は他にもありますからねぇ。プリエステラ『だけは』犯したくないなら、その疼きは別の穴で解消してもいいのですよ」

「っ、はあ、はあ……べ、別の……穴……」

その代替案とやらが何を指すかは、ロキュエルでも理解できた。

この場にいて囚われの身となっている三人の変身ヒロイン、トライデント。

「はあ、はあ……そうだ、ちんぽ、ちんぽ、こいつらに挿れれば……」

彼女らを代わりに犯して、精液をすべて吐き出してスッキリできれば、プリエステラを誤って犯してしまうことはなくなる。

男が射精すれば収まるのは、自分の女性器と尻穴でさんざん経験済みだ。

「ひ、ひっ！　まさか、私たちを……！」

「……危急、存亡……」

ジズリの合図によって拘束を解かれたエース級のヒロインたちも危機を察知しうろたえるも、魔族たちに押さえられ逃げようがない。

（ぷ、プリスを助けるため、仕方ないんだ……プリスだけは犯しちゃいけないからっ、射精《だ》せば収まるからっ、だからプリスを助けるために……こいつら三人をちんぽで……！）

恐慌する三人に、勃起しながら近づくロキュエル。

当然、トライデントが黙ってそれを受けいれるはずはない。

リンフォルツァンドが、エクリブロウが、シュタルカノンが、それぞれ必死に制止の声を上げるが、性欲暴発寸前のロキュエルにはもはや届きもしなかった。

「ロキュエルさん、ダメ……！」

彼女の心に最も響く声を持つプリエステラのそれすら、今の彼女の耳には入らない。

「犯す、犯す犯す、プリスの代わりにこいつらで妥協してやるんだっ、だから、だから雌穴っ、三人の雌穴オナホでちんぽ気持ちよくさせろ……レイプさせろぉおお！」

「や、やめろこの野郎、変態っ、悪女っ、うぁああ！」

まずは赤髪で小さなヒロイン、エクリブロウから。

彼女が一番手の理由などない、強いて言うならたまたま最も近くにいたから。

「はぁ、はぁ、レイプ、レイプ、ちんぽ、レイプ！」

容赦なくコスチュームを引き裂き、小柄なヒロインを剥いていく悪の女幹部。

正義を陵辱する、まさに悪そのものの姿がそこにあった。

組み敷いたエクリプブロウの大切な場所へ、雌を犯すため「だけ」の器官を近づけていく。

「ひいっ、やめろっ、そんなの入るわけっ、挿入《はい》るわけないぃぃ！」

「うるさいっ、女はちんぽ専用穴っ、女のまんこはちんぽが挿入《はい》るようにできてるんだっ、ゴタゴタ言わずにちんぽで犯され……ろっ！」

ずぶっ、ブチブチずぶっちゅぶぢゅずぶぶぅう！

「あぁっ、あがぁあぁあ！　痛い痛い痛いぃいいい！」

一切の遠慮なしに、豺狼のふたなり童貞肉棒がエクリプブロウの純潔を奪い去った。

拳で戦う肉体派だけあり、小柄な体躯と相まって双拳爆姫の女性器は締まりがいい。

ロキュエルが童貞を捨てるには、いささか強すぎる刺激でもあった。

「おっほぉおお……！　これがまんこ、まんこっ、女のまんこぉおお！　きつきつでちんぽ締め上げてきてっ、ちんぽのためのオナホだぁ……！　女はオナホ、オナホぉおお！」

「あぁあああ……！　この野郎、やめろ、今すぐ抜けぇええ……痛いっ、痛いぃいい……！」

どうやら処女だったようで、繋がった部分からは鮮血が流れ落ちている。

それがなんとも見ていて快く、この女を自分の物にしてやった、という達成感と功名心がロキュエルの悪の魂を満たしていく。

「おほぉおお気持ちいいっ、処女まんこあったかくて気持ちいいっ、ちんぽに効くっ、効くっ、効くぅううう……よし動いてやるぞっ、女の膣内に挿れたらちんぽ動かすのが雄のマナーだからなっ、ほら行くぞっ！」

ずっぷずっぷっ、じゅっぷじゅつぢゅっぷずぷぅうう！

快感と衝動のまま、ロキュエルは腰を前後に激しく動かし怒張しきった亀頭でエクリプロウの膣奥をえぐるように突き込む。

涙を流しながら許しを懇願する双拳爆姫だったが、当然レイプ魔と化したロキュエルは聞く耳を持たない。

今まで自分がさんざんそうされてきたように。

「これっ、これがレイプぅう！　レイプ最高、女犯すの最高っ、ちんぽ最高なのぉお！　おおおお出る出る出る精液出るっ、ちんぽの中ザーメン昇ってるっ、んっほぉおおおおちんぽ、ちんぽイキくるくるくる、ちんぽ気持ちいいの爆発寸前んんん――――！」

そうして、彼女はついにその射精欲のまま。

自らのこみ上げる雄劣情を、生オナホ相手に一切の遠慮なしにぶちまける。

「んおほぉおおおちんぽ、ちんぽちんぽっ、ちんぽザーメンでりゅぅうう！　童貞卒業レイプ精液っ、正義のヒロインに無責任膣内射精きめてイグぅうううう――――！」

どぶどぶどぶびゅぶりゅりゅりゅっる、ぶぼびゅっどびゅるるびゅぼぶゅりゅうう！

「あぁああ――――！　あはぁああ、こっ、こんなのやだっ、やだ……あぁああ――――！」

「おおおおこれしゅごいっ、これしゅごひぃいいい――――！　ちんぽザーメンびゅーびゅー膣内射精しゅごっ、さいこうっ、ザーメン出すのさいっこほぉおおおお――――！」

母乳噴射の絶頂も、乳首から快楽の証を迸らせるという行為では射精と似ていた。

しかし、雄の劣情を下半身からすべて放出し、それも女の膣内にぶちまけるという最低のレイプ行為は、射乳絶頂の数百倍の快感をペニスから脳へ直接伝えてくる。

射精は気持ちいい。女を犯して精液を出すのは気持ちいい。

女の膣内で自分勝手に快楽を貪り、無責任に膣内射精するのは最高に気持ちがいいと。

「次は……次はシュタルカノンだっ、この女のまんこも犯すんだっ！」

その場に転がる壊れた中古オナホを捨て、なおも収まらない雄欲を別の雌穴《オナホ》で解消しようと今度は長身緑髪の無口なヒロインへ迫るロキュエル。

超重量の手持ち大砲を無言で振り回すパワー系の彼女すらやすやすと引き倒し、床に組み伏せ、寝バックの体勢で容赦なく挿入。

「待って……お願い……んぎっ、んぎっひぃいいいい！」

「おっほ、おっほほぉおおお――――！　まんこっ、このまんこっ、さっきのオナホと比べて締めつけ弱いけどっ、まったりちんぽに吸いついてきて射精煽ってくるっ、んぉお、あったかいっ、ちんぽ気持ちいいっ、別の気持ちよさありゅのほぉおおお――――！」

颶風砲姫の純潔をも奪ったロキュエルは、そのとき気づいた。

女性器は一人一人具合が違う。

挿入感、締めつけの強さ、奥行き、狭さ、何もかもが一人目と二人目で違う。

「おおっ、おほっ、おおおっほぉおおおちんぽいいっ、このまんこもちんぽよくするっ、ちんぽ気もぢよぐするのぉおおお――――！　無口女のまったり系まんこ最高っ、エクリブロウのまんこも最高だけどこっちのまんこも最高ぉおお――――！　まんこ味比べたまんないっ、全国のまんこ求めて旅立ちたひぃいいい！」

「もう何言ってんだか分かんねえよこの女、完全にチンポでしゃべってるだろ」

「男以上に雄の欲望が強いな、正直変態すぎてドン引きだよ」

雄魔族が何か言っているが、もはやロキュエルの耳には入らない。

ただ気持ちよさを貪っていればそれでいいのだ。

「や、やめ、て……やめ、て……！」

「うっほもっと叫べっ、泣けほらっ、レイプされて嬉しくて泣けこの便器！　女の幸せ強制レイプっ、ありがたいだろほらっ、まんこ締めろ私のためにっ！　おっほいいっ、この無口女のまんこもぎもぢいっ、のっほぉおおおちんぽに効く効く効くぅううう！」

どっちゅどっちゅ、ばちゅっどちゅどちゅばっちゅんっ！

シュタルカノンもまた処女であり、朴訥な美貌を痛みと悲しみに歪めてただ陵辱を受け続ける様はなんとも哀れなものだが、そのようなことはレイプ魔には関係ない。

子種を無責任にばらまいて種を残す雄としての本能と使命感に突き動かされるまま、二人目の性処理穴にたっぷりと濃厚な濃いザーメンをぶちまけていく悪女ロキュエル。

「んほおっほぉおおお射精る出る射精る出りゅ、せーえきザーメンいっぱい射精るのぉおお！　ちんぽ、ちんぽ、ちんぽイグぅううおぁあああ――――！」

どぼぶゅっぶりゅぶびゅるるるっぶ、ぶべりょぼっびょぶりゅるべびゅぶりゅりゅ！

「うぁあああ――――！　ああっ、膣内射精《なかだし》っ、膣内《なか》にロキュエルのっ、しゃせーぜんぶぎでぇええええ！　やだっ、いやっ、イヤぁあああああ――――！」

不言実行を地で行くような寡黙ヒロインも、無理やり犯されて膣内射精までされてしまえばこのありさま。

二発目の膣内射精レイプ精液を思う存分子宮口に押しつけながら行い、雄としての崇高な使命を果たしたロキュエルはなおも劣欲に滾るそれを引き抜いて別の獲物を探す。

「ふう、こいつのまんこもなかなか良かった……けどまだっ、まだちんぽ収まらないっ、まだオナホにザーメン膣内射精しないとっ、そう、膣内射精しないといけない……」

「あ……ああっ、ひどいっ、ひど……い」

普段から大声を出さない性格の彼女が無理やり悲鳴を絞られたせいか、うつ伏せにされた状態から起き上がることもできず泣きながら嗄声《させい》を漏らす颶風砲姫。

これだけひどい目に遭おうと、気遣う言葉一つかけてくれない。

もはやロキュエルは「他のヒロインを犯して性欲処理し、プリエステラを犯すことだけは避ける」という前提を忘れ、手段そのものが目的と化していた。

「あ……いた。ちょうどいいオナホ、三つ目のオナホ、いたぁ……ふーっ、ふーっ、ちんぽ、ちんぽ疼くっ、この生意気正義女をぶち犯したくて勃起止まんないぃいいい……！」

ビギッ、ビギビギギッ、と音までしそうなほどに、二回連続射精したとは思えないほどに、股間のそれが怒張し屹立し猛り出す。

そう、目の前で震えている青髪のヒロイン。いつも自分に当たりが強く、無駄に意識の高い最強と呼ばれた変身ヒロイン、リンフォルツァンドが。

「い、いやぁああ！　やめてっ、やめなさいっ、正義の私にそんな、悪そのものなことぉおおお！　許しませんよっ、やめてっ、この悪っ、イヤぁあああああ！」

涙を流しながら全力で抵抗する天奏伶姫だったが、ロキュエルの膂力の前には赤子同然。あっさり全身のコスチュームを破かれ、はぎ取られ、豊満な裸身を晒す。

「や、やめなさいっ、正義ですよ私はっ！　正義にそんなことしていいと思って……」

「いいに決まってるだろっ、私は悪なんだからなぁああ！」

一切の容赦なく、リンフォルツァンドに上から覆いかぶさり強引に挿入されたロキュエルの肉棒が彼女の秘穴を最奥まで貫く。

「……ん？　こいつ、まさか……」

が、そこで童貞からわずか数分で熟練のレイプ魔に進化したロキュエルは気づく。

この三人目のオナホ、正義正義とやかましいリンフォルツァンドは。

「んっほぉおおおおこいつ処女じゃないっ、このお固い正義女のまんこはユルガバビッチまんこぉおお！　クソ正義女のまんこは中古ビッチまんこだったのぉおお！」

「あはっ、あはぁあああ！　ちっ、ちがうっ、これは違うぅうう！」

意外にも非処女であり、男とセックスしていることが明らかな使用済み女性器。

これにはロキュエルも驚き、怒り、猛烈な腰ピストンで敗北ヒロインの中古マンコを陵辱し尽くす。

「なんだこのまんこはっ、なんだこのオナホはっ、正義の変身ヒロインのくせにセックスしまくり中古まんことかどういう了見だこのっ、このっ、このまんこぉおおお！」

「あぁああ！　違うっ、わっ、私はっ、親を殺した魔族にレイプされてそれでっ、んほぉおお！　無理やり犯されたのっ、だから正義として悪を絶対許さな……おおおっほぉおお奥っ、おくらめっ、正義まんこの奥どちゅどちゅしないれぇえええ！」

「ろ、ロキュエルさん……」

あまりにも残酷な生レイプ光景を立て続けに見せられ、プリエステラはガタガタ震えながら大事な悪の友人の変わり果てた姿に戦慄する。

自分を守るためとはいえ、仲間であるヒロインをここまで乱暴に犯すロキュエルに、恐怖しか感じない。

あの日、自分たちを敵として弄んだ時以上の恐怖が白星恍姫の心を蚕食していく。

「この変態ビッチ正義！　レイプだろうが何だろうがお前がセックス経験済みの中古腐れまんこだってことは覆らないんだ反省しろっ！　正義面しておいてまんこはビッチ！　ビッチ正義の分際で私に高圧的に接しやがって反省しろ！　ちんぽで非処女まんこ気持ちよくされて反省イキしろっ、おっほぉおおお中古まんこ使いやすくて気持ちいぃいいい！」

どっちゅどっちゅん、ずちゅずちゅばっちゅどぢゅううう！

レイプでもなんでも、一度でもセックスを経験した女が正義だなどと言っていたという事実がたまらなくおかしく、悪のペニスが苛立ち腰の動きが光に追いつくほど加速する。

「お前の方がよっぽど悪だこの淫乱経験済みまんこ女！　どうせ初レイプでも気持ちよくなって喘いでたんだろ中古！　女は絶対に絶対に、レイプされたら気持ちよくなっちゃう淫乱まんこなんだからなっ！　射精すぞっ、中古まんこに膣内射精《なかだし》きめるぅううう！」

どぶどぶどぶばびゅっぶ、ぶっばびゅぶりゅるるるるるっぶびゅりゅりゅりゅぅうう！

「んのほぉおおおちんぽ、ちんぽちんぽぉおおお！　この腐れ中古生意気ビッチ正義まんこに怒りの悪ザーメン大量発射で完全お仕置きっ、二度と悪に逆らうんじゃないこの非処女正義まんこぉおおお！　おっ、おぉおお、まだ濃厚ちんぽ汁出るぞビッチぃいい！」

これまでうるさく言われていた分もあり、ひときわ濃厚な精子を思い切り膣内射精し正義非処女を最高のレイプ絶頂に導いてやるロキュエル。

二度目のレイプにして最高の悦楽を味わったリンフォルツァンドは、使い古された雌穴からドポドポとロキュエルの白濁液を垂らしながら失神した。

「つふ――ぅ、正義のまんこに三連発はなかなか気持ちいいな。特にこのクソ正義非処女まんこをブチ犯して射精す精子は濃いのが出て満足だ……フフ」

「あ、ああ……ロキュエルさん、そんな……」

処女のまま残ったのはプリエステラのみ。だが、これでロキュエルは三人のヒロインに大量射精し、精液を出しきって雄の衝動を解消したはず――なのに。

「はぁ、はぁ……ダメだ、止まらない……収まらない……ちんぽが、ちんぽがもう、お前を犯したくてたまらないんだ、プリス……！」

「ひっ……う、嘘、ですよね？　ロキュエルさん、そんな、冗談、ですよね……？」

もはやここに至っては、三人犯した程度で満足するはずはなかった。

あるいは最初からこれが魔族側の狙いだったのかもしれないが、もはやどうでもいい。

(レイプ……レイプ……そうだ、一番大事な存在……私の手でレイプしてやらなければ)

プリエステラを犯す、それだけしか今のロキュエルの頭にはなかった。

一歩、また一歩と愛しい「妹」に勃起ペニスを見せつけながら近づいていく大幹部。

「あぁ……プリス、お前を犯せる日が来ようとはな。そうだ、もしかしたらずっと私は、お前を犯して気持ちよくなりたかったのかもしれない」

「な、何を言って、ダメですロキュエルさんっ、誘惑に流されないで……」

トライデントはろくに抵抗もできず、徹底的に犯された。

サポートしかできない自分が敵う相手ではない。

「お、お、お願いですっ、いったん落ち着いてっ、それで一緒に逃げましょう！　さ、三人にしたことは黙ってますからっ、だから……」

「うるさい、もうお前を犯すしかないんだ、このちんぽで……だってちんぽとまんこがあったらっ、セックスするのが人も魔族も普通だろう⁉　だから、セックス、お前とセックスするんだプリス……お前だって、本当はしたいだろう？」

じりじりと後退するプリエステラだったが、あっさりと掴まって長身悪女に抱きしめられてしまう。下腹部に熱くて硬いものが押しつけられ、それだけで処女のヒロインには充分な恐怖を煽る。

かと思えば上からの膂力で膝立ちにされてしまい、眼前に「それ」が突き出された。

むわっと熱を帯びて、すでに先走り汁を垂らしている雄の象徴。

女を、雌を無理やり好きなように犯し、それによる快楽を貪りながら最奥に劣情汁をぶちまけることで無責任に孕ませるためだけの生殖器官。

そしてそんな最低のはずの行為で悦んでしまうのが自分たち「女」であることを、徹底的に分からせるための勃起肉棒——。

「ひっ、や、やだっ、近づけないで……」

「今さら何を言っているプリス、お前だってちんぽが大好きだろう。そう、女はみんな、自分を犯して気持ちよくしてくれるちんぽが大好きでしょうがないんだからなっ……だからまずはフェラしろ、咥《くわ》えろっ、お前の口まんこでちんぽ咥えろっ！」

はぁ、はぁと興奮に息を荒らげながら迫ってくるロキュエルのペニスから必死に顔を背けようとするも、その頬に、唇に、怒張したモノの先端がぐいぐい押しつけられ。

とうとう第二の妹の唇を割り、亀頭が口腔《こうこう》内に侵入していく。

「おねがいロキュ……んむっ、んむぅうう！」

「おぉお……挿入《はい》った、プリスの口まんこにちんぽ挿入《はい》ったぁ……あったかいっ、あったかくて格別の気持ちよさだっ、おぉお……」

両手で白星恍姫の頭をガッチリとホールドしながら、下半身の快楽にのけ反って太い声を上げるロキュエル。そのまま完全に彼女の口内を性欲処理穴としか思っていない自分本位の抽送をはじめ、さらなる雄悦を貪っていく。

「おっ、おおっ、おぉほぉおお……！　プリスの口っ、口まんこっ、可愛いプリスのちっちゃな口まんこぉお……！　おっ、気持ちいいっ、精子搾り取る口まんこして何が嫌だっ、役目きちんと果たしてほらもっと下品にしゃぶれっ！　おっ、おおお、おほぉおお！」

「んんっ、んんんんっ、んむぶぅううう――っ！」

ぐっぽぐっぽっ、ぐぽぐぽっじゅっぷじゅっぽぐぽっ！

夢中で腰を前後に振り、完全に雄が雌を犯すセックスそのものでプリエステラの上雌穴を堪能していくロキュエルに、周囲の魔族たちからも嘲笑と罵声が止まらない。

「ウヒャヒャ、あいつマジで下手な男よりチンポに正直だぜ」

「かわいそうになあプリスちゃんも、あんな乱暴なイラマ俺らでもやらねえよ」

「のおっ！　ほっ、ほぉおおお！　この口まんこ気持ちいいっ、プリスの口まんこがあったかくて吸い上げてきてちんぽに効くっ、効くっ、効くのほぉおお！　ほらもっとじゅぽじゅぽしろっ、大好きなちんぽしゃぶり止めるなっ、ほぉおおおいいいぃいいい――！」

守りたかったはずの少女の口唇《こうしん》を徹底的に汚辱し、口内に無理やり異物をねじ込む。

大切なものを自ら汚していく快感がたまらない。

「おおっ、おおお、おおおプリスの口まんこっ、口まんこっ、ちんぽのためにあるっ、私のちんぽのためだけのプリス口まんこっ、おほぉおおお射精《で》る射精《で》る出る出るせーえき出りゅ、いっぱいくっさいドロドロ濃厚ザーメン射精《で》るぅううう！」

　尿道を駆け上がり、この世で最も汚くて浅ましい雄の体液が彼女の口内を穢し尽くすべく発射準備を整え。

　ひときわ激しいのけ反りと雌咆哮の後、プリエステラの口内で亀頭が膨張し。

　次の瞬間、先端から灼熱の劣情奔流が少女の処女口性器を穢し尽くす。

「おぉおお射精すぞプリスっ、お前のあったか口まんこにザーメン思いっきり射精してやるからなっ、飲めっ、全部飲めっ、私の口内射精《なかだし》ちんぽ汁全部飲めへぇえええ！」

　どぶびゅぶりゅぶびゅるっ、ぶっぱびゅぼぶぼべりょぶびゅっぱぶびゅぶぅううう！

「んんんっ⁉　んむぅうう、んぶふぅううう――――！」

「おぉおおお飲め飲め全部飲めプリスっ、女の大好きな男のザーメンンンン！　のぉほぉおおちんぽいいっ、この口まんこちんぽ汁全部搾り取られっ、おぉおおおおちんぽ、ちんぽ、おほぉおおおちんぽぎもっぢぃのぉおおおお――――！」

　フェラも口内射精も今日が初めてなプリエステラに、人間の男性のそれをはるかに超えるロキュエルのふたなり射精を受けいれられるはずもなく。

「んぶうっ、ぷはぁあ……ああっ、あついっ、あつぃいいいい！」

「ほぉおおダメな口まんこっ、この程度の精液も全部飲めないなんてバカプリスっ、おほぉおおちんぽミルクとまんないっ、仕方ないから顔射してやるっ、全部そのかわいい顔で受け止めろっ、プリスの顔ぜんぶ私のきったないザーメンで穢してやるっ、のほぉおお！」

とても飲み切れず吐き出されるも、お構いなしに放たれ続けるロキュエルの白濁劣情汁。それらが純白ヒロインの幼い顔をより白く汚く穢し尽くし、薄ピンクの髪にまでべっとりと雄臭シャンプーがぶちまけられた。

「あ、ああっ、ひどいっ、ひどいぃい……ロキュエルさ、どうして……」

「ふーっ、射精《だ》した射精《だ》したっ、やっぱりお前を犯すのが一番興奮する……おい何を休んでいる、まだ全然私のちんぽは元気なんだぞ。お前が可愛すぎて、スケベすぎてっ、この程度では全然物足りないんだからなっ……」

ようやく解放されたと思っていた白のヒロインだったが、この程度で終わらせるほど悪女は優しくない。むしろ今のイラマと口内・顔面射精により彼女を犯すことの愉悦を覚えたロキュエルのふたなりペニスは、より硬度を増して怒張している。

「まんこ、まんこ、プリスのまんこ犯すっ、ブチ犯さないとこのちんぽは満足しないんだ。女は男にブチ犯されてザーメン出してもらえると嬉しいんだ、私が身をもって体験したからわかる。だからお前にも今からそんな雌の幸せを、私が味わわせてやるからな……」

明らかに正気を失っており、その目はプリエステラをまっすぐ見てはいるものの頭の中は完全に彼女を犯すことしかない。むしろ頭すら機能しているかどうか怪しく、下半身のみで今のロキュエルは動いていた。

「ま、待ってくださいロキュエルさん、正気に、正気に戻って……！」

たとえ力は弱くても、自分と彼女のつながりは何よりも強い。

言葉で必死に悪女をこちらへ引き戻そうと、懸命に訴えるプリエステラだったが。

「ロキュエルさんっ、わたしのこと大切な妹って言ってくれたじゃないですか！　わたしだけを逃がすほどわたしを思ってくれてたじゃないですかっ、そんな優しいロキュエルさんだから、わたしも助けに来……」

「知るかそんなこと。今の私はお前たちを、そしてプリスを！　レイプできればそれでいいんだからなあっ！」

「だ、ダメぇええええ！」

グイと少女の身体を仰向けにし、上からのしかかりつつ雄肉槍の先端をしかるべき秘裂に、ピッチリと閉じた幼い割れ目へと狙いを定め――。

「お願いですっ、ほんとにやめてっ、ロキュエルさん、ロキュ……いやぁあああ――！」

ずぶぶぶぶぅううっ！　ブチブチブチッ、ずっぷぅうう！

最後の懇願もむなしく、悪女の極太ペニスが容赦なく儚いヒロインの未通穴にねじ込まれ、純潔の証をチリ紙のごとく引き裂く。

「ああっ、あああ、ロキュエルさんのちんぽっ、ちんぽがっ、わたしの膣内《なか》にぃいい！」

「あはは、やはりお前は処女だったな！　どこぞの腐れまんこ中古正義青ヒロインとは違ってしっかり純潔を守りきっていたんだな！　その純潔を奪ってやったぞ、妹のように愛したプリスの処女まんこ、私が奪ってやったぞ、んぉおおキツキツのプリスまんこ、あったかくて優しくちんぽ包んできてっ、他の三人のまんこよりも気持ちいいぞぉおお！」

「こ、こんなっ、こんなこと……ロキュエルさ、おねが、抜い……あぁああ！」

媚薬漬けでもさすがに痛みがあるのか、非処女となったプリエステラは顔を歪めて涙を流しながら悪の幹部に懇願するが当然聞き入れられない。

「ふんっ、すぐに気持ちよくなってお前もちんぽの虜になるんだ！　女はっ、女はっ、ちんぽには絶対に勝てないのは私が実証済みだからなぁあっ！」

「ああっ、あはあっ、いやぁあああ！」

じゅっぷじゅっぷ、ずっちゅずちゅばっちゅんっ！

トライデントと違い、プリエステラはロキュエルと一緒に媚薬を浴びている。その発情効果が次第に痛覚をも薄れさせていき、初体験の少女に性交の悦びが刻まれていく。

先ほどプリエステラだけは犯すなと訴えていたロキュエル自身が、よりによって守るべき「妹」の純潔を奪ってしまった。

それに対して後悔のかけらもなく、あるのは下半身を包む絶大な快楽のみ。

「気持ちいいっ、ああっこれたまんない気持ちよさだっ、完全にちんぽ気持ちよくするためのヒロインまんこじゃないかプリスっ、どうりで弱いわけだっ、お前は正義のヒロインじゃなくてちんぽを気持ちよくする売春婦なんだからなっ、おほぉおおお！」

「ひっ、ひどいっ、ひどいぃいいい！　お願いやめてっ、やめへぇええ！」

もはや数週間の共同生活で湧いた愛着など、とうに肉悦に塗りつぶされてしまった。

疑似姉妹愛や種族を越えた絆など、セックスの快感に比べれば塵芥にすら等しいのだ。

そしてその快感は、無理やり犯されているプリエステラにも及ぶ。媚薬の影響で痛みも麻痺し、代わって押し寄せる強姦快楽が純潔少女を揺さぶり翻弄していくのだ。

「だめぇぇえ、気持ちよくなっちゃダメなのにっ、きもぢよぐなっぢゃダメらのにぃいいい！　ロキュエルさんのちんぽ、ちんぽっ、ちんぽがっ、ちんぽがぁあああ！」

「ちんぽがなんだプリス、ちゃんと最後まで言ってみろ本当の気持ちをっ、ほらっ！」

「んはぁあああ！　まんこ、まんこぉおお！　まんこいいっ、ちんぽがまんこ気持ちよくなってっ、わたひのまんこイっちゃうのぉおお！　ちんぽすきっ、ちんぽだいすきっ、まんこイかせてくれるロキュエルさんのちんぽだいしゅきなのぉおおお！」

この一連の行為がすべて敵の仕組んだ罠であり、無理やり処女を奪われたのだと分かっていても。

（セックスっ、セックス気持ちいいっ、まんこセックス気持ちいいのぉおお！）

その絶対的な事実のみが、プリエステラの身体を下から上へまっすぐ貫き脳まで届く。

華奢で弱々しいヒロインを壊すかのように、乱暴で自分本位な魔族の劣情ピストンが繰り返され室内に卑猥な粘音と肉のぶつかりあう音が反響する。

「おおっ、おおほぉおお、プリスのまんこ、私のちんぽに吸いついて締めつけてきてぇええ！　これで嫌とか本当に嘘つき女めっ、下の口が正直すぎるだけかこの淫乱ヒロイン、一番清楚そうなくせにこういう女が一番淫乱でスケベなこと考えてるんだろっ、ほらもっとまんこ気持ちよくなって鳴けっ！」

「んあああっ、やらっ、こんなのやなのにぃいいい！　ロキュエルしゃんのちんぽ気持ちよくてっ、わたひ淫乱奴隷になっひゃうのぉおお！」

　ペニスがヴァギナを求め、ヴァギナがペニスを求めて二人が一つになる。

　どこからがロキュエルでどこまでがプリエステラなのか、どこからが正義でどこまでが悪なのかが分からない。

　それほどまでに正義と悪の二人は深く交じりあい、肉欲だけを求めあっていた。

「ちんぽっ、ロキゅえルしゃんのちんぽすきぃいいい！　わたひのまんこがっ、ちんぽうれひぐでよろこんじゃってりゅのぉおお！　んぁはぁああちんぽすきっ、すきぃい！」

「私もっ、お前のまんこでちんぽが気持ちよくてっ、んぉおお、オッ、ちんぽっ、ちんぽが悦んでるのがわかりゅううう！　ちんぽ、ちんぽ、ちんぽぉおおオオオ！」

　もはや人間と魔族ではなく、ただの獣と獣。

　レベルが完全に同一のものとなり下がった二匹の雌獣たちが、魔族たちに嘲笑われながらひたすらもつれあい、絡みあい、キスをしながら禁断の同性愛快楽に溺れ交尾しあう。

「おおっ、ほぉ、くるくるっ、アグメくるっ、まんこイキくりゅぅうう――！」

「んぬっほぉおおちんぽ、ちんぽ、ちんぽもうイグっ、プリスの膣内《なか》にザーメン射精しぢゃうのぉおおお！　んっほぉおお膣内射精《なかだし》っ、プリスまんこに膣内射精くるっ、んっほぉおおおイグイグイグイグちんぽイグぅううう――！」

ぶびょぼびゅべりゅぶびゅっぶりゅびゅぶぶっ、ぶぼばっびゅぶりょべぼょっびゅう！

まずは一回。

とてもこの一発で終わるわけのない、されど先のトライデント三人に膣内射精した以上に濃い精液がプリエステラの子宮口に亀頭を押しつけたままぶちまけられる。

「んあへぇええええ――――！　膣内射精っ、なかだしされでイクっ、イっくぅううううううう――！　まんこ、まんこイクっ、レイプ膣内射精されでイぎゅのぉおお――！」

「のぉほおぉおおおちんぽ、ちんぽ、プリスのまんこでちんぽイギやばひぃいい――！　出る出る出る出るもっと射精りゅ、せーえきとまんないいいい――！」

体重をかけて上から完全に白星恍姫を押しつぶしながらの種付けプレスで、正義も悪も生出しセックスによる雄と雌の絶頂を貪り食らう。

ひとしきり出してもなお収まらない劣情ふたなりペニスは、一瞬も休息をとることなくプリエステラを突き続け。

「んへぇえおお、もうらめっ、ロギュエりゅさ、もうイっでりゅがらダメへぇええ――！　まんこイキとまんないっ、まんこイキ続けでおわんにゃひぃいい――！」

ずっちょずっちょ、どじゅぶぢゅっぼじゅっどちゅちゅぅうう！

容赦ないピストンが続行され、プリエステラは女特有の連続絶頂を味わい続け天国から降りてこられない。

（ああっ、気持ちいいっ、プリスを犯すの気持ちいいぃい……！）

この少女を犯すのがたまらなく気持ちいい。

裏切り者の自分を信じ、復讐以外の生き方を示してくれた、弱いけれど芯の強い白星恍姫プリエステラの処女を奪い、徹底的に犯し、膣内射精し、強制絶頂させ、それでもなお手を緩めず犯し続けるのがどうしようもなく気持ちいい。

彼女の「信頼」そのものを裏切って犯す行為が、たまらなく悪の魂を満たしていく。

「あへぇえええらめぇもう、もうちんぽで奥ぐちゅぐちゅするのらめへぇえええ！　それらめっ、子宮口らめっ、あかちゃんつくるとこちんぽでぐちょぐちょ突くのきもぢよすぎりゅうううううう！　ちんぽっ、ちんぽすきっ、ちんぽしゅぎぃいいい――――！」

「おぉおおおくるくるくるっ、またザーメン来るっ、さっきのよりぶっ濃いちんぽミルクくるのっ、プリスのためにっ、プリスに膣内射精するためだけに金玉で作った極濃ザーメンっ、んのほぉおおおお濃いの、濃いのっ、濃いの出りゅぅうううう！」

来る、と確信する。

それも今度は先ほどの「とりあえず」出した膣内射精と比べ物にならない、本格的な完全膣内射精ザーメンが音まで立てて尿道を駆け上がる。

「んのぉおおお膣内射精っ、なかだしっ、またなかだひしゅるぞプリスぅううう！　プリスのあったかキツキツまんこにザーメンぜんぶぶちまけてっ、完全ちんぽ奴隷にしてやりゅっ、んぉおおおくるくるっ、ぶっ濃いザーメン全部射精すぅううう！」

「あっはぁあああきてきてきてっ、ロぎゅエルさんのザーメン、ザーメン、ちんぽじるぅううう！　濃くてあっついザーメンちょうらいっ、わたひのまんこにくっさいちんぽミルクほひぃいいい！　んぉおおイクイクイクイクっ、ザーメン膣内射精でまんこイく準備ひでりゅのぉおおお！」

　禁断の膣内射精快楽が、ロキュエルを、プリエステラを呑み込んで、そうなれば絶対に元の道には戻れない。

　正義も悪もなく、ただ淫欲に溺れるだけの性奴隷として生きるのみの爛れた幸福な未来しか待っていない。

「んぉおお出る出る射精《で》りゅ、ちんぽミルグでりゅぅううう――！」

「あっはぁあああクルクルくるくるっ、まんこイグぅううう――！」

　そしてその瞬間は、ついに訪れた。

どぶびゅっっっっっ……どぶっ……ぶりゅ……ぶばびゅどびゅぶりゅりゅっばびゅぶりゅっ！　ぶっびゅばびゅぶべぶりょぶびゅばっぶぼぼぶべりゅりゅりゅうう！

ばぼびゅっぶぎゅりゅりゅぼびゅるぐりゅ、どぶどばびゅっぼべりゅびょっぽぉおお！

「ンぉホホォオオおおおちんぽ、ちんぽ、ちんっぽぉおおぉあああああ――！　ちんぽイギ大量膣内射精ブチきめりゅぅうううううう――！」

「あっへぇえええまんこ、まんこまんこまんこぉおお！　まんこにザーメンぶちまげられでイグのおわんなひっ、ロギュエルしゃんのザーメンぶっ濃いの赤ちゃん部屋まで出されでイギまぐりゅおぉおおおおお――！」

一回目の大量射精すらカウパーの漏出と思えるほどの大量特濃ザーメンによる膣内射精と、それに伴う女としての膣内射精絶頂。

ロキュエルもプリエステラも、理解し切れないほどの悦楽に溺れ精液まみれになって重なりあい、その場でベチャリと倒れ込む。肉棒が結合部から抜け、汚辱白濁雌精液がごぽごぽと小さく泡立ちながらプリエステラの非処女膣穴から滝のように垂れ落ちていく。

「はーっ、はーっ、おお……っ、ちんぽ、ちんぽぉ……」

が、口内に続いてプリエステラの処女膣内にも大量に何度も射精したことで、さすがのロキュエルも一時的に理性が戻ってきた。

出すだけ出してスッキリした後に押し寄せてきたものは、やってしまったことへの後悔。思うがままに陵辱され体液まみれで気絶している三人に加え、自分に付きまとっていた監視役であり第二の妹ともいえる白きヒロイン、プリエステラのあられもない姿。

ここにあるのは、すべてロキュエルの雄欲望が暴走した結果だった。

「わ、私は……助けに来てくれたヒロインたちを、プリスを……」

「ウハハハハ、今頃賢者タイムになってももう遅いぜ。お前を助けに来てくれたヒロインたちを、お前自身が犯しちゃったんだからなぁ！」

低俗魔族たちがゲラゲラ笑い、ロキュエルは必死に否定しようとする。

「ち、違う！　こ、これはお前たちのせいでっ……お前たちがちんぽを生やすから……！」

自分のせいではない、不可抗力だ。これは仕方ないことなのだ。

そんな浅ましさからなる思考が口をついて飛び出すが、実際にペニスで四人を犯してしまったのは自分であり、その事実はどうやっても消えることはない。

「いいじゃねえかそんな落ち込まなくてもさ。お前悪女なんだろロキュエル、正義のヒロインどもをレイプとか悪らしくて最高じゃねえか、なあ豺狼」

「う、ううっ、こんな……こんな……」

「それよりもほら、あの白いヒロインはまだ余裕があるみたいだぜ？　お前のチンポもまたレイプ準備完了しててんじゃねえか」

（ああ……あれだけ射精したのに、また私のちんぽ勃起してる……プリスを、プリスのまんこを犯すためにギンギンに勃《た》っている……）

痛いほどに怒張する股間の肉棒。

金玉は賢者タイム中にも急速に精子を、女を犯して孕ませる濃厚白濁雄汁を生産し続け、それがチャージされれば当然雄の使命から強姦孕ませの支度を整えてしまう。

（だ、ダメだ……これ以上は……）

戻りかけたわずかな理性を総動員して必死に肉欲に打ち克とうとするも、そばで囁く魔族たちがロキュエルを悪女の道へ引きずり戻そうとしてくる。

「いいじゃねえか一度レイプしたら二度目も同じだろ。むしろ非処女になって向こうの負担もさっきより軽いはずだぜ」

「あぁあ……やめろ……私にこれ以上罪を重ねさせるなぁ……ああ、ちんぽ、ちんぽ撫でるなっ、ちんぽ気持ちよくするなぁ……」

「悪のくせに何言ってんだよ、罪を重ねる方がお前らしいだろ、なぁ」

「ち、ちがう……こ、こんなの……私の掲げる悪じゃない……」

悪にだって守りたいものはあるし、悪にだってしてはならないことがあるのだ。

だが目の前に横たわり頬を染め、とろんとした目で自分を見上げるプリエステラとその煽情的な半裸体に加え、耳元で囁いてくる魔族たちの甘言は、そんなロキュエルの高潔な悪の魂さえ下劣な悪肉欲へと置き換えてくる。

「はぁ、はぁ、ああっ、ちんぽ、ちんぽぉ……ダメ、これ以上プリスを犯すのはぁ……」

「ろ、ロキュエルさ……」

もう止まれなかった。

精巣の陵辱用精液《レイプザーメン》生産効率が異常すぎて、すでに金玉は満タン状態。

疲労困憊して絶頂感から顔を真っ赤に染めて瞳を潤ませるプリエステラを小荷物のようにひっくり返し、うつ伏せにしたうえで限界怒張勃起を近づけていく淫乱豺狼。

「犯《や》るぞプリス、もっと、もっと、ずっと、ずっとお前と、レイプ……いや、恋人セックスをするんだ、お前も、そう……したい、だろう……？」

「だ、ダメ……ほんとに、これ以上、はぁ……」

四つん這いにしたプリエステラの丸くて可愛らしい尻肉を見ていたら、もう雄として止まることは許されなかった。

獣のような激しい交尾からの、大量濃厚膣内射精以外に求めるものなど皆無だった。

「はぁ、はぁ、プリス、プリス……プリスぅううう！」

今度はバックで遠慮なく挿入。

一度挿入し、大量に射精したことで潤滑剤《せいえき》も豊富に残っているプリエステラの準処女穴は、驚くほど簡単にロキュエルの巨根を受けいれた。

そして二人とも、挿入しただけで果ててしまう。

「おっ、おおほぉおお射精《で》るぅ！」

「んおっひぃいいい、イグぅうう！」

どぶどぼびゅっ！

最奥を突いた途端にプリエステラの締まりが強くなり、不意打ちを受ける形で軽めに射精してしまうロキュエルと。

子宮口肉突と膣内射精による幸福感で、軽めに絶頂してしまうプリエステラ。

交尾時間が短いことで知られるチンパンジーでも七秒ほどはかかるというのに、その半分以下で本来の生物学的目的を達成してしまう浅ましい二匹の獣に、魔族たちは大笑い。

「なんだこいつら、挿れただけでもう膣内射精してお互いイってんのか」

「さっきまで童貞と処女だとは思えない効率の良さだな、この早漏悪女に淫乱ヒロイン！」

だが、もうどうでもいい。

気持ちいいセックスさえ、プリエステラとこうしてできていれば。

「プリスっ、プリスプリスっ、プリスぅうう！　射精《だ》すぞっ、また奥にいっぱい出すっ、プリスまんこにいっぱいザーメン出りゅのぉおお！　おぉおおちんぽ、オッ、ちんぽ、ちんぽぉおお、おおほぉおおイグイグちんぽイグぅううう――！」

「んぁあああロキュエルさ、ろきゅえりゅしゃぁあああん！　わだひもまんこイっぢゃうっ、まんこイっぢゃうのっ、んっほぁあぁせーしくらしゃいっ、ろぎゅえるしゃんのなかだひザーメンくらひゃいっ、んひぎぃいいイクイクイクっ、イっちゃぅううう――！」

そしてまた正義と悪は同時に果て、大量の白濁液が結合部から溢れ出す。

「おぁああああ――ちんぽ、ちんぽ、ちんぽびゅーぎぼぢぃいいい――！」

「あへぇええ――っまんこっ、まんこっ、なかだひあぐめぇえええええ！」

弱いながらも芯が強く、ここぞという場面では決して退かない白星恍姫。

無類の強さを持ちつつも優しさを捨てきれず、復讐の先を願う豺狼。

そんな正義の美少女と悪の女幹部が、美貌をぐちゃぐちゃにして体液まみれの不可逆淫獄悦に悶え狂う。

正義の白光も悪の黒焔も、快楽の前に儚く潰えた。

後にはただ、いつまでも続く至高の雌幸福が残るだけ。

（もう何もかもどうでもいいっ、ちんぽが気持ちよくなってて、まんこも男たちに犯されてっ、一生気持ちよくなってればいぃ……それ以外なにも望んじゃいけなかったんだっ、だって私は女、女っ、ちんぽに屈服してイキまくる女なんだからぁ……気持ちいいっ、負けた代償の快楽たまんないっ、女の幸せたまんないぃ……）

ここからどう足掻こうと勝てないし、そもそも勝つ見込みは始めからない。

女である以上、肉体を狂わす雌の快楽には逆らえないのだから。

ふと、混濁したロキュエルの脳に少女の顔がよぎる。

それはいま自分が組み敷いているプリエステラによく似ているが、頭から小さな角が生えたオッドアイの少女。

（あ……あいつも、リルも、きっとこうやって気持ちよくなってぇ……でも守れなかった、私が弱いせいでっ、結局復讐も遂げず無念を晴らすことも……）

だが、もういい。

女が男に勝てるはずなかったのだ。

「リル……いや、プリス……っ！」

だったらせめて、今度こそ。

大切なもう一人の妹、それだけは——。

「プリスっ、プリスっ！　お姉ちゃんだっ、お姉ちゃんと呼べ私をっ！　んほぉおお！」

一生、犯しながら守ってみせるから。

終章　莫逆の交わり

「お姉ちゃんだっ、私をお姉ちゃんと呼べプリスっ！　そしたら私が一生、お前のこと犯して守ってやるからっ、んっほぉおおちんぽ、ちんぽイキとまんなひぃいいい――――！」

あまりの敗北絶頂とふたなり快楽で気の触れたロキュエルは、プリエステラに膣内射精《なかだし》しながらそんなことをイキ叫ぶ。

実の妹は守れなかった。だからこそ、この妹は守ってみせる。

「お姉ちゃんが一生、お前のことを愛してやるからっ、今度こそお前を愛してっ、お前のこと永遠に気持ちよくしでやるがらはぁあ！　だからちんぽ、おほぉおおちんぽいいっ、お姉ちゃんに膣内射精されろぉおお！」

もう自分でも何を言っているか分からない。周りの魔族たちも「こいつとうとう狂っちまったぜ」などと言っている気がするが、どうでもいい。

この妹を、今度こそ守り犯しぬくのだから。

そして混濁していたのは、膣内射精されながら犯されてイキ狂うプリエステラも同じ。

（あぁああ……お姉ちゃん、お姉ちゃん……？）

自分を犯している女性は、あのとき殺された姉によく似ていた。

涙目でぼやけているせいで、余計に似て見える。

（も、もう失いたくないっ、この気持ちいいのもっ、お姉ちゃんもっ、どっちもぉ……ぁあああ、まんこきもちいいっ、お姉ちゃんにちんぽでまんこ犯されて気持ちいいのぉ！）

すべてを押し流す快楽に呑まれながらプリエステラも、その「姉」の言うがままに。

絶頂しながら、泣き叫びよがり悶える。

「お……おねえぢゃんっ、おねえぢゃん、お姉ちゃんのちんぽすきぃいいい！」

「プリスっ、プリスっ、プリスの妹まんこっ、妹ブチ犯してザーメン出すの最高ぉお！　まっ、守り犯すのっ、プリスのことお姉ちゃんが膣内射精で一生守ってあげるからっ、んぉおまた濃いザーメン出るっ、イグイグイグっ、妹まんこに膣内射精きめりゅうぅううう！」

妹を殺されたロキュエルと、姉を殺されたプリエステラ。

今二人は、壊れて混ざりあって本物以上の姉妹となって、ふたなりレズ快楽に沈みゆく。

「もうなんだよこいつら、ついにお互いを姉妹だと思ってセックスしまくってるぜ」

「こうなっちゃおしまいだな、精液処理道具としては使えるからいいけど。ほらロキュエルのマンコにも俺らが突っ込んでやるよ、大好きなチンポを……な！」

「お前もだよザコヒロイン！　ケツ穴がお留守になってんだからオナホ提供しろ、やっ！」

抱きあって犯しあう疑似姉妹の穴に、それぞれ魔族たちが勃起肉棒をねじ込み。

それによって正義と悪は、ことさらに激しい絶頂《しあわせ》に包まれる。

「のほぉおおおまんこ、まんこにもぉおお！　まんこにもちんぽ、ちんぽでプリス犯しながらまんこもぉおお！　おおっほおお、おっぱいっ、デカ乳揉まれておっぱいもイグっ、イキまぐりゅ、精液もっと濃くなってちんぽとまんこおっぱいぜんぶイぎゅぅううう！」

「あへぇええケツ穴、ケツ穴、ケツまんこぉおお！　お姉ちゃんにまんこ犯されてるのにケツ穴もハメられれっ、んぉおおおお！　ケツいいっ、ケツまんこでもイグっ、まんことケツまんこでダブル雌イキしでりゅのぎもっぢぃいいいいいいい――！」

　ロキュエルはド派手に揺れる巨大乳房まで揉まれ、プリエステラは直腸内を人外ペニスで貫かれ、とうに壊れ果てた二人ができることは、ただひたすら絶頂を極めることだけ。

「おらっ特大の超絶アクメきめろ！　ロキュエルにもケツにチンポぶちこんでやらぁ！」

「プリエステラもおっぱいでイけ！　全身のまんこでイキ壊れ果てろ！」

「出すぞ、射精《だ》すぞ、俺らも全員こいつらにぶっかけてやる！」

　直接犯せない魔族たちも、目の前の浅ましい二匹の姉妹獣交尾を見ながら激しく自らの逸物を扱きだし。

　膣内に、尻穴に、口に、胸に腋に顔面に、背中に腿に腹に髪に、ありとあらゆるところへ雄の濃厚性欲汁がぶちまけられて正義と悪は敗北幸福天国へと打ち上げられる。

「んほぉおおおイグイグイグっ、おっぱい揉まれてせーえきぶっかけられてプリスに膣内射精しながら母乳イキと膣内射精《なかだし》と肛門内射精《なかだし》イギするのぉおおおお――！」

「あっへぇえイグイグイぎゅう、わだひもおねえぢゃんに犯されながらみんなに犯されてまんこイっぢゃうぅうう！　しあわへっ、お祝いザーメンしあわへれすぅううう――！」

　ぼばびょぶぶりゅっびゅぼばべゃっぼびょっ、ぬびゅぼばびゅっばびゅぶぶっびゅう！

どびゅっ！　ぶびゅぶっ！　びゅるるるる！　びゅぐるるっ！　びゅぶぅう！

文字通り溺れかねないほど、全身で精液を浴びてイキまくる二人の義姉妹。

己の劣情を肉棒から放出しきったロキュエルは、プリエステラから肉棒を引き抜くと多幸感と脱力感でぐったりその場に倒れ伏す。

「クックク、ふたなり快楽によってほぼ完全に精神は汚染されましたね。ではそろそろそのチンポを消して差し上げましょう、苗床になる貴女には必要ないものですし」

「お前も『犯される側』ってのを再確認しとかないとな」

二人の四天王、ジズリとバムトが無様すぎる悪女の敗北姿を見下ろしながら嘲《あざけ》る。

あれほどまでに勃起して存在を主張していたふたなりペニスは魔力によって痛みもなく消失し、それにより今まで身を焼き焦がすほど渦巻いていた射精欲求とレイプ欲求はロキュエルの中から綺麗に消え去った。

「あ、あああ……ちんぽ、なくなったら……今度はまた、まんこあついっ、まんこほしいっ、まんこにちんぽ欲しいのぉおお……」

しかしこれにより、純粋な「女」に戻ったロキュエルはなお一層被レイプ願望が増長し、たまらず先ほどまで自分にも生えていたモノに、そこら中に屹立している肉棒に媚びを売るかのように口づけし、手コキを施し、恵みの精液を貪っていく。

「はへぇ、せーえきっ、ざーめんっ、おほぉおおほしいっ、やっぱりこれすきっ、ザーメンぶちまけるよりぶちまけられる方がいいっ、女だからそっちのが幸せぇえぇ……」

「へへへ、もう豺狼の欠片もないな……おおっ、射精《だ》すぞ淫乱幹部、全部飲めオラ！」

「ほんと女って犯されると例外なく最後はこうだから参るぜ……うっ、射精るっ！」

　肉棒が消えた分、なおのこと犯される幸せを噛み締め、快感は落ち着くどころか無限に増大していく。

　このままずっと、気持ちいいことだけをしていたい。

　彼女の心が完全に白濁色に染まるそのとき、この調教部屋に一人の男が入ってきた。

「どうだ、ロキュエルの堕ち具合は」

　ロキュエルを二度もさんざんに打ち破り、敗北に追い込んだ異界王の側近、キメリエス。

　調教そのものには携わらなかった彼が、ここにきて犯されるロキュエルのそばにやってきたことには理由がある。

「き、キメリエス……きしゃまぁ……」

「憎しみが戻ったかロキュエル？　だが、もう遅い。計画は終わりを迎えつつある」

　そう、壊れる直前の女幹部にすべてを伝え、絶望の悦楽に突き落とすため。

「いいか、よく聞け豺狼。そもそも今回の事の発端は、破壊と殺戮を愛する過激派の大魔族として在りながら人間の女と関係を持った貴様の実父にある」

　これ自体が異界王にとっては三族を皆殺しにする理由として充分であり、したがってロキュエルもおのずと処分対象にあった。

　ただ、大魔族の血を純粋に受け継ぎ、四天王に上り詰めるほど強く、何より女の肉体を持つロキュエルは殺すよりも強力な魔族を産ませるための母体として利用するべきと判断。

そのためには彼女を快楽堕ちさせ、ロキュエルに苗床としての役割を心から受けいれさせる必要があり、自分たちに屈服させることでその身も心もへし折る必要があった。

そこで、キメリエスと「狡梟」の参謀ジズリは考える。

ロキュエルの方から、自分たち魔族に牙を剥くように仕向けられないかと。

「ゆえに仕組んだ。貴様の裏切りを」

彼女の父が人間との間にもうけたロキュエルの異母妹リルは、案の定人間との共存を願い始めた。そこに付け込みまずはリルを陰惨に陵辱したのち事故を装って殺害、妹に入れ込んでいたロキュエルの怒りを爆発させ裏切りを誘発。

その場で捕らえ部下に犯させてもよいが、どうせなら侵攻先の人間界で抵抗を続ける厄介な変身ヒロインも弱体化させたい。そのためわざと人間界へ逃がしたら、キメリエスとジズリの思惑通りに彼女はヒロインと共闘し始めた。

「そこからは盤上の駒を動かすだけ、拍子抜けするほど筋書き通りに運んだ」

次の一手としてロキュエルに人間たちからの信頼を得させて情報を握らせるべく泳がせ、復讐を忘れる穏やかなひと時を過ごさせたのち、同じく四天王でありつつ高齢で遅かれ早かれ死ぬヘーモスに大軍勢を率いさせ、唯一対抗できるロキュエルにこれを撃破させる。

（ヘーモスもこいつらの捨て石……あの戦いもすべて仕組まれていたのか……！）

あれほどの損害を受けたように見せかければ、人類は反攻を決断するはず。

となればまずは敵地偵察が必須であり、異界への門を開く役、および異界の案内人としてロキュエルも絶対に偵察係の変身ヒロインと同行しやってくる。

あとはその偵察係を人質に、ロキュエルを捕らえ調教するというわけだ。

「理解したか。貴様の復讐は、始まる前に終わっていたのだ」

「ろ……ロキュエルさん、ダメっ、ダメぇえええ！　壊れちゃダメっ、気を強く持ってっ、んあっへぇえええちんぽらめっ、らめっ、んむぶぅうう――――！」

泥沼のような快楽の中から必死にプリエステラが彼女の砕ける心を支えようと叫んだが、すぐにそれは喘ぎに変わったのちバムトのペニスによって口を物理的にふさがれる。

となればもう、壊れる以外にない。

「お前と我らは莫逆の交わりというわけだ。今までも、これからもな」

「ククク、まさしくその通り！　これからの貴女は一生我ら魔族のための苗床として、末永くよろしくやっていくのですからねぇ！」

（わ、私はもう、もう二度と逆らえない……二度と、絶対に、逆らえないんだ……）

叛旗を翻《ひるがえ》すことは二度とできず、あるいは最初からそんな旗《もの》は存在しなかった。

復讐の造反劇はここに潰え、ロキュエルは元鞘に戻り人類の敵として生かされ続ける。

今までがそうだったように、これからも魔族とは莫逆の友として。

「結局お前や人間がいくら小細工したところで、俺らの前には無駄ってわけだ！　女は黙って男の孕ませオナホになってりゃいいんだよ！」

「おおっ、ほっ、ほぉおお！　そうっ、そうでひたっ、わたひはただの淫乱便器っ、復讐なんかもうどうでもいいのっ、ちんぽとまんこ気持ちよくなるのがいいのぉおおお！」

「貴女もですよプリエステラ！　大好きなロキュエルともども、いつでも使える性処理便器としてかわいがってあげますから、ねっ！」

「うれひっ、うれひいっ、わたし一生雌穴になって魔族のみなしゃま気持ちよくさせましゅ、だからっ、らからハメてぇええ！　いっぱいちんぽハメてっ、プリスまんこイかせてくらひゃいぃいい！　んへぇえええまたイグっ、ザコヒロインまたイっちゃうのぉおお！」

　互いに惨めなイキ様を見せあい、より淫らに次の絶頂を決めるべく腰を振り乳を揺らし男を勃起させる正義と悪の女二人。

　より下品に雄を誘ったほうが、激しく犯してもらえることを全身で理解したうえでの浅ましすぎる行動。そこからは正義の矜持も悪の誇りも、女の尊厳もとうに消え失せていた。

（だって、だって、気持ちいい方が幸せなのぉおお！　女はみんなこれ好きなんだからしょうがないっ、もっとクソデカ母乳おっぱい揺らして下品に挑発してやるっ、プリスにできない下品腰振りダンスで雄ちんぽ誘惑生ハメガチイキしたいぃいい！）

（わっ、わたしだって負けないっ、ロキュエルさんより下品なアヘ顔とまんこの締まりで男の魔族《ひと》たち勃起させてハメハメしまくるっ、正義の無様敗北でザーメンいっぱい欲しいからっ、あぁあすごいこのちんぽすきっ、セックス気持ちいぃいい！）

　すでに二人に絶頂していない時は一瞬もない。

常時イキ続け、イキながらより強烈なアクメを求めて敗北宣言しながら雄に媚びを売って誘惑し、挑発し、さらに絶頂する。

「見てっ、見てっ、四天王にまで上り詰めたのに妹がレイプされて殺されたくらいでっ、そのくらいで裏切って皆様に逆らったクソバカ女幹部の惨め末路っ、裏切りバカ女はこうなるって末路見てへぇええ――――！　おっほぉおおお無様っ、無様すぎて自分で自分がきもちいいっ、わたひは惨めな自分が最高に気持ちよくてイくマゾ豺狼なのほぉおおお！」

自分の方が淫らで無様なのだから、自分のほうをより激しく犯してほしい。

ロキュエルもプリエステラも、思うことはただそれのみ。

「らへぇえええ――――！　えへっ、おへへっ、ごめんなしゃい、もともと魔族様に勝てないくせに正義面しててごめんなひゃいっ、あへぇええイグイグっ、クソザコ正義のヒロインがちんぽとザーメンに完全敗北でイキまぐるみっともないとご見でっ、見でっ、バカにしながらわたひのこと膣内《なかだし》射精でイかせでぇえええ――――！」

自分のことを徹底的に卑下しまくり、男より下であることをみっともなくアピールしながら媚びに媚びて絶頂を求める淫らな雌正義と雌悪女。

「じゃあ最後に、二人そろって敗北宣言しながら膣内《なかだし》射精と尻穴射精《なかだし》と全身ぶっかけでイけ！　正義と悪のダブル完敗アクメするとこちゃんと見せろ！」

「はっ、はひっ、しましゅっ、一緒に敗北宣言しましゅっ、イくぞプリスっ、私たちの最高に無様な負けイキ狂い姿見せつけりゅの、うぉお、お、おおっほぉおおイッグぅうう！」

「あへっ、あへぇっロギュエルさ、はいっ、ひましょっ、わたひたちの惨めすぎる敗北姿っ、さいっこーにしあわへな女の敗北イキしてるとこっ、んぉおイグイグイグのぉおお！」

正義と悪のヒロインと女幹部は、犯されながら抱きあって舌を絡ませながら人生最低の敗北幸福が訪れる期待に身を震わせ、全身で周囲の「雄」を搾り上げそのときを待ち。

そしてついに、「それ」が無慈悲に訪れた。

「んのほぉおおおお――――！　おおぉおおおイグイグイグすっごいのでイグっ、んぉおおおイグぅううう！　わ、私さいろーのロギュっ、ロギュエルとぉおおお！」

どぶっびゅばっびゅるるるぶびゅぼばびゅっ、ぼどぶばっびゅびょぼっぼぼぼぉおお！

「わ、わたしっ、びゃくせーこーきプリエスデラはぁあああ！　あへぇええ膣内射精ヤッバひぃいいい――――！　んへぇええ、おおっへぇえ、んぉおおもうイグのぉおおぉおお！」

ぶばびゅっっぶべりゅりゅどびゅぼばびょぶっ、どぶどぶりゅぶっびゅぶううう！

「ドスケベサイッテーのクソマゾ敗北ザコ悪女のっ、んほぉおお淫乱ヤリ捨てっ、ハメ放題雌便器でぇえええ！」

「誇り高き魔族のみなしゃまの、おおっ、おっ！　おほぉおお！　性処理道具の敗北正義雌穴オナホでしゅぅううう――――！」

とっておきの敗北宣言とともに訪れた絶頂は膣内射精と肛門内射精、そしてあらゆる角度から祝砲のように放たれる灼熱の白濁によって彩られ、よりいっそうマゾ快感を後押し長く激しく強烈な快楽となって永遠に脳裏に刻み込まれる。

「うぉおおおイグイグイっぎゅ、イッギまぐりゅぅううぉおおお——！　クソよわ女幹部おっぱいとまんことケツまんこで悪女完全敗北イギきめりゅぅううう——！」

「んぉへぇえええしゅごいの、ガチイギしゅっごひぃいいい！　まんことケツ穴ぜんぶ正義敗北イギすりゅぅうう！　んぉおおお、イグイグイっぐぅうううううう——！」

正義と悪は、ここに完全な敗北を迎えた。

もう絶対に、絶対に正義の光と悪の炎が盛り返すことはない。

自分はただ台本通りに動かされていただけで、今その役目を終えて舞台から消え去る。

あとは誰の目も届かない舞台裏で永遠に犯され、孕まされ、人類を滅ぼす異形を産むための苗床として生き続けるだけ。

そしてその役目すら果たせない、そばで犯されているか弱い人間の少女は。

「ら、らめぇ、まって……もう、しんじゃ……死んじゃうっ、死んじゃうのにぎもぢよぐでっ、おぁああ……またっ、またイグぅ……イギ死ぬぅ……あ……ぁ……」

焦点の定まっていない目で、乱暴に突かれる衝撃でガクガク身体を揺らしながらうわごとのように何か呟いていた。

「ぷ……プリ、ス……？　まて、やめしゃせろっ、プリしゅ、んおほぉおお！」

明らかにプリエステラの様子がおかしい。

変身しているとはいえ元が人間の女の子では、魔族の陵辱と人外の快楽に心身が持たないのだ。このままでは彼女は快楽と苦痛の絶頂の中で、本当にイキ死んでしまう。

そうしてなすすべもなく、白星恍姫プリエステラの命の炎が自分の目の前で静かに燃え尽きていく。

「あはぁあああおぁあああプリスっ、プリしゅぅううう！　そんなっ、お前までっ、お前までわたひの前でぇ……んおっ、おほぉおおイグっ、イっぐぅおぁあはあぁあああ――――！」

二人目の妹を目の前で喪う悲しみが、怒りが、そして獄悦がロキュエルを焼き焦がし。

悪の限りを尽くした豺狼も、とうとう精神が崩壊してしまう。

（結局、なにもかも、何もかも無意味だった……プリスも死んだ、大事な妹がまた死んでしまった……！　もう私はずっとこいつらの苗床になって、気持ちいいことだけを求めて生きる雌便器になるしか……ない……それが、私の…………運命……）

そう思って、すべてを諦め投げ出して快感だけを貪るモノになり果てる瞬間。

オナホとしてすら使えず無造作に捨てられ、ピクリともしないプリエステラの死体から、白い光が迸る。

ロキュエルはおろか、周りの魔族も驚き陵辱を止めてしまうほどまばゆい輝き。

（な、なんだこの光は……!?）

陵辱から抜け出したロキュエルは、その光の中心にあってゆっくりと立ち上がる、完全修復された白いコスチュームを纏った少女に声を震わせた。

「プリス、お前！」

「ロキュエルさん、負けちゃダメですっ。正義《わたし》と悪《あなた》は、絶対に！」

蘇生し、纏う光の消えた白星恍姫プリエステラは、はっきりした意志の強い明るいグリーンの瞳でロキュエルに活を入れる。

——よく今まで生き残ってこられたな、逆に感心する。——

——うう……運だけはやたらいいなって言われます……——

ロキュエルは彼女に、前々から疑問を抱いていた。

白星恍姫は戦う変身ヒロインとしてはあまりにも弱く、頼りない。

なのになぜ、今日まで死なずに戦いの日々を過ごしてこられたのか。

(違う！　運などでは……ない！)

ロキュエルがトライデントの三人を蹂躙したあの日、プリエステラは攻撃に巻き込まれて勝手に気絶していた。

しかし直接狙わなかったとはいえエース級ヒロインすら一発で戦闘不能に追い込む攻撃に、この弱い少女が巻き込まれて「気絶で済む」はずはない。

そもそもプリエステラは実姉を目の前で殺されたと言っていたが、そんな状況でなぜ彼女「だけ」が生き残り、ヒロインとして覚醒したのか。

答えは一つ、自覚せず秘める真の力がそうさせているからだ。

白星恍姫プリエステラは————致命傷を負うと回復する。

その力が本人を癒し、立ち上がらせ、そしてロキュエルを奮い立たせた。

「首輪が……壊れた!?　……力も、みなぎってくる！」

ロキュエルが、そしてキメリエスが驚愕《きょうがく》する。

豺狼の力を封印していた首輪が、高い音とともに破壊されたのだ。

プリエステラのサポート能力――味方の戦闘力を一割ほど微増させる効果で。

――もともと強いロキュエルさんなら上がり幅も大きいはずですよ？――

城への潜入前、彼女が言っていたことをロキュエルは思い出した。

自分の力をあまりにも正確に把握したうえで軽んじていた側近は、拘束具に込める魔力もそれを少し上回る程度で十分と踏んでいたのだろう。

一割だけ、されど一割上昇したロキュエルの魔力に耐えきれず本来の力の解放を許した。

使い手の意志と魔力に反応し、どこからともなく伸縮自在の鞭が飛んできて手に収まる。

湧きあがる魔力が裸身を包み、悪女のコスチュームも再生された。

「合理的すぎる完璧思考が仇となったな、キメリエス！」

「無駄な足掻きを。お前の力が少し上がったところで、私の敵では――」

言いかけたキメリエスの身体に、白く輝く光の輪が巻きつく。

最後の力を振り絞ったプリエステラの拘束魔法《バインドルーチェ》は、0.5秒も持たず砕け散ったが。

「っ、ぐあッ……！」

たとえほんのわずかな間隙でも、確かに側近の動きは停止した。

それだけあればヨルムンガンドを伸ばし、一撃浴びせるにはロキュエルにとって充分で。

キメリエスの右目を、鞭の先端が正確に抉《えぐ》り取っていた。

「人間の力を軽視しすぎだ！　お前も、私自身もなッ！　ここまで……ここまでやれるとは思わなかったぞ、プリスっ！」

右目を押さえ、怒りに打ち震え左手からおびただしい魔力を凝集させる異界王の側近。

だが二度までも彼に正面から打ちのめされたロキュエルは、さすがに同じことを三度繰り返す気はなく。

「悪いが、ここでお開きだ！」

ヨルムンガンドを伸ばして気絶したトライデントの三人を搦めとり、もう片腕でプリエステラを抱きかかえて即座に脱出。

時空を超える「扉」を開き、彼女らが消失した直後に極大の光線が通り過ぎていった。

「おのれ……このままで済むと思うな、白星恍姫……そして裏切りの豺狼ッ！」

「はぁ、はぁ、はぁ……震えが、止まりません……でも、なんとか戻ってこれましたね」

奇跡の大脱出を遂げた二人は、日本の小高い丘に転移し力尽きてへたりこんだ。

時間的には早朝なのか、靄《もや》が立ち込め朝露が弱い陽光に照らされ輝いている。

「……プリス、その……すまなかった。いろいろと……」

傍らには、気絶している三人のヒロイン。

なんとか全員無事で帰還できたものの、ロキュエルの犯した罪はあまりにも重い。

特に自分にとって大切な妹を、この手で穢してしまったことは——。

けれどそのか弱いヒロインは、にこっと笑って悪を許した。

「だいじょうぶです。あの側近に一矢報いましたし、みんな無事に帰れたんですから。今は喜びましょう、ロキュエルさんも」

「そんな場合ではない。結局、奴には勝てないままなのだから」

結局、状況は変わっていない。

自分を打ち負かしたキメリエスはおろか、さらにその上の異界王までいるのだ。

今回は辛くも乗り越えたが、またいつ魔族がこちらを襲ってくるか分からない。

(そのときこそ、完全に負けてしまうかもしれない)

悩んでいるロキュエルに、横からプリエステラが「でも、それって」と声をかけた。

「ロキュエルさん一人の力では、ですよね？」

「…………！」

それは、人間と手を取りあえばあるいは――とでも言いたいのか。

少し前の自分であれば、考える間もなく唾棄していた甘い考え。

けれど自分を救ったのは、この弱い少女だ。

「わたし、最後まで信じていましたから。そしたらロキュエルさん、ちゃんと戻ってきてくれました。だからきっと、この先の戦いもうまくいくって信じています」

あの、巻き添えで勝手にやられていたほど弱々しく頼りない監視役が。

自分を最後まで信じきり、逆転の可能性をもたらした。

惰弱な人間ゆえの信じる力というものは、時に奇跡を起こす。

それをロキュエルは知った。

弱いからこそ手を取りあい、弱いからこそ信じあい、どんな強い相手にも立ち向かう。

そんな人間たちと共闘していけば、いつかは。

「やっぱり、無理だって思いますか？」

「ああ、可能性としては限りなくゼロに近い。……けれど……」

いつかは復讐を遂げ、その先にあるものにもたどり着ける——かもしれない。

実妹《リル》の願っていた、魔族と人間との共存も、きっと。

だからどれほど不可能に近くても、やってみる価値はある。

プリエステラが自分を信じてくれたように、自分も人間たちを信じる価値はある。

「けれど私は……それに賭けてみたくなった」

穏やかに微笑むロキュエル。

それは向ける対象を喪い復讐に囚われていた悪女が久しく忘れていた、柔らかな笑顔。

そんな莫逆の友の微笑に、満面の笑みを返したプリエステラは変身を解き。

言い忘れていたことを、伝えなければならないことをひとつだけ。

「わたしの本当の名前は、真白観緒って言います！」

あとがき

はじめまして、もしくはお世話になっております、下山田です。

この度は拙作をお手に取っていただき、貴重なお時間を割いてここまで読んでくださいまして誠にありがとうございます。

今回は悪の女幹部が正義側と一緒に戦い敗北陵辱されるという話でしたが、そもそも悪の定義って何なのでしょう？　答えはロキュエル本人にしか分からないのかもです。

ともあれ、応援してくださる読者の皆様のおかげでまた一冊本を出すことができました。

本当にありがとうございます。いつもご面倒をお掛けしております担当様はじめ、ＫＴＣ社の皆様にも深くお礼申し上げます。

もちろん今作において挿絵を担当してくださいました西條サトル先生にも大感謝でございます！　強くセクシーなロキュエルも可愛げあふれるプリエステラも最高でした。

また、今回はキルタイムデジタルブレイクの方でもロキュエルの外伝小説を書かせて頂いております。本編とは異なる調教やアナザーエンドがございまして、もしご興味がございましたらチェックして頂けますと大変嬉しく思います。

それでは、またどこかでお会いできましたら幸いです。

叛逆の女幹部ロキュエル

裏切り者への淫辱性裁

2020年5月2日　初版発行

【著者】
下山田ナンプラーの助

【発行人】
岡田英健

【編集】
餘吾築

【装丁】
マイクロハウス

【印刷所】
図書印刷株式会社

【発行】
株式会社キルタイムコミュニケーション

〒104-0041　東京都中央区新富1-3-7ヨドコウビル
編集部　TEL03-3551-6147／FAX03-3551-6146
販売部　TEL03-3555-3431／FAX03-3551-1208

禁無断転載 ISBN978-4-7992-1355-1　C0293

本作品のご意見、ご感想をお待ちしております

本作品のご意見、ご感想、読んでみたいお話、シチュエーションなどどしどしお書きください！
読者の皆様の声を参考にさせていただきたいと思います。手紙・ハガキの場合は裏面に
作品タイトルを明記の上、お寄せください。

◎アンケートフォーム◎　**http://ktcom.jp/goiken/**

◎手紙・ハガキの宛先◎
〒104-0041 東京都中央区新富 1-3-7 ヨドコウビル
(株)キルタイムコミュニケーション　二次元ドリームノベルズ感想係